Martin Page

An Weltuntergänge gewöhnt man sich

Quart*buch*

Martin Page

An Weltuntergänge gewöhnt man sich

Aus dem Französischen
von Marcus Seibert

Verlag Klaus Wagenbach Berlin

Für Manon

ERSTER TEIL

Dabei hatte alles ganz gut angefangen: Du hattest nichts, und du warst niemand.

Doch dann, eines Mittwochs im November, als die ersten Schneeflocken auf Paris niedersinken, öffnet jemand im Smoking auf einer Bühne einen Umschlag. Am Ringfinger seiner linken Hand glitzert ein Rubin. Beeindruckende Vorstellung, Atemlosigkeit, niemand wagt zu reden. Als der Mann ein dünnes Rechteck aus dem Umschlag zieht, ist die Spannung auf dem Höhepunkt. Er wendet das Stück Karton bedächtig in seinen langen, knochigen Fingern, streicht über die Schnittkanten. Sein Gesichtsausdruck ist entschlossen und hochkonzentriert. Als er blinzelt, erschauert der ganze Saal. Endlich die Erlösung. Er liest einen Namen, Silbe für Silbe.

Scheinwerfer tauchen dich plötzlich in grelles Licht, deine Nachbarn drehen sich zu dir um und applaudieren, Hände klopfen dir auf die Schultern, Lippen streifen deine Wangen. Du schließt aus all dem, ganz zu Recht, daß der Mann da vorne gerade deinen Namen vorgelesen hat. Du bist der König des heutigen Abends. Du stehst auf, und als du den Fuß auf die Bühne setzt, begreifst du, daß du von nun an kein Zuschauer mehr bist.

Der Saal war nicht groß, aber für Elias entschieden zu groß, zu voll, zu hell und zu laut. Der indische Saal des Athénée-Theaters mit seiner Ästhetik einer Bonbondose war für die Verleihung des Artemis-Preises ideal. Rokoko-Architektur, die Bas-Reliefs, die pompösen Wandmalereien in den Logen, Stuck und Samtvorhänge, alles lenkte erfolgreich von der Gegenwart ab, in der die Zeremonie stattfand.

An jedem letzten Mittwoch im November wurden hier gut dreißig Preise unters Volk gebracht. Elias erhielt den diesjährigen Produzentenpreis. Als der Pressebeauftragte ihn deshalb angerufen hatte, hielt er das Ganze noch für einen Witz. Schon die Idee, einen Produzenten zu ehren, hatte ihn überrascht. Selbst wenn der Name im Abspann an prominenter Stelle steht, behält doch niemand im Gedächtnis, wer einen Film produziert hat.

Ein Produzent kümmert sich um all die, die ins Licht treten. Er selbst bleibt stets in jenem wohltuenden Dunkel, das vor neugierigen Blicken schützt. Er verteilt Lohn und Strafe, ohne je selbst belohnt oder bestraft zu werden. Elias' Arbeit bestand darin, zu organisieren, zu verhandeln, Schecks zu unterschreiben, verzweifelte Regisseure zu trösten, Flüge und Hotels zu buchen, gute Schauspieler und noch bessere Schlafmittel zu finden. Seine Arbeit hinterließ keine Spuren. Er war eines dieser unsichtbaren Phantome, ohne die nichts funktioniert. An jenem Abend, als die ersten Schneeflocken auf Paris niedersanken, riß diese Preisverleihung ihn aus dem liebgewonnenen Nichts. Gänzlich Unbekannte würden ab sofort bestätigen können, daß es ihn tatsächlich gab.

Um die Preisverleihung war kein großer Medienrummel zu erwarten. Nur deshalb hatte Elias überhaupt in die Ehrung eingewilligt. Der Preis würde eine Anekdote seiner Bilderbuchkarriere sein. Nur die Zuschauer des Abends würden sich erinnern, wer geehrt worden war, und sie würden zum Glück nicht viel Aufhebens darum machen. Sie gaben sich natürlich überrascht und absolut sprachlos, ihr eigentliches Interesse galt aber dem Smalltalk beim Büfett. Elias spürte jedoch am Lächeln seiner Gesprächspartner und an einigen Dekolletés, die sich ihm zuwandten, daß sein Ansehen gestiegen war. In sechs Tagen würde er nach Afrika fliegen. Am Ufer des Viktoriasees wurde der neue Film von Martial Caldeira gedreht. Das war für ihn die eigentliche Belohnung: einen Meisterregisseur bei der Arbeit zu unterstützen. Sechs Jahre harter Kampf machten sich langsam bezahlt. Dafür mußte er eben in Kauf nehmen, diesen Zirkus mitzumachen.

Arden Gaste, der Chef des Studios Galaxie, nickte Elias vom ersten Rang aus aufmunternd zu. Elias meinte, in diesem Blick so etwas wie Zuneigung und eine gewisse Vertraulichkeit zu erkennen. Seine Chefs und die Leute, die er hier im Theater kannte, waren für ihn Freunde und Verbündete. Als sich der Trubel um die Bekanntgabe des diesjährigen Gewinners gelegt hatte, streifte er diesen persönlichen Gedanken ab wie ein Karnevalskostüm.

Elias stand auf. Der rote Cordsamt der Sitzbezüge hatte Streifen in seinen schwarzen Smoking gedrückt. Auf dem Weg nach vorne winkte er diskret allen zu, deren Blick er auffing. Er war eine Marionette dieser Blicke, die ihn zum Podium führten. Sie steuerten seine Muskelbewegungen und die Amplituden seines Selbstbewußtseins.

Wer ihn so sah, mit ruhigem Gesicht und entschlossenem Schritt, hätte meinen können, er sei bester Stimmung. Aber er stellte nicht ohne Ironie fest, daß eher die gute Stimmung der anderen auf ihn abfärbte: Wie ein Chamäleon paßte er sich den Regungen seines Publikums an, ganz wie vor ihm die meisten Preisträger des letzten halben Jahrhunderts. Natürlich wirkte er wie ein junger Mann, der endlich für sein Talent belohnt wird. Aber Elias wußte, er war in Wirklichkeit nicht einmal ein Rädchen im Getriebe, das wäre zuviel der Ehre gewesen. Er war das Schmierfett zwischen den Rädchen.

Der Mann mit dem Rubin überreichte ihm die Medaille und schob ihn energisch zum Mikrophon. Es wurde auf einmal ganz still. Jedes Flüstern wäre aufgefallen. Und so sicherten seine gerade ausgezeichneten Fähigkeiten und die vergleichbaren der restlichen Anwesenden wieder einmal aufs schönste die Einhaltung der Spielregeln. Elias trat nach vorne und bemühte sich, seine Reserven an Natürlichkeit, die er in Erwartung des Ereignisses wochenlang angesammelt hatte, zu aktivieren. Er spürte, wie sich im Saal schon Seufzer und unterdrücktes Gähnen ankündigten. Einen Preis muß man über sich ergehen lassen wie einen Arztbesuch: Man ist bemüht, seine Gesundheit unter Beweis zu stellen, hüstelt in die Hand, zeigt sich gerührt, sehr gerührt.

Am Mikrophon vorbei versuchte Elias, Gesichter im Publikum zu erkennen. Die Scheinwerfer am Rand der Bühne blendeten ihn, aber er konnte sich vorstellen, wie brav sie alle da saßen und auf seine Rede warteten. Als ob er ihnen etwas mitzuteilen hätte. Grober Irrtum. Er hatte niemandem irgendwas mitzuteilen. Das Bedürfnis, laut loszulachen, stieg ihm in die Kehle. Er biß die Zähne zusammen. Locker bleiben. Die Rede würde gleich leicht wie ein Pfeil davonschnellen. Nichts würde sie aufhalten können. Der Druck der unglaublichen Beschleunigung wäre sicher unerträglich. Alles würde zu Lichtflecken zerfallen. Ja, genau so wäre das. Ganz sicher. Es ging los.

»Ich bin sehr stolz, diese Auszeichnung zu bekommen, auch wenn ich nicht ganz begreife, warum. Ich mache nichts anderes, als Geschichten zur Existenz zu verhelfen. Ich schaffe selber nichts. Ich bin so etwas wie eine Hebamme oder der bei einer Geburt hinzugezogene Arzt, der sich nur darum kümmert, daß das Werk auch atmet und gesundheitlich stabil bleibt, damit es den harten Blick des Publikums überlebt. Einer meiner Freunde, mein Kollege Victor Malène, hat mal – und zwar, wie ich glaube, im Ernst – gesagt, ein Produzent sei das einzige, was Gott wirklich gefehlt hat. Es war einfach niemand da, der ihm geraten hätte: ›Laß dir ruhig Zeit. Du kannst die Welt auch in zwei Wochen erschaffen, meinetwegen in einem Jahr, egal. Deine Schöpfung ist ein toller Entwurf, 'ne Menge guter Ideen. Aber hier zum Beispiel: So viele Wüsten braucht man einfach nicht. Und diese Vulkane sind sicher nett anzusehen, aber ist dir klar, was du damit anrichtest? Ach und bevor ich's vergesse, um eine Sache, lieber Gott, muß ich dich wirklich ganz dringend bitten. Überarbeite deine aktuelle Fassung vom Menschen noch mal gründlich. Das geht so noch gar nicht.‹ Ich bin überzeugt, wenn Gott einen guten Produzenten gehabt hätte, wäre der Welt manche Katastrophe erspart geblieben und es gäbe ganz sicher weniger Schmerz und Elend.«

Gelächter erschallte. Applaus. Elias zog sich ganz gut aus der Affäre. Mach weiter, du kannst das noch eine Minute strecken. Ist doch dein Job. Du erzählst doch sonst den lieben langen Tag Geschichten. Regisseuren, die glauben, ihr Werk sei ein einmaliges Geschenk an diese Welt, Schauspielern, die glauben, das Publikum vergöttere sie. Denen redest du doch auch immer ein, alles sei möglich. Vor dir sitzen zweihundert Leute. Du bist schlau, Elias. Laß sie für einen Moment glauben, sie seien nicht allein und das Glück sei möglich, zumindest in CinemaScope.

In seinen Ohren dröhnte es. Sein Herzschlag wummerte durch den ganzen Körper.

Er hatte sich lange dagegen gesträubt. Er hatte es einfach nicht wahrhaben wollen. Aber an diesem Abend wurde er zu der Erkenntnis gezwungen, daß er Erfolg hatte.

Wieder einmal hatte Elias Carnel, achtundzwanzig Jahre alt, Produzent so erstaunlicher Filme wie »Dieses Etwas im Leben eines Mannes«, gewonnen. Er dachte über die geheimnisvolle Jury nach, die ihn gewählt hatte. Er sah maskierte Männer in schwarzen Togen, die sich heimlich in Katakomben trafen. Während diese Schimären vor seinem inneren Auge vorbeizogen, erinnerten ihn das grelle Licht und die zweihundert Augenpaare, die auf ihn gerichtet waren, daran, daß er gerade sprach. Er beendete seine Rede mit den üblichen Dankesworten an alle, deren Erwähnung von ihm erwartet wurde, an Arden Gaste und die Regisseure, mit denen er, wie er sagte, die Ehre gehabt hatte zu arbeiten.

Unter dem Applaus des Publikums, das seine Rede genossen hatte, verließ Elias die Bühne und verschwand hinter die Kulissen zu den anderen Preisträgern. Er war immer noch aufgeregt, und gleichzeitig ärgerte es ihn, wie sehr er an der eigentlich verachteten Pflichtübung Gefallen gefunden hatte. Die anderen gratulierten ihm zu seiner improvisierten Rede, an die er sich schon kaum mehr erinnerte.

Ein Kellner reichte ihm ein Tablett mit Champagnergläsern. Der Geruch des alkoholischen Getränkes war eine beruhigende Erinnerung an Clarisse. Schade, daß sie nicht hier sein konnte. Als er ihr die Neuigkeit mitgeteilt hatte, war sie ihm um den Hals gefallen. Sie hatte ihre zarten Arme um seinen Nacken geschlungen und ihn mit Küssen bedeckt. Er erinnerte sich noch an die Haare, die dabei sein Gesicht berührt hatten, ihren Geruch nach Kamille und die spitzen Fingernägel, die sich wie Katzenkrallen in seine Brust gebohrt hatten. Er leerte das Glas in einem Zug. Sein Nacken wurde von einer Hand gepackt. Ein großgewachsener blonder Mann legte ihm den Arm um die Schulter.

»Du hättest denen doch das Telefonbuch vorlesen können. Sie hätten dir zugejubelt.«

»Ich weiß auch, warum. Das ist das einzige Buch, das sie wirklich alle verstehen.«

»Es ist schön, wie du dich über diesen wahnsinnig tollen Preis freust ... Ach und übrigens, das mit Gott und dem Produzenten hab' ich nie gesagt. Hätte ich gern, aber leider ...«

»Du bist so daran gewöhnt, Ideen zu klauen, und jetzt beschwerst du dich sogar, wenn man dir eine schenkt.«

Der Mann lachte. Man sah seine Zähne zwischen fleischigen Lippen. Victor, der unvergleichliche Vic. Er war ein paar Monate vor Elias im Studio Galaxie eingestiegen. Ihre steilen Karrieren waren parallel verlaufen, auch wenn ihre Methoden sehr unterschiedlich waren. Victor gehorchte nur seinem Instinkt. Er wollte niemandem Böses. Und nicht mal sein schlimmster Feind (oder der Vorsitzende der Gewerkschaft seiner Feinde) konnte behaupten, Victor sei aus purem Vergnügen sadistisch. Es bereitete ihm jedoch keinerlei Gewissensbisse, Menschen zu quälen oder zu demütigen. Wenn sie an seinem Verhalten oder an seinen Entscheidungen zerbrachen: Die universelle Sprache der Welt war nun mal die der Gewalt und der Macht. Victor hatte das akzeptiert. Wenn ihm jemand in die Quere kam, sah er sich genötigt, ihn mit einem Wimpernschlag fertigzumachen.

Elias und Victor waren Freunde geworden, wie man sich in der Schule mit dem Banknachbarn anfreundet. Sie waren die jüngsten Produzenten der größten europäischen Filmfirma, Gleichaltrige, deren Ziele sehr verschieden waren. Ihre Freundschaft kam ohne die üblichen falschen Hoffnungen und enttäuschten Erwartungen aus. Dafür war der gegenseitige Respekt groß. Der Respekt derer, die den Preis kennen, den man im Kampf zahlt, aber auch den Wert des gerade erlebten Augenblicks. Sie verbrachten ihre wenige Freizeit in der Bar Camélia in der Nähe der Firma, aber nicht mit Plänen, eine neue Welt zu erschaffen, sondern damit, die alte nach allen Regeln auseinanderzunehmen.

Nathalie legte ihre Hand auf Elias' Arm. Ihre schwarzen Haare waren eindrucksvoll hochgesteckt. Das Kleid hing, wie die Blicke der umstehenden Männer, nur an ihren Brüsten. Elias bewunderte die Mischung aus Mitleid und Toleranz, ohne die ihre Ehe mit Victor längst in die Brüche gegangen wäre. Seine Untreue folgte olympischen Vorbildern. Ihre Leidenschaft für Victor erschien dagegen wie ein holder Wahn, ein äußerst zäher allerdings: Sie hatte sich in den Kopf gesetzt, mit Victor den Rest ihres Lebens zu verbringen. Dafür war sie bereit, über einiges hinwegzusehen.

Im Hintergrund ging der offizielle Teil der Veranstaltung zu Ende. Wie jedes Jahr überschlugen sich die Danksagungen an »Gott, meine Frau, das Publikum und natürlich meine Eltern«, untermalt von echten Tränen und Schluchzern. Eine Prise politischer Forderungen und ein paar eingestreute Witze rundeten das Rezept ab. Und schon schmeckte die Preissuppe jedes Jahr wieder wie beim letzten Mal. Nathalie zog die beiden Männer weiter.

Elias mußte an Clarisse denken. Vor fünf Monaten hatte sie aufgehört zu trinken. Sie hatte sich seither unglaublich verändert. Ihre Haut war weich und glatt geworden, die Ringe unter den Augen waren verschwunden. Überhaupt: Ihre Augen hatten zu ihrer alten Lebhaftigkeit zurückgefunden. Wenn sie sich jetzt schminkte und ihre Kleidung sorgfältig wählte, war sie ein anderer Mensch. Es ist offenbar nie zu spät für eine Wiedergeburt.

Clarisse war ein wichtiger Teil seines Lebens. Da kam es nicht so darauf an, ob sie heute hier war oder nicht.

Mit einem trockenen Schaltergeräusch gingen die Scheinwerfer aus. Die Bretter, die die Welt bedeuten, waren nur noch eine ganz gewöhnliche Rampe. Der Saal leerte sich. Händeschütteln, Küßchen rechts und links, Visitenkarten wurden ausgetauscht, die einzige Währung an dieser Börse persönlichen Marktwertes. Elias folgte Victor und Nathalie zur Garderobe. Er hoffte, in ihrem Schutz an allen vorbeizukommen, die noch mit ihm reden wollten. Schnell wickelte er sich den Schal um den Hals und ließ dabei sein Gesicht soweit wie möglich verschwinden. Arden Gaste schwebte mit einem aufsehenerregenden Geleitzug edler Anzüge und teurer Kleider vorbei. Die Ablenkung war Elias willkommen und erlaubte ihm, ungesehen zum Ausgang zu gelangen.

Draußen beschloß er, nicht auf Victor und Nathalie zu warten. Um ihn herum öffneten sich Regenschirme wie schwarze, vom Wind geblähte Segel. Elias blieb mitten im Schirmballett stehen. Die Laternen tupften kleine Lichtinseln in die Nacht. Vor dem Opernplatz schlossen sich Wagentüren mit dem sonoren Klang teurer Türfütterungen. Scheinwerfer glitten über die Blumenkübel und die angrenzenden Häuser. Der Schnee hatte dem Druck von Reifen und Sohlen nicht standgehalten. Zäher grauer Matsch lag im Rinnstein und an den Rändern der Gehsteige. Flocken blieben auf Elias' Mantel hängen. Er fuhr sich mit der Hand durch die Haare und setzte seine Mütze auf. Ein Auto startete neben ihm. Die Schlammspritzer verfehlten ihn knapp.

Bekannte Gesichter näherten sich. Aber er hatte keine Lust zu reden, und ganz sicher nicht mit dieser eingebildeten Journalistin, die vor dem Theater auf die Preisträger lauerte. Sie lief ihm nun schon seit Wochen wegen eines Interviews hinterher und war durch nichts zu entmutigen. Seine Sekretärin Marie winkte aus einem Taxi. Ein älteres Paar verdeckte ihn kurz vor allen neugierigen Blicken. Elias tauchte im Gewirr der Regenschirme ab.

Das Schneetreiben hatte aufgehört. Vereinzelt schwebten noch Flöckchen wie kleine Sterne am Himmel. Elias ging vorsichtig in Richtung Seine, bemüht, mit den Absätzen keinen Lärm zu machen. Niemand kreuzte seinen Weg, kein Geräusch störte seinen

Geist im Leerlauf. Die Kälte drang in die ungeschützte Haut und brannte in den Augen.

Plötzlich tauchte der Fluß vor ihm auf. Er war die Avenue de l'Opéra und anschließend an den Tuilerien entlanggegangen, ohne das zu merken.

Ein Touristenboot fuhr vorbei. Die Scheinwerfer tauchten das Dunkel um Elias kurz in grelles Licht. Am Ufer krümmte er sich plötzlich zusammen. Sein Magen spielte verrückt. Ätzende Säure stieg ihm in Mund und Rachen. Rotz lief ihm aus der Nase. Er stolperte schnell vom Fluß fort und erbrach sich an der Kaimauer.

Er war also jetzt erfolgreich. Toll. Dann konnte er ja endlich damit aufhören, sich in die Tasche zu lügen. Wie wär's damit, einfach mal zuzugeben, daß Clarisse ihn betrog? Daß sie seit vier Tagen nicht mehr zu Hause gewesen war und ganz sicher nie wieder zurückkommen würde?

Sein Atem stockte, als hätte er einen Schlag in die Magengrube erhalten. Dann strömte die eiskalte Luft in seine Lungen zurück, sein Hals brannte. Er mußte husten und spuckte aus.

Nachdem er sich den Mund abgewischt hatte, zog Elias die Medaille aus der Tasche und umschloß sie mit der Hand. Der Prägerand schnitt ihm in die Haut. Bei der Kälte fühlte er sich an wie eine Klinge. Er öffnete die Faust und betrachtete die goldenen Lichtreflexe auf seiner Handfläche. Sterne sind nicht gemacht, um vom Himmel geholt zu werden. Wenn man dir einen anbietet, solltest du mißtrauisch werden. Wirf ihn fort, mit aller Kraft, damit er seinen Platz am Firmament wiederfindet. Keiner kann gewinnen, nichts jedenfalls, das so glänzt und gleichzeitig so rein ist. Was wollen sie dir abkaufen mit diesem Gold? Für welchen unverzeihlichen Fehler suchen sie damit Vergebung? Sieht so der Zins und Zinseszins für gewährte Darlehen aus? Elias warf die kleine Scheibe in die Seine. Das schwarze Wasser verschluckte sie ungerührt, und prompt bedauerte Elias seine heroische Geste. Clarisse hätte sich über die Medaille gefreut. Sie wäre wegen seines Triumphes ganz aus dem Häuschen gewesen. Sie hätte sicher, ganz ganz sicher …

Elias' Leben war ein Film, dessen erste Rolle vor Jahren verlorengegangen war. Das Silbernitrat hatte der Zeit nicht standgehalten. Der Rest war eine Heiligenlegende. Wenn man mit achtundzwanzig über sein eigenes Leben als Film nachdenkt, sollte man eigentlich ein Happy-End erwarten. Doch dann kommt dieser Tag im November, in Paris schneit es zum ersten Mal, und man kotzt an die Kaimauer. Ist das ein Happy-End? Nein. Dafür geht es dir zu schlecht. Das Glück, das du wie ein geiziger Rentner überall gehortet hast, ist unversehens verschimmelt.

Elias setzte sich auf eine Bank unterhalb des Pont des Arts. Zwei Pärchen spazierten Arm in Arm vorbei. Ein Mann schlingerte betrunken das Ufer entlang. Vom Kaufhaus Samaritaine und dem Louvre waren im Dunkel kaum die Umrisse zu erkennen.

Sein warmer Atem kondensierte in der kalten Nachtluft. Elias senkte den Kopf und schloß die Augen.

Der Himmel war gefärbt wie glasiertes Porzellan. Die Kanten der dunklen Wolken waren Craquelée-Muster, Risse im Himmelsgewölbe, das drohte, auf Paris herunterzustürzen. Elias atmete mit halbgeschlossenen Lippen, um die Luft vorzuwärmen. Seine Zähne klapperten. Er hielt seinen Unterkiefer fest, schlug den Mantel zu, wickelte sich in seinen Schal ein und zog die Mütze bis zu den Augenbrauen herunter. Ganz in schwarz, bis auf die Augen in Nacht getaucht, als wolle er sich damit auslöschen, fand er seine alte Energie wieder. Der Lebenswille regte sich wieder.

Ein Taxi lieferte ihn fünf Minuten später vor dem Hauptgebäude des Studios Galaxie ab, ganz am westlichen Ende des Quai d'Orsay. Der Teer schluckte das Licht der Straßenlaternen. Der Schnee schmolz, sobald er aufs Pflaster traf.

Elias betrachtete von außen sein Büro in der fünften Etage. Oben war niemand mehr, aber die Notbeleuchtung erweckte den Anschein, als werde die Arbeit nie unterbrochen und gehe auf mysteriöse Weise auch ohne die Anwesenheit von Menschen weiter. Die Neonlampen hielten auch seinen Sessel warm wie die ewigen Sonnen der Gewächshäuser, in denen das moderne Obst und Gemüse wächst. Morgen früh würde Marie ihm, sobald er aus dem Aufzug stieg, seinen Kaffee bringen. Er würde sein Büro betreten, alles wäre wieder gut.

Es schneite nicht mehr. In der nächtlichen Beleuchtung traten die massiven und doch eleganten Linien des Gebäudes besonders deutlich hervor. Die behauenen Fensterstürze, die roten Mauern, die Drehtür. Die Großartigkeit und Schönheit hatte ihn schon beim ersten Mal beeindruckt. Dieses Haus würde jedem Sturm und jedem Sprengsatz standhalten.

Man muß den Tag im rechten Moment erwischen und dann mit der linken Hand ganz fest zudrücken, bis die Knöchel weiß werden. Wenn das gelingt, geht alles wie von selbst. Die einzige Anstrengung besteht jetzt darin, sich in die gläsernen Fasern des Tages hineinzuzwängen, in sein bleiernes Korsett.

Arbeit hat den angenehmen Nebeneffekt, daß wir uns für eine gewisse Zeit von uns selbst ablenken können. Unser Körper ist nicht unserer, auch nicht das Blut, das in diesem Körper kreist. Willenlos unterwerfen wir beides den Zielen unserer Arbeitgeber. Elias wünschte sich an diesem Tag besonders schwere Aufgaben und nervenaufreibende Besprechungen. Nichts ist besser dazu geeignet, Sorgen an den Rand der Seele zu drängen. Arbeit ist eine besondere Art des Wachtraums, ein Zustand, in dem wir unbewußt, automatisch funktionieren, eine Form des Schlafes mit offenen Augen.

Seit zehn Minuten wartete Elias nun schon vor dem Eingang des Verwaltungssitzes des Studios Galaxie, an der Ecke Rue Fabert, Quai d'Orsay. Das leere Gebäude war vollkommen still, nur aus den Lüftungsklappen der Klimaanlage stiegen Nebelschwaden auf den Gehsteig.

Die Nacht war kurz gewesen. Zaghaft weckte nun die Morgendämmerung die Farben von Paris. Elias brachte seine Haare in Ordnung und strich die zerknitterte Smokingweste glatt. Die Fliege hing noch an seinem offenen Hemdkragen. Er war trunken vor Müdigkeit, ihm schwindelte, sein klebriger Mund trocknete mit jedem Atemzug weiter aus. Er gähnte und steuerte auf den Eingang zu. Er empfand jedes Mal kindliche Freude, wenn er gegen die Drehtür drückte. Sie bewegte sich leicht, als würde sie von einem

Motor angetrieben. Das Vergnügen darüber gab ihm die nötige Kraft, in den nächsten Stunden Worte und Gesten finden.

Noch tropfte aus keiner Maschine Kaffee, kein Bildschirm flimmerte, nirgendwo klingelte ein Telefon. Elias genoß die jungfräuliche Stille der Eingangshalle, die sonst von zahlreichen Geräuschen und Stimmen erfüllt war. Er fühlte sich, als ob er eine Kathedrale betreten hätte, deren Heiligkeit sich in Luft auflösen würde, sobald die Horden von Abteilungsleitern und Angestellten das Gebäude stürmten.

Max, der Mann, der jeden Morgen putzen kam, grüßte ihn mit zusammengepreßten Lippen, zwischen denen ein erloschener Zigarettenstummel hing. Elias hatte noch nie ein Wort mit ihm gewechselt. Wenn sich ihre Wege morgens kreuzten, nickten sie sich zu. Max war nichts weiter als ein nützliches Dekorationselement, ein Einrichtungsgegenstand, den niemand beachtete. Elias hatte sich angewöhnt, ihm Karten für die Vorpremieren in sein Postfach zu legen. Er hatte seinen Spaß daran, die Familie durch das Blitzlichtgewitter über die roten Teppiche der Champs-Elysées-Kinos laufen zu sehen. Max' Hände lagen auf den Schultern seines kleinen Sohnes und seiner Tochter. Die Frau ging dicht neben ihnen. Elias genoß ihren Sonntagsstaat, das einzigartige Schauspiel einer glücklichen Familie. An diesem Donnerstagmorgen trug Max eine viel zu knappe blaue Arbeitskluft. Wenn er den linken Arm beugte, um den Scheuerlappen auszuwringen, kam unter dem Ärmel eine Panther-Tätowierung zum Vorschein. Das Radio an seinem Gürtel leierte Popmusik. Elias bemühte sich nach Kräften, Max nicht kennenzulernen, um weiterhin sein stummer Bewunderer bleiben zu können. Er hatte Angst, sich selbst den Spaß zu verderben, wenn er anfing, mit Max zu sympathisieren. Er wollte lieber Beobachter dieser banalen Perfektion bleiben, statt alles zu riskieren, indem er auf die andere Seite der Kamera wechselte.

Der Boden glänzte überall da, wo der Scheuerlappen schon gewesen war. Die verdunstende Feuchtigkeit hinterließ einen starken Geruch nach scharfen Putzmitteln. Der Marmor der Eingangshalle erinnerte an ein Luxushotel, die vier Aufzüge in den Ecken hatten dagegen etwas von Wachsoldaten, deren Chef, der Sicherheitsbeauftragte der Wachgesellschaft, in der Mitte thronte und von jedem, der das Gebäude betrat, Angestelltenausweis, Passierschein oder genaue Terminvereinbarungen zu sehen verlangte. An der Drehtür und dem Sicherheitsdienst führte kein Weg vorbei. Vom kleinsten Angestellten bis zu Arden Gaste. Alle mußten sie hier durch. Erst bei den Aufzügen trennten sich die Wege zu den verschiedenen Etagen.

Elias mißtraute der Elektronik der Aufzüge und nahm lieber das schmale Treppenhaus. Die grau gestrichenen Mauern und die Stufen aus Beton standen in scharfem Kontrast zum Luxus der Flure und Büros. Für die fünf Etagen ließ er sich Zeit.

An seinem ersten Arbeitstag vor vier Jahren hatte man ihm angeboten, sein neues Büro nach seinen Wünschen umzugestalten. Er hatte abgelehnt. Die Vorstellung, daß ein Rollkommando von Malern und Anstreichern jede Spur seines Vorgängers verwischte, mißfiel ihm. Er trat die Nachfolge eines Produzenten an, der einen Monat zuvor in Paris umgekommen war, nachdem er für Dreharbeiten in der ganzen Welt sein Leben riskiert hatte. Er hatte sich mit Guerilleros in San Salvador herumgeschlagen, mit korrupten Beamten in Alaska, mit Tigern, die nicht so zahm waren, wie vorher versichert worden war. Und das alles nur, um schließlich von einem Bus auf dem Boulevard St. Michel überfahren zu werden. Elias hatte den Posten übernommen und sich zum Ziel gesetzt, die Arbeit seines Vorgängers möglichst gut fortzusetzen. Alle gehen davon aus, in der Liebe oder in der Arbeit grundsätzlich Neuland zu betreten, aber letztlich ist man immer nur eine nachfolgende Generation, die alle Fehler wiederholt – im Bett wie im Büro.

In der fünften Etage waren die Abteilungen von Elias und Victor: zwölf Schreibtische, ein Konferenzraum mit vierundzwanzig Sesseln, sechs Wasserkaraffen und einem Original von Marc Rothko. Die Angestellten verbrachten ihre Zeit meist verschanzt hinter Kaffeetassen mit persönlicher Widmung. Zu jedem der beiden Büros gehörte ein Bad sowie eine kleine Kinoleinwand für persönliche Vorführungen. Es gab einen Fitneßraum und eine Sauna, die wegen fehlender Nachfrage zum Zigarrendepot umfunktioniert worden war. Wie ein Miniaturozean trennte eine Aquarienwand die Kontinente von Elias und Victor.

Nach einigen Minuten der Entspannung in seinem Sessel erhob sich Elias, um Kaffee zu kochen. Das Pulver fiel wie schwarzer Schnee in den Filter. Als Marie das Vorzimmer seines Büros betrat, überraschte er sie mit ihrer gefüllten Tasse, der mit dem blauen Kaninchen. Sie lächelte und dankte mit einer anmutigen Kinnbewegung. Wirklich ein hübsches Mädchen. Sie arbeitete für ihn, seit er hier war. Sie hatten sich auf Anhieb gut verstanden. Soweit nichts Ungewöhnliches, denn Elias verstand sich mit allen immer auf Anhieb gut. Geschickt eingesetzte Höflichkeit gehört immer noch zu den erfolgreichsten Getriebeölen, die die Industrie der zwischenmenschlichen Kontakte hervorgebracht hat. Mit seiner Taktik entwaffnender Freundlichkeit gelang es Elias immer wieder, Gesprächspartnern den Eindruck zu geben, seine Vorschläge seien eigentlich ihre gewesen. Er hielt sich dabei an den Grundsatz, daß ein Produzent auf tausend Arten nein sagen können muß. Und sei es manchmal paradoxerweise, indem er ja sagt. Trotzdem war seine zielstrebige Nettigkeit nicht einmal aufgesetzt. Die formvollendete Höflichkeit war Elias derart zur zweiten Natur geworden, daß er gar nicht mehr anders konnte. Wenn beispielsweise jemand, sagen wir seine Sekretärin, in ihn verliebt war und über eine nette persönliche Geste errötete, dann war er höflich genug, so zu tun, als merke er das nicht.

Marie legte Mantel und Pullover ab. Darunter kam eine dieser schwarzen Seidenblusen in chinesischem Stil zum Vorschein, die unter den Brüsten zusammengebunden werden.

»Haben Sie heute durchgemacht?«

Elias war noch immer im Smoking. Als er gestern nacht endlich zu Hause angekommen war, hatte er sich angekleidet aufs Sofa geworfen. Als er aufwachte, hatte er keine Lust gehabt, sich zu duschen und umzuziehen. Alles verströmte noch den Geruch des Glücksmoments. Elias hielt sich an seiner Tasse fest und suchte nach einer Ausrede.

»Clarisse war die ganze Nacht krank.«

»Ach, das tut mir leid.«

Clarisse war die perfekte Ausrede für alles. Außer Caldeira wußte niemand, daß sie verschwunden war. Was für eine bittere Ironie, daß er ihren Alkoholismus als Vorwand benutzte, obwohl sie gar nicht mehr trank. Er schämte sich augenblicklich für diese Notlüge. Aber was hätte er seiner allzu mitfühlenden und neugierigen Sekretärin sonst erzählen sollen?

Die ersten zwei Jahre im Studio hatte er alle Berufszweige kennengelernt. Lektor für Drehbücher, Pressebeauftragter, Produktionsassistent... Schon da hatte er seine Fähigkeiten unter Beweis stellen können. Er hatte mehrere Drehbücher mit sinnvollen Änderungsvorschlägen gerettet. Er hatte heikle Situationen entschärft und Streitereien mit Schauspielern beigelegt. Die personellen und technischen Mittel des Hauses waren schier unerschöpflich. Doch eines Tages fand Arden Gaste, es sei an der Zeit, diesem jungen Mann seine Chance zu geben, dessen Diskretion und Zuverlässigkeit untrügliche Beweise großer Ambitionen seien. Man vertraute ihm ein schwieriges Projekt an, einen Film, den schon mehrere Produzenten im Haus abgelehnt oder wieder zurückgegeben hatten. Das Drehbuch war nicht wirklich gut, der Regisseur hatte Depressionen und die Schauspieler setzten sich entsprechend in Szene. Man beobachtete den unbekannten Neuling, wie er das vor sich hin dümpelnde Projekt unter seine Fittiche nahm, und man erwartete, daß er daran scheitern würde. Aber Elias hielt es nicht für empfehlenswert, diese Erwartungen aus purer Höflichkeit zu erfüllen. Er rettete, was an der Produktion zu retten war. Der Achtungserfolg verschaffte ihm Anerkennung.

Elias wurde Produzent, er bekam ein Büro, eine Sekretärin, die Macht und die finanziellen Mittel eines kleinen Gottes. Er tat weiterhin das, was er konnte: Projekte behutsam so dirigieren, daß sie zustande kamen. Die Arbeit in diesen vier Jahren war immer die gleiche gewesen. Die Tage erschienen ihm oft wie die Fotokopien anderer Tage mit veränderten Kontrasten. Elias holte vor allem aus mittelmäßigen Projekten das Beste heraus, entdeckte geheimes Potential, konsolidierte Stärken, soweit sie vorhanden waren. Die Filme kamen in der Regel gut an, und auch die beteiligten Kreativen waren zufrieden. Das Studio verdiente Geld und Ansehen. Victor ließ sich für jeden noch so kleinen Erfolg ausgiebig feiern. Elias besaß dafür zuviel Taktgefühl. Er machte sich lieber unsichtbar. Erfolge sah er nur als Ergebnis besonders gewissenhafter Arbeit an, und davon hatte er auch alle anderen so geschickt überzeugt, daß die Worte Talent und Genie nie im Zusammenhang mit ihm gebraucht wurden. Es störte ihn nicht, daß die ihm zustehenden Komplimente mühelos willigere Empfänger fanden.

Punkt neun Uhr begann das Gebäude seine menschliche Nahrungsaufnahme. Das Gerenne war so heftig, daß die Fußböden erzitterten. Vorboten eines Erdbebens, wie sie menschliche Arbeit neben anderen Katastrophen mit sich bringt.

Die Magie des Kinos schlug immer noch in ihren Bann. Wer in der Buchhaltung Zahlen addierte, wer Kaffee kochte oder Drehbücher korrigierte, der arbeitete hier stets mit dem kindlichen Stolz, an etwas Großartigem mitzuwirken.

»Diese Journalistin hat wieder angerufen«, sagte Marie und riß Elias damit aus seiner Drehbuchlektüre.

»Diese Clara Dingsda?«

»Hovi. Clara Hovi.« In Maries Stimme war ein leichter Anflug von Eifersucht. »Sie will sie *unbedingt* treffen. Sagt sie ausdrücklich.«

»Sagen Sie ihr, ich bin komplett ausgebucht. Außerdem fahre ich in ein paar Tagen nach Afrika. Ich bin krank, ansteckend krank, habe schlechte Laune oder fiesen Mundgeruch, außerdem habe ich nichts zu sagen, bin zu schüchtern, sie schüchtert mich nämlich ein. Oder sagen Sie meinetwegen, meine Urgroßmutter ist gerade gestorben, meine Kinder sind krank, meine Stimme ist weg, sie geht mir auf den Senkel, und was ich erzähle, ist nichtssagend oder Angeberei, außerdem spreche ich nur Kantonchinesisch und bin schon mehrfach wegen sexueller Übergriffe belangt worden.«

»In dieser Reihenfolge?« fragte Marie, nachdem sie ein Lachen hinter vorgehaltener Hand unterdrückt hatte.

»Ich bin sicher, Sie finden eine glaubwürdige Ausrede.«

»Ich habe alles für den Flug auf Ihren Schreibtisch gelegt.«

Auf ihre übliche diskrete und fehlerlose Art hatte Marie seine Expedition vorbereitet und alles in eine Schuhschachtel gepackt – ein dezenter Hinweis darauf, daß sie sich neue Schuhe gekauft hatte, und er es nicht versäumen durfte, ihr dazu ein Kompliment zu machen.

Elias setzte sich an seinen Schreibtisch und öffnete die Schachtel. Sein Herz schlug wie bei einem Schuljungen, der ein Geschenk auspackt. Er stieß auf das Flugticket einer kleinen Fluglinie, die für das Verteidigungsministerium arbeitete. Ein Gummiband umschlang das Ticket und einen Reiseprospekt über die Region um den Viktoriasee. Darunter lagen zwei dicke Bündel Dollarscheine, ein Zettel mit den wichtigsten Telefonnummern, Botschaft, Konsulat, die örtlichen Instanzen, Versicherungen. Eine Konversationshilfe auf Suaheli, ein beachtlicher Vorrat an Koffeintabletten, Ginseng und Guarana, Sonnencreme und schließlich – eine charmante und gleichermaßen naive Vorsichtsmaßnahme – eine Unterdruckpumpe zum Absaugen von Schlangenbissen.

Ein Teil des Teams war bereits in Tansania, um den Drehort vorzubereiten. Der Film sollte auf einer der Inseln im Viktoriasee namens Rubondo gedreht werden. Das Faltblatt des örtlichen Tourismusbüros nannte die Insel »einen der schönsten Naturparks Afrikas«. Die schweren Teile der Ausrüstung waren schon mit einem Militärflugzeug, einer C-160 Transall, hingeflogen worden. Leute vom Studio hatten Schwierigkeiten mit der örtlichen Bürokratie aus dem Wege geräumt und im Busch ein leerstehendes

Hotel für die Bedürfnisse der empfindlichen europäischen Hintern hergerichtet. Es gab eine Klimaanlage, für die Wasserversorgung der Badezimmer waren extra Brunnen gegraben worden. Die Versicherungen hatten darauf bestanden, eine private Miliz zum Schutz von Team und Drehort zu engagieren.

Elias strich über die Unterlagen. Seine Finger waren feucht und hinterließen Spuren auf dem Papier. Er las den Reiseplan. Er würde auf dem internationalen Flughafen von Entebbe in Uganda landen, von dort brächte ihn eine kleine Maschine, eine MU-2, zur Insel.

In weniger als einer Woche wäre er fort von hier, verschwunden, wie Clarisse. Er würde sich vom Ende der Beziehung erholen, indem er sich in Arbeit stürzte. Die Insel war dafür perfekt. Probleme und Konflikte waren zum Glück vorprogrammiert. Er würde sie lösen. Dann würde er sich um einen anderen Film kümmern.

Er hatte Clarisse verloren. Es war nicht länger zu leugnen: Seine Welt hatte einen Kontinent verloren. Allerdings war Clarisse bei genauerem Hinsehen weniger ein Kontinent gewesen als sein Atlantis: kaum bekannt und unwirklich wie eine Fata Morgana. In wenigen Monaten würde sie nur noch eine Erinnerung ohne Stachel sein, aber auch ohne jeden Geruch. Eine andere Frau würde sein neues Atlantis werden.

Bis dahin blieben ihm seine vier Kontinente echter Freundschaft: Zoë, Darius, Victor und Caldeira waren Teil seiner Privatgeographie. Zoë war sein Europa, nah und vertraut. Darius sein Asien. Victor das industrialisierte und dominante Amerika, Caldeira repräsentierte Afrika. Seine innere Weltkarte bekam keine neuen weißen Flecken ohne Clarisse.

Fünf Tage mußte er sich noch gedulden, bis er der Stewardeß am Flughafen sein Ticket hinhalten konnte. Es fehlten einige Impfungen, ansonsten mußte er nur noch packen. Bis zum Abflug konnte er sich auf seine Arbeit verlassen, die ihm über düstere Gedanken hinweghelfen würde. Er lehnte sich mit der Hand an die Wand seines Büros. Hier würde nichts zusammenbrechen. Im Schutz dieses Hauses war er sicher.

Das *Camélia* befand sich in der Rue Surcouf, gut hundert Meter von der Metrostation Invalides entfernt. Wenn man nicht hier wohnen mußte, war das Viertel auch nach Büroschluß erträglich. Der Verkehr beruhigte sich. Die Vitrinen der Edelboutiquen waren erleuchtet, einige verstreute Brasserien und Restaurants empfingen ihre gediegene Kundschaft, teils Geschäftsleute aus der Umgebung. Nichts Besonderes. Das Viertel war zu teuer und zu schick, um zu nächtlichen Streifzügen einzuladen. Das *Camélia* war in der Straße die einzige Bar, die noch nicht dichtgemacht hatte. Über dem Eingang hing ein rosa Neonschild in Blumenform.

Im Erdgeschoß standen lange Reihen von Tischen und Stühlen, zwischen denen sich die Kellner hindurchschlängeln mußten, um Getränke und Tapas zu servieren. In der ersten Etage gab es nur sechs Tische mit Ledersesseln. Die Intarsien auf den Tischen zeigten eine stilisierte Kamelie. Wenn der Himmel nicht bedeckt war, schien die Sonne durch das breite Panoramafenster. Die Preise waren oben doppelt so hoch, der Service dafür mindestens viermal so langsam, und in alter Pariser Treue zum Prinzip der Gleichheit waren die Kellner oben genauso unfreundlich wie unten.

Victor und Elias hielten hier ihre Arbeitssitzungen ab, wie sie die kurzen Pausen nannten, die sie sich zwischen Dreharbeiten und Besprechungen gönnten. Mit der gleichen Leidenschaft fürs Streitgespräch gesegnet, ergötzten sich die beiden Schicksalsgenossen am verbalen Kräftemessen, schwitzten dabei das angesammelte Gift aus und husteten sich ihren Frust in Form von Witzen von der Brust.

Das *Camélia* war rechtsfreier Raum, ein sicherer Ort für Piraten, ihre geheime Schildkröteninsel. Freibeuter waren sie in der

Freiheit der Rede. Unzensiert ließen sie sich hier über egozentrische Schauspieler oder ungebildete Bankiers aus, über die klimatischen Gründe für die kürzer werdenden Warteschlangen vor den Kinos. Manchmal diskutierten sie sogar über Filme. Sie liebten beide das Kino, auch wenn Victor eine merkwürdige Vorliebe für Filme mit dem Thema Fellatio hatte. Manchmal sprachen sie auch über die Liebe, aber nicht über ihre wirklichen Gefühle, sondern über die Gedanken, die diese Gefühle bei ihnen auslösten.

Victor liebte seine Frau, was ihn aber nicht von leidenschaftlichen Eskapaden seiner überbordenden Sexualität abhielt. Er schlief mit ihr, aber er fand bei anderen Frauen Ausdrucksformen seiner Triebe, die sie in dieser Form nicht mehr ertragen hätte. »Außerdem haben wir doch gar keine Zeit mehr dafür«, hatte er Elias erklärt. »Wir sind jetzt zehn Jahre zusammen. Anfangs haben wir jede Minute im Bett verbracht. Aber nach und nach haben wir angefangen zu diskutieren und uns wirklich kennenzulernen. Und was glaubst du, was das Zeit kostet? Wenn wir uns weiterhin besser verstehen wollen, müssen wir unser Sexleben reduzieren. Für sie ist das ok, aber nicht für mich.« Victor kam bei jungen Schauspielerinnen, Praktikantinnen oder Sekretärinnen, die ihm im Rahmen seiner Arbeit über den Weg liefen, auf seine Kosten.

»Das ist vielleicht eine blöde Kuh.«

»Sag doch gleich, sie wollte nicht mit dir ins Bett.«

Victor sondierte das Terrain für seinen nächsten Film. Der Auftrag kam von ganz oben, aus der siebten Etage, was soviel heißt wie von Arden Gaste, also von Gott persönlich. Meist waren Zeitungsartikel oder mitgehörte Gespräche die Keimzelle seiner Filmideen. Die Assistentin schrieb dazu ein Memo und schickte es an alle angestellten Produzenten, Drehbuchautoren und Regisseure. Niemand war verpflichtet, den genialen Geistesblitzen des Chefs große Aufmerksamkeit zu zollen, aber Arden Gaste hatte einen untrüglichen Riecher für Stoffe, die das Publikum berührten. Der Artikel über eine junge Romanautorin hatte ihn so gefesselt, daß er ihr Leben verfilmen wollte. Die Bücher hatte er nicht gelesen. Bücher interessierten ihn nicht. Ihr Leben enthielt für ihn jedoch unglaubliches dramatisches Potential. Er hatte Victor beauftragt, sich um die junge Frau zu kümmern und herauszufinden, ob sich daraus etwas entwickeln ließ. Victor hatte sie angerufen, war aber am Telefon brüsk abgewiesen worden. Das war kein leichtes Spiel.

»Ich würde sogar sagen, der Auftakt ist gründlich in die Hose gegangen. Einziger Lichtblick: Wer Romane schreibt, hat nichts zu beißen. Das wird schon irgendwie klappen. Aber gegen das, was du da vorbereitest, sind das natürlich Peanuts.«

Victor hatte gar nicht erst versucht, seine Eifersucht zu verbergen, als Caldeira ankündigte, er wolle den nächsten Film mit Elias zusammen machen. Caldeiras Filme waren Victor gleichgültig, aber einen davon zu produzieren, möglicherweise den letzten, das war der Wunschtraum so ziemlich jedes Produzenten. Wer hätte nicht gern eine Schallplatte mit Elvis produziert? Scheißegal, ob man den Musikstil oder seine Stimme mag, das ist nun mal der King.

»Vielleicht brichst du dir bis Montag noch ein Bein«, witzelte Victor.

»Ich würde auch mit Gips runterfliegen. Glaub mir.«

Der Film in Afrika nahm Elias voll und ganz in Anspruch. Selbst wenn Caldeira den Drehplan nicht überzog, war er vierundzwanzig Wochen fort, keine Sekunde davon Erholung. Die ganze Planung fand erst vor Ort statt. Und Caldeira hatte sich volle künstlerische Freiheit ausbedungen. Keiner in der Firma und nicht einmal die Darsteller kannten das Drehbuch. Der doppelte Sprung ins Ungewisse, nach Afrika und in einen unbekannten Film, begeisterte und beunruhigte Elias zugleich.

Victor nahm seinen Zigarrenabschneider, spielte einen Moment damit herum und zog dann aus der Innentasche ein Zigarrenetui aus Krokodilleder. Das waren keine gewöhnlichen Zigarren, eine Narbe verlief längs des braunen Körpers. Victor strich genießerisch mit dem Finger daran entlang. Der Geschmack von Macht ging mit dem von hippem Underground in jenen kubanischen

Blunts, in deren Deckblätter Marihuana eingerollt wird, eine ideale Verbindung ein. Der Raucher genießt gleichzeitig die Trunkenheit durch das Nikotin und die beruhigende Wirkung des Tetrahydrocannabinols. Der Geruch von Tabak und Gras vermischte sich zu einem schweren und dichten Dunst, der auch die hartnäckigste Paranoia erstickt. Die Flamme leckte an der Spitze der *Blunt*, Victor paffte drei kräftige Züge, um die Glut anzufachen.

Der Kellner brachte den lang bestellten dreifachen Whisky. Nach einem harten Arbeitstag hatten sie Anrecht auf eine Belohnung. Entspannt, mit gelösten Krawatten, vom Sitzen verspannten Schultern und schmerzenden Rücken, atmeten sie zum ersten Mal, seit sie aufgestanden waren, normal. Die Muskeln waren müde, in ihren Kehlen spürten sie das trockene Kratzen vom vielen Reden und in den Schläfen den stechenden Schmerz vom ununterbrochenen Telefonieren und Radiohören.

»Du bist nicht in Form«, stellte Victor fast erfreut fest. Über ihnen hing eine weiße Rauchwolke.

»Woran siehst du das?«

»Du läufst immer noch in den gleichen Klamotten herum wie gestern und bist auch nicht rasiert.«

»War kein guter Tag heute.«

»Manche Tage sind Ausschuß. Kenne ich.«

»Scheint derzeit aber grundsätzliche Probleme bei der Herstellung neuer Tage zu geben.«

»Das kommt vor. Oft genug.«

»Das ist wirklich einer dieser Tage …«

»Einer dieser Tage …?«

»Manchmal denke ich, es gibt nur zwei Sorten Leute. Opfer oder Schuldige.«

»Und wo sortierst du die Toten ein?«

Victor bedauerte seinen Einwurf sofort. Er fürchtete sich vor dem Tod und lebte in ständiger Angst vor ersten Anzeichen. Er aß ausschließlich Lebensmittel aus ökologischem Anbau, spritzte sich Omega-3-Fettsäuren und trainierte jeden Tag eine Stunde im Fitneßraum der Firma. In der Nähe von Friedhöfen wagte er nicht zu atmen. Victor schnitt eine Grimasse und kaute verdrossen an seiner Zigarre.

»Tote sind per se schuldig. Oder hast du eine andere Erklärung, warum sie nicht mehr leben?«

»Gute Frage«, gab Victor zu. »Und du, was bist du?«

»Ich bin ganz klar schuldig. Irgendwer muß doch mal Verantwortung übernehmen. Glaubst du nicht? Alle wollen rein und unschuldig sein. Ich bin gerne schuldig, wenn damit die Unschuld in der Welt gerettet werden kann.«

»Du überraschst mich immer wieder.«

»Wie heißt die eigentlich?«

»Wer?«

»Na diese Frau.«

»Du meinst die Schriftstellerin? Margot Lazarus. Komischer Name. Kennst du sie?«

»Nein. Was hat sie denn Furchtbares erlebt, daß es sich lohnt, einen Film darüber zu machen?«

»Sie bringt sich immer wieder um«, Victor kniff die Augen zusammen, um den Effekt besser auszukosten, und zog genüßlich an der Zigarre. »Zumindest am Ende jeder Liebesaffäre.«

»Das klingt doch ganz gut.«

Es dauert keine fünf Minuten, da sieht man in menschlichen Schicksalen nur noch gute Geschichten. Man denkt nicht mehr: »Die fand ich jetzt total nett, aber, mein Gott, was für ein furchtbares Leben.« Man denkt: »guter Stoff«. Man denkt das sogar, wenn man auf Knien neben der Frau hockt, die man liebt. Sie liegt auf dem Trottoir ausgestreckt, bewußtlos, Blut läuft ihr aus dem Mund. Der Schmerz dieses Anblicks zerreißt einen, und doch ertappt man sich, während die Sirene des Rettungswagens ertönt, bei dem Gedanken, was für ein unglaublicher Moment das ist. Es liegt Schönheit in dem, was geschieht, auch wenn es kalt ist, regnet, der Tod unterwegs ist und die Passanten vorbeieilen. Die Gefühle sind so intensiv, daß sich der Gedanke förmlich aufdrängt, was für ein schönes Kunstwerk man daraus destillieren könnte. Man spürt in den Venen und im Hirn, wie der unendliche Schmerz langsam zu poetischem Gold gewaschen wird. Man schwört sich, niemals, ganz sicher niemals auf diese großen Emotionen zurückzugreifen, weil man noch den Geruch von Blut in der Nase hat. Blut, das an der Haut kleben bleibt und sich durch nichts abwaschen läßt.

»Gut, wir leben im Schnitt länger als Männer. Aber im Filmbusiness haben Frauen doch eine Lebenserwartung, die ist kaum besser als in der dritten Welt. Ich komm' mir vor, als wäre ich in Bangladesch, Elias.«

Aus Zoës Sarkasmus sprach der Frust. Sie fischte die letzte Zigarette aus dem Päckchen. Zwischen den Gläsern lagen zahlreiche rotweiße Schachteln. Elias hatte vor einigen Tagen aufgehört zu rauchen und Zoë seine letzten beiden Stangen mitgebracht. Sie zupfte an den Bügelfalten ihrer Hose und strich sich über den Bauch. Statt nach Hause ins leere Appartement zurückzukehren und Trübsal zu blasen, hatte Elias seine beste Freundin angerufen. Sie hatten sich im *Queue du Chat* verabredet, oben in der Rue Tholozé.

Die Treppen, die Hanglage und die steilen Straßen von Montmartre gaben Paris hier etwas von einem isolierten Gebirgszug. Es hatte zu regnen begonnen, und überall schossen Regenschirme und Kapuzen wie Pilze aus dem Boden. Der graue Himmel wurde langsam schwarz. Sie hatten sich draußen unter einen Sonnenschirm gesetzt und überließen es dem Wein, sie zu wärmen. Von Zeit zu Zeit trieb der Wind ein paar Tropfen zu ihnen.

»Ich gebe dir Recht. Ab einem gewissen Alter gibt es kaum noch Rollen für Frauen.«

»Und ich bin eine Frau in diesem gewissen Alter. Verdammte Scheiße. Danke für deine politisch korrekte Wortwahl, Elias.«

»Du bist gerade mal vierzig.«

»Damit zähle ich bereits zu den Großmüttern.«

Die extrem hohe Lage verlieh Zoës Stimme etwas Aristokratisches. Sie konnte furchtbare Dinge in höchst elegantem Tonfall sagen. Die langen rostroten Haare, die ihr über die Schulter fielen, erinnerten an eine Schwimmweste. Ihre Finger spielten damit, als wollte sie klarstellen, daß sie sich jederzeit fürs Ertrinken entscheiden könnte.

»Eine atemberaubende Schönheit kann altern, aber ich habe nie die jugendliche Liebhaberin gespielt. Schönheit darf ihre Frische verlieren, Modell verblühte Rose. Das hat Charme. Aber was ist, wenn Banales alt wird?«

»Du bist sehr schön, Zoë, und je älter du wirst, desto schöner wirst du.«

»Du bist nett. Ein bißchen zu nett sogar.«

»Ich sag das nicht, um nett zu dir zu sein.«

»Ich weiß. Das macht es nicht besser. Du hast nämlich einen starken Sehfehler. Leute, die du magst, findest du schöner, als sie sind. Du bräuchtest dringend eine Brille, die alles nach unten korrigiert. Ich habe nie besonders viele Rollen bekommen, aber jetzt? Soll ich etwa nur noch die Nachbarin, die Bäckerin oder die gute Freundin jenseits der Menopause spielen?«

»Du wirst immer Rollen kriegen.«

»Ich habe aber keine Lust mehr, mich dabei auf dich zu verlassen. Ich habe keine Lust mehr, hinter jeder Rolle, die ich bekomme, zu argwöhnen, daß du dahintersteckst. Ich will mit meiner Arbeit anerkannt werden. Die meisten Schauspieler sind aus reinem Narzißmus in diesem Beruf gelandet. Aber ich liebe den Film!«

»Dann solltest du mit der Schauspielerei aufhören, dir Eintrittskarten kaufen und ins Kino gehen.«

Für einen Augenblick war Zoë wie erstarrt. Ein kalter Schatten huschte über ihre Wangen. Aufmerksam sah sie Elias ins glatte, helle Gesicht. Er lächelte nicht. Seine unbarmherzigen Wahrheiten machten sie jedesmal sprachlos. Kein Mann, den sie kannte, war so sanft und vorsichtig. Doch manchmal spürte sie eine verborgene Gewalttätigkeit in dem, was er sagte.

Sobald er die Wirkung seiner Worte begriff, fühlte Elias sich wie ein Kind, das mit der Waffe seines Vaters spielt, nicht weiß, daß sie geladen ist, und ungewollt eine Spielkameradin verletzt.

»Entschuldige bitte.«

»Nein, du hast schon recht«, sagte Zoë, die ihre Fassung wiedergewonnen hatte. »Man kann sein Leben nicht damit verbringen, auf Anrufe zu warten oder ewig zu hoffen, aus edlen Beweggründen begehrt zu werden, wenn man gleichzeitig weiß, daß sich kein Arsch für einen interessiert. Ich werd' mich aufs Theater konzentrieren. Und wenn ich da nichts finde, dann schreibe ich eben. Ja, genau. Ich schreib' ein Stück über eine alte Frau so um die vierzig. Scheiße noch mal, kannst du mir vielleicht verraten, warum Gott das Älterwerden in seine Schöpfung eingebaut hat?«

»Weil manche Leute ihrer Jugend nicht nachtrauern wollen.«

»Falsche Antwort. Der wahre Grund ist: Alte Körper sind zu hundert Prozent biologisch abbaubar.«

Zoës Gesicht war immer noch hübsch. Die Falten, die Elias im Laufe der Jahre hatte entstehen sehen, unterstützten nur ihre lebhaften Gesichtsausdrücke. Er hätte seine Freundin stundenlang ansehen können. Jeder Zug hatte seine Geschichte, und das ganze Gesicht war ein Ensemble voller Feinsinn und Ironie.

»Wenn's nach mir ginge, würde man den da oben fristlos und ohne Abfindung entlassen.«

»Geht nicht so einfach. Der ist in der Gewerkschaft.«

»Werde ich deiner Ansicht nach langsam bitter?«

»Am Ende lächelst du doch immer.«

»Das ist kein Lächeln. Das sind erste Anzeichen einer Gesichtslähmung. Du siehst besorgt aus. Was ist los?«

»Ich bin ein bißchen durcheinander. Erst haben sie im *Roma* die Penne mit Paprika und Parmesan von der Karte genommen, und jetzt betrügt mich Clarisse auch noch.«

»Was? Die blöde Kuh! Bist du sicher? Wie kommst du darauf?«

»Es hat mich mißtrauisch gemacht, daß sie einen Geliebten hat.«

Wenn deine Freundin Arbeitswochenenden in Venedig verbringt, wenn sie in dem Moment auflegt, in dem du aus dem Badezimmer kommst, wenn sie sich parfümiert und sexy Unterwäsche anzieht, um ihre Mutter zu besuchen, dann hat sie nicht nur einen Liebhaber, sie will es dich auch wissen lassen.

Er hatte die beiden beobachtet, wie sie sich in einem Café gegenüber ihrer Wohnung in der Rue Montorgeuil geküßt hatten.

Clarisses Liebhaber entsprach ganz dem Klischee. Das Gesicht kam ihm bekannt vor. Er hatte nur kurz bei einer befreundeten Casting-Agentin die Ordner durchgeblättert, schon hatte er ihn gefunden. Er hieß auch noch Tristan und war zehn Jahre älter als Clarisse. Elias war ihm gelegentlich bei Dreharbeiten über den Weg gelaufen.

Als Elias die beiden so aus der Entfernung beobachtete und sah, wie sein Nebenbuhler den Arm um Clarisse legte, fand er die Geste arrogant und auf unangenehme Art selbstsicher. So ungezwungene Bewegungen bringen nur die zustande, die an nichts zweifeln. Er entsprach ganz dem Stereotyp des Verführers: erobernder Blick, sinnlicher Mund, breite Schultern, italienischer Anzug und viel zu gut geputzte Schuhe. Und das Schlimmste – Elias mußte sich das eingestehen, als er die Rollen durchging: Dieser Mistkerl war ein verflucht guter Schauspieler. Er hatte sich kurz bei dem Gedanken ertappt, ihn für einen Film zu engagieren.

Die Wahl des oder der Geliebten offenbart immer eine verborgene Seite an unseren Lebensgefährten. Tristan war der Mann für die lauten Jahrmarktsvergnügen, breit und unbändig lachend. Elias erkannte seine Clarisse nicht wieder, die er sechs Jahre lang in den Armen gehalten hatte.

Er hatte nie darüber nachgedacht, wie es wohl wäre, von ihr getrennt zu sein. Ihr Leben hatte ihm nie Zeit gelassen, über die Beziehung nachzudenken. Es hatte keine Verschnaufpause gegeben, um sich in aller Ruhe die Zukunft vorzustellen. Die Gegenwart war zu bewältigen, unmöglich, an morgen zu denken. Höchstens, um sich einzureden, daß es nicht mehr schlimmer werden konnte.

Für Clarisse war er stets nur der Mann des ersten Tages gewesen, der sich über sechs Jahre lang täglich wiederholt hatte. Nicht der Mann fürs Leben. Wie sollte das bei einer Frau, die kein Leben hatte, möglich sein? Als sie letzten Sommer endlich angefangen hatte aufzuleben, hatte sie sich einen Liebhaber genommen. Das war nur allzu logisch.

Wenn sie nicht von sich aus gegangen wäre, er hätte sie nie verlassen. Er hätte weiterhin so getan, als sähe er nichts. Er hatte mit der Zeit begriffen, daß sie ihn deshalb so ostentativ betrog, damit er nicht länger Ahnungslosigkeit vorschützen konnte. Aber auch als er die Augen nicht mehr vor den Tatsachen verschließen konnte, hatte er nicht reagiert. Erst durch ihr Verschwinden war Elias dazu gezwungen worden, sich das Ende der Beziehung einzugestehen.

»Dann schick sie doch in die Wüste.«

»Das ist schwierig. Sie ist bereits weg.«

»Wie lange denn schon?«

»Seit fünf Tagen. Ich kann nicht mit ihr Schluß machen, ich kann mich auch nicht mit ihr streiten. Es ist wirklich frustrierend.«

»Dann finde sie, um mit ihr Schluß zu machen.«

Dieses Schwindelgefühl. Sechs verlorene Jahre. Es blieben ihm nur ein paar verstaubte Erinnerungen. Als hätte er Clarisse nie umarmt, nie mit ihr geschlafen.

Der Kellner brachte je ein Glas Sauvignon und Côtes du Rhône. Zoë beobachtete, wie sich ihr Freund das Weinglas an die Lippen hielt. Er lächelte ihr zu und nahm einen Schluck. Sie hatte Clarisse nie leiden können. Das arme, arme Mädel war doch nie einen Tag ihres Lebens allein gewesen. Einen Tag war sie mit Jack Daniels zusammen, am nächsten mit Mister Ballantines. Kein Wunder, daß sie Elias betrogen hatte. Ob im Anzug oder in der Flasche, sie hatte immer einen Liebhaber gehabt. Man sollte sich vor Leuten hüten, die Angst vor dem Alleinsein haben, denn sie sind nie wirklich allein gewesen. Sie sind sich für kein schäbiges Manöver zu schade, um über ihren Mangel an Vorstellungskraft hinwegzutäuschen. Männer, Frauen oder Alkohol, das macht keinen Unterschied. Sie verstehen nicht, daß man Einsamkeit nicht wie ein Loch zustopfen kann. Einsamkeit ist ein Faß ohne Boden. Es ist sinnlos, ihr entfliehen zu wollen. Einsamkeit ist ohnehin eine Geliebte, die von Zeit zu Zeit betrogen werden will.

Clarisse verhielt sich wie ein verwöhntes Kind. Zoë war sich durchaus bewußt, daß ihr Urteil nicht frei von Eifersucht war. Aber dieses egoistische und destruktive Weib hatte nun mal ihre Enterhaken in Elias geschlagen und war sich nicht einmal des unfaßbaren Glücks bewußt gewesen, das sie hatte, diese Idiotin. Sie behandelte Elias lediglich wie einen Krankenpfleger. Zoë hatte eine Weile gebraucht, um zu begreifen, daß sie Elias liebte. Diese Liebe für ihren besten Freund war unbemerkt gewachsen. Aber als sie sich dessen bewußt wurde, war klar, sie würden niemals Küsse tauschen. Eine Beziehung mit ihm anzufangen würde bedeuten, ihn womöglich zu verlieren. Das wollte sie auf keinen Fall. Elias war so gut zu ihr. Aber jemand, der so perfekt ist, hat natürlich ein Problem. Klarer Fall.

Zoë beobachtete, wie der Kellner eine Frau am Nachbartisch mit den Augen verschlang. Einen kurzen Augenblick bedauerte sie, kein Anrecht auf die gleiche Aufmerksamkeit zu haben. Sie hatte ganz gewiß großen Charme, aber mehr nicht. Schminke, raffinierte Frisuren, außergewöhnlicher Kleidergeschmack, all das gab ihrem Aussehen ein gewisses Etwas, aber nicht diese natürliche Schönheit, die sich selbst genügt.

Vor einigen Jahren, als der schöne Firniß der Jugend sie noch geschmückt hatte, war sie hin- und hergerissen gewesen zwischen dem Vergnügen, betrachtet zu werden, und dem Ärger über die Begehrlichkeiten der Männer, die ihr damit auf altmodischste Art ihren untergeordneten Platz zuwiesen.

Bettie Page ist verschwunden, seit sie nicht mehr sexy ist. Zoë mochte diese Welt nicht, in der eine Bettie Page in ihrem Dachkämmerlein verschwand, sobald sie nicht mehr laszive Wünsche auslöste. In den Augen von Elias dagegen würde sie immer schön sein, eine Schönheit ohnegleichen und ohne Verpflichtungen, eine unabhängige, freie Schönheit. »Elias ist wie ein Spiegel«, dachte Zoë. »Alle Welt betrachtet sich in ihm, und niemand sieht ihn selbst.«

»Ach übrigens: Kennst du jemanden, der schon mal mit Gastritis zu tun hatte?«

Elias kniff die Augen fragend zusammen. Zoë sah in ihr Glas. Sie strich sich eine Strähne aus dem Gesicht und fühlte, wie sie errötete.

»Nein. Aber wenn du jemand findest, sag ihm, ich würde mich gern per Zungenkuß bei ihm anstecken. Ich muß fürs nächste Vorsprechen noch ein paar Kilo abnehmen.«

»Du bist doch verrückt.«

»Verdammt noch mal, Elias. Ich habe keine andere Wahl, als verrückt zu sein.«

Er hatte Zoë bei Dreharbeiten kennengelernt. Sie hatte nur einen kleinen Auftritt als unwirsche und langsam alternde Kellnerin gehabt. Ihre Konzentration und ihr Lampenfieber hatten ihn berührt, ihre eigenwillige, unbeirrbare und widerborstige Anmut hatte ihn beeindruckt. Sie kleidete sich elegant, ausschließlich in dunkle Kleidungsstücke. Aber jede schwarze Bluse begann zu leuchten, wenn Zoë sie trug. Auch grau war eine warme Farbe, wenn sie sich um ihre Arme schmiegte.

Zoë war groß und sie verbreitete immer das Gefühl noch größerer Melancholie. Sie gehörte zu jener Sorte Menschen, die einer Landschaft gleichen. Zoë war wie das schottische Hochland, von kalten Winden und Nieselregen gepeitscht. Ihre schwarzen Augen schimmerten gefährlich wie die Teiche im Moor. Wenn sie ihren mitleidlosen Blick auf jemanden richtete, bekam der nicht selten den Eindruck, nur ein Lichtpunkt auf ihrer Linse zu sein. Das drückt auf die Stimmung und erklärt den mangelnden Erfolg bei Castings. Es ist ein großer Fehler und bei Schauspielern ein professioneller, wenn man nicht in der Lage ist, sich beeindruckt zu zeigen.

In einer Pause zwischen zwei Szenen waren sie etwas trinken gegangen, und weil Zoë ihn nicht als vielversprechenden und bereits einflußreichen Jungproduzenten behandelt hatte, was er damals schon war, hatten sie sich angefreundet. Zoës Karriere war jedoch nie richtig in Gang gekommen, trotz zahlreicher Hilfestellungen von Elias. Er hatte nie wegen ihr intrigiert, nie jemanden um den Gefallen gebeten, sie zu besetzen, er hatte auch nie eine andere Schauspielerin wegen ihr aus der Rolle gedrängt. Er wußte nur zu gut, daß seine Freundin ihm solche Manöver nie verziehen hätte. Aber jedesmal, wenn in ihrem Kühlschrank die Lieblingsmarke Joghurt fehlte, wenn sie plötzlich lieber einen einfachen Kaffee am Tresen trank statt das übliche Glas Wein, wenn sie überlaut verlangte, die Rechnung zu bezahlen, dann ließ er bei geschäftlichen Mittagessen mit Kollegen oder Regisseuren schon mal ihren Namen fallen und fügte hinzu, sie sei eine gute Freundin von ihm. Auf diese Weise erhielt sie unbedeutende Rollen in unbedeutenden Filmen, was ihr erlaubte, eine nicht allzu bedeutende Existenz zu führen.

Wenn sie in einem Theaterstück spielte, sah sich Elias das Stück an mehreren Tagen hintereinander an. Im Lucérnaire oder im Théâtre de l'Atelier warf sie vor den wenigen Zuschauern verschwenderisch mit ihrem Talent um sich. Schauspielen war ihr ein so wichtiges Bedürfnis, sie hätte auch ohne Gage in einem leeren Theater mit löchrigem Dach und ohne Licht und Heizung gespielt. Zur Not ohne Text, ohne Kostüme, in einem Theater ohne Wände.

Ihr Liebesleben entsprach dem Berufsleben. Seit zwölf Jahren war sie die Geliebte eines verheirateten Mannes, von dem sie nicht loskam. In seinem Leben spielte sie eine ähnlich untergeordnete Rolle wie vor der Kamera.

Elias ballte die Fäuste unter dem Tisch, und während er sie wohlwollend ansah, beschloß er, die Dinge zu ändern. Sie hatte ein Anrecht darauf, ihren Namen in großen Lettern auf Plakaten zu lesen und die Frau im Leben eines Mannes zu werden.

Die Nadel der Spritze glitzerte im Licht der Lampe. Die feuchte Spitze zitterte kaum, als sie sich auf seinen Arm niedersenkte und die Haut durchstieß. Die Flüssigkeit lief langsam in Elias' Arm. Es war die letzte Injektion. Er war nun gegen Diphtherie, Tetanus, Polio, Hepatitis A und B, Gelbfieber, Cholera und Tollwut geimpft, gegen Typhus, Meningitis und Meningokokken. Er lief zwar kaum Gefahr, sich eine dieser Krankheiten im gemäßigten Klima von Paris einzufangen, doch die Impfungen flößten ihm Vertrauen ein. Unzählige kleine biologische Maschinen kurvten nun in seinem Körper zwischen den Zellen umher und schützten ihn. Es war nur ein kleiner Schritt zu dem Glauben, nun gegen alles immun zu sein, gegen jede Krankheit, gegen jede Leidenschaft. Er konnte nicht an Typhus erkranken, und unter dem Verlust von Clarisse würde er auch nicht mehr leiden. Gegen so etwas gab es doch sicher auch irgendwelche Antikörper. Die pharmazeutischen Labore verpulvern Millionen. Es muß doch, verdammt noch mal, möglich sein, die heilende Wirkung von Impfmitteln in jeder nur denkbaren Hinsicht an Schimpansen auszuprobieren.

Offenbar gaben sich am Viktoriasee alle Krankheiten dieser Welt ihr Stelldichein. Zu allem Überfluß mußte Elias jeden Morgen eine Kapsel mit Chloroquin schlucken und ein Tütchen Proguanil als vorbeugende Maßnahme gegen Malaria. Wenn die Mükken brav waren, konnte nichts mehr schiefgehen.

Die Praxis von Frau Doktor Ansermet befand sich in der Rue Ordener, Ecke Boulevard Barbès. Um genau zu sein, die Praxis befand sich auf der »richtigen« Seite der Rue Ordener. Der Boulevard Barbès teilt das achtzehnte Arrondissement in zwei nahezu gleich große Hälften. Auf der einen Seite Montmartre und Lamarck mit ihren Touristen, Feinkostläden und Weinhandlungen. Auf der anderen Seite die Goutte d'Or, die ärmeren Ecken des Viertels, mit den leeren Methadonfläschchen im Rinnstein und den üppigen Gewürzläden.

Es war nicht viel los auf den Straßen. Die gerade eingebrochene Dunkelheit teilte sich den Bewegungen der Passanten mit, die mit Einkaufstüten in der Hand als Schatten über den Gehsteig huschten. Weihnachten war nicht mehr fern. Und obwohl der Herbst gerade erst begonnen hatte, kündigte sich der bevorstehende Feiertag in den Straßen mit Lichterketten und Girlanden an. Vom Lametta der Regenfäden gebremst, fuhren selbst die Autos langsamer.

Lichtjahre trennten Elias' Wohnung in der Rue Montorgeuil vom Norden der Pariser Innenstadt. Trotzdem dauerte die Fahrt hierhin nur knapp zwanzig Minuten. Durch das Taxifenster hatte er mit größtem Vergnügen auf das Viertel geblickt, das die Kulisse seiner Ankunft in Paris gewesen war.

Die Termine bei Frau Doktor Ansermet waren schier unbezahlbar. Elias wußte, sie staffelte die Preise nach den Marken der Anzüge.

Ihre eigene Kleiderwahl war erstaunlich. Außer selbstgestrickten Pullovern trug sie nur Second-hand-Klamotten. Die üppigen weißen Haare auf ihrem riesigen Kopf fielen bis auf die Schultern. Schmucknarben zierten Gesicht und Hände. Die hellen Streifen auf der schwarzen Haut verliehen ihr die ziemlich beunruhigende Ausstrahlung einer Frau, die Schläge eingesteckt hat und auch austeilen kann.

Das Behandlungszimmer hätte auch das Büro eines älteren Gentleman sein können. Ein Chesterfield-Kanapee, ein Bücherregal, Bilder an der Wand, eine Geige auf einem runden Beistelltisch waren mit Geschmack im Raum angeordnet. Nur eine Behandlungsliege und die üblichen Untersuchungswerkzeuge deuteten auf den eigentlichen Verwendungszweck des Zimmers hin.

Eine Yixing-Teekanne dampfte auf einem niedrigen Tischchen. Die Ärztin hatte zwei Tassen mit feinem chinesischen Tee eingegossen. Auch wenn er diese Aufmerksamkeit und die Wärme der Tasse in seiner Hand genoß, fand er den Tee fade. Seine durch Alkohol, Kaffee und Zigaretten abgestumpften Geschmacksnerven konnten diesen zarten Aromen nichts mehr abgewinnen.

Vermutlich entsprach die Praxis keineswegs den hygienischen Normen, dachte er, während er mit einiger Bewunderung die Teekannensammlung auf dem Regal über dem Klavier musterte: sieben chinesische Tonkannen, eine englische Porzellankanne und ein Guywan. Ein Regalbrett tiefer standen Teedosen mit alten Werbeaufdrucken, dazwischen eine hübsche Schachtel aus gemustertem Papier und eine Metalldose mit Militäremblemen.

Alles in dieser Praxis lenkte den Patienten von Krankheiten oder der Angst vor diesen Krankheiten ab. Die gemütliche Atmosphäre beruhigte selbst den eingefleischtesten Hypochonder. Die Ocker- und Holztöne, der Geruch nach Kampfer, die afrikanischen Masken, der rote Paravent und die Wurfspieße an der Wand versetzten die Patienten in einen Wachtraum von alten kolonialen Landsitzen.

Die Ärztin trug ihren weißen Kittel diesmal über einem Mohair-Rollkragenpullover in verschiedenen Blautönen. Der Duft, der aus der Teekanne stieg, mischte sich mit dem Geruch von Desinfektionsmitteln und Zigarettenrauch. Das Stethoskop hing ihr wie ein loses Halfter um den Hals. Sie trank ihren Tee in großen, geräuschlosen Schlucken. Der Rauch der Zigarette stieg vor ihren dicken Brillengläsern auf.

Frau Doktor Ansermet hatte Clarisse in den letzten fünf Jahren behandelt. Sie war ihm von Martial Caldeira nach dem unerfreulichen Zwischenfall bei einem kleinen Umtrunk zum Feierabendausklang in der Firma empfohlen worden. Clarisse hatte in kürzester Zeit mehrere Flaschen geleert. Nur der Zusammenstoß ihrer Stirn mit einer Glastür hatte ihr Weggleiten ins Äthylkoma ein wenig hinausgezögert. Auf einer Pritsche im Empfangszimmer vor dem Büro von Arden Gaste war sie schließlich eingeschlafen, mit einer riesigen Beule am Kopf.

Der Regisseur hatte sich in aller Ruhe ein Glas seines Lieblingsgetränks Gin eingegossen und Elias kurz beiseite genommen. Elias fand es taktlos von Caldeira, sich in diesem Moment Alkohol einzuschenken. Als sie im breiten Korridor der siebten Etage voreinander standen, hatte er vergeblich versucht, in Caldeiras faltenzerfurchtem Gesicht irgend etwas zu lesen. Er selbst war bemüht, keine Gefühle zu zeigen, obwohl er allen Grund dazu gehabt hätte. Clarisse hatte sich gehen lassen, das verpflichtete ihn dazu, sich zusammenzureißen. Er war jedoch äußerst angespannt, und die Entschlossenheit in seinem Gesicht, daß schon alles wieder gut werden würde, war mit Traurigkeit gemischt.

Zu dieser Zeit ging es Clarisse außergewöhnlich schlecht. Weil sie ständig zu spät zur Arbeit kam und zuviel trank, hatte sie ihren Job verloren, der sie wirklich interessierte und ausfüllte. Sie fand zwar dank der Kontakte ihrer Mutter einige Wochen später eine andere Anstellung als Einkäuferin, diesmal allerdings bei einem der großen Kaufhäuser auf dem Boulevard Haussmann. Die Umgewöhnung war schwierig. Elias schlief kaum noch und stopfte sich abwechselnd mit Beruhigungs- und Aufputschmitteln voll. Nur so brachte er die nötige Energie auf, zu arbeiten und sich nebenher um sie zu kümmern. Seine Wangen waren hohl geworden, er hatte fast zehn Kilo abgenommen und hustete jeden Morgen eine halbe Stunde lang die drei Päckchen Zigaretten wieder aus, die er am Tag zuvor geraucht hatte. In seinen nun schon mehr als zwölf Monaten im Studio hatte er Martial Caldeira ein paarmal getroffen, aber nie die Gelegenheit gehabt, sich mit ihm zu unterhalten. Sicherlich auch, weil er ihn so bewunderte. Elias wollte auf keinen Fall wie ein Bewunderer wirken.

Caldeira hatte damals das Flurlicht ausgeschaltet. Elias hatte nicht ganz verstanden, warum sie plötzlich im Dunkeln standen. Dann hatte Caldeira ihn in den Arm genommen. Elias fühlte sich von dem mächtigen Körper dieses Mannes erdrückt. In seiner Überraschung hatte er erst einen Moment Widerstand geleistet und versucht, sich loszumachen. Aber der besondere Belagerungszustand, in dem er sich befand, ließ das nicht zu. Nicht etwa, weil Caldeiras Umarmung von ungestümer Kraft gewesen wäre, sondern weil sie so unendlich zart war. Man kann sich dieser Zartheit nicht entziehen. Einmal gefangen, kann man sich nicht mehr lösen. Diese Vertraulichkeit hatte nichts Befremdliches. Es war, als ob Caldeiras Geste einem urwüchsigen und nur vergessenen Ritual folgte. Elias stellte fest, wie angenehm Caldeira roch, wieviel intensives Leben in diesem alten Mann steckte. Sein Herz schlug langsam und schwer und brachte Elias' Puls allmählich in denselben Rhythmus. Elias kam es vor, als werde er wie ein kleines Kind in den Armen seines Vaters gewiegt. Angesichts der überraschenden Gefühle wurde er schwach. Als ihm die Tränen in die Augen traten, begriff er, warum Caldeira das Licht ausgeschaltet hatte. Caldeira drückte ihm einen Zettel mit Namen und Adresse von Frau Doktor Ansermet in die Hand, dann ging er. Seit diesem Tag verband sie ein geheimes Einverständnis, obwohl sie nie wieder ein Wort darüber verloren hatten. Immer wenn sich die Gelegenheit ergab, tranken sie ein Glas zusammen und diskutierten bei Elias im Büro oder unten im Keller der Firma.

Die Ärztin drückte ihre Kippe in einer Desinfektionsschale aus Aluminium aus. Sie horchte Elias' Herz ab, hielt ihre Hand an seine Halsschlagader und zündete sich eine neue Zigarette an. Elias mochte es, ihr dabei zuzusehen, wie sie eine Zigarette aus ihrem Silberetui zog, sie zwischen den Fingern rollte, die äußerste Spitze behutsam zwischen die Lippen schob und sie dann anzündete.

Elias erinnerte sich an all die Male, die er Clarisse ins Behandlungszimmer begleitet hatte. All die Male, in denen Clarisse sich nicht mehr auf den Beinen halten konnte, in denen ihr Zustand für sie selbst und andere gefährlich war. Jedesmal hatte sie Elias wüst beschimpft und seine Kleider zerrissen. Nur der feste Griff der Ärztin konnte sie beruhigen. Frau Doktor Ansermet mochte es nicht, wenn man sich in ihrer Praxis danebenbenahm. Allein mit ihrem eindringlichen Blick erzwang sie die Einhaltung der Regeln von Höflichkeit und Anstand. Clarisse durfte sich übergeben, Blut aus ihrer Nase auf den wunderbaren Teppich tropfen lassen, aber sie durfte sich nicht gehenlassen. Elias hatte irgendwann begriffen, daß der Respekt, den Frau Ansermet ihren Patienten einhämmerte, genauso wichtig war wie die Medikamente, die Therapie und die Selbsthilfegruppe des Necker-Krankenhauses. Frau Ansermet machte Clarisse wieder zu einem Menschen. Sie erlaubte ihr, wieder von etwas gerührt zu werden und ihre Wut in den Griff zu bekommen.

»Sie können Ihr Hemd wieder anziehen.«

Ein Frösteln ergriff ihn. Die Zigarettenspitze der Ärztin wärmte nur wenig. Erst vor fünf Tagen hatte er aufgehört zu rauchen und vermißte nichts. Er zog sich, ohne ein Wort zu sagen, wieder an, hinter dem Fenster sah er nur Nacht und Regen.

»Alles in Ordnung, Elias?«

»Clarisse geht es gut.«

»Ich spreche nicht von ihr, sondern von Ihnen. Sie haben den Tonus einer Leiche bei bester Gesundheit. Ich gratuliere, daß Sie aufgehört haben zu rauchen. Aber das reicht nicht. Sie müssen sich in Schuß bringen.«

Normalerweise versuchte er, ein guter Patient zu sein, aber an diesem Abend war sein Glaube an den Sinn von Nettigkeiten aufgebraucht. Sein Tonus, der Zustand seines Herzens, interessierten ihn nicht. Das Diplom von Frau Doktor Ansermet an der Wand garantierte eins: Ärzte wahren Berufsgeheimnisse. Er durfte alles sagen.

»Sie ist abgehauen.«

»Na und?« meinte Frau Doktor Ansermet und verschränkte ihre Arme vor dem Bauch. »Haben Sie ernsthaft etwas anderes erwartet?«

»Vielleicht schon.«

»Sie ist geheilt, Elias. Sie braucht Sie nicht mehr.«

Das war ein heftiger Schlag in den Magen. Elias' Muskeln zogen sich zusammen. Er wandte den Kopf mehrmals ruckartig nach rechts und nach links, wie in einer immer wieder unterbrochenen Verneinung. Frau Ansermet sah ihn unverwandt an, der Brennpunkt ihres Blickes ruhte genau auf seinem Gesicht.

»Clarisse ist nicht so«, murmelte Elias unwirsch.

»Meinen Sie etwa, das ist alles Zufall? Sie haben ihr das Leben gerettet. Sechs Jahre lang haben Sie geglaubt, Sie wären ihr Krankenpfleger. Falsch. Sie waren ihr Medikament. Jetzt ist sie geheilt und hat das Medikament abgesetzt. Kann ich verstehen.«

Es gibt einen entscheidenden Unterschied darin, ob man eine Wahrheit weiß oder eine Wahrheit gesagt bekommt. Wenn man sie mit sich herumträgt, kann man sie hätscheln. Schnell wird diese Wahrheit zu einem domestizierten Haustier. Man pflegt sie, packt sie in schöne Deckchen und verzieht sie langsam mit dem Futter, das unsere Vorstellungskraft erzeugt. Man singt sie leise in den Schlaf, und schließlich bleibt nur noch dieses Liedchen übrig, das uns über unser eigenes Schicksal so bitterlich weinen läßt.

Der beste Dienst, den uns unsere Freunde erweisen können, ist der, uns beizubringen, was wir längst wissen. Elias ahnte längst den Grund seiner Liebe für Clarisse. Er brauchte nur noch jemanden, der die Worte aussprach, die ihm durch den Kopf gingen.

»Sie trinken zuviel.«

Elias knetete seine Hände, um zu verhindern, daß sie zitterten. Das lag natürlich nur am Streß. Dagegen halfen wie üblich Betablocker. Er drückte sich die Fingernägel in den Handballen und zwang sich zu einem Lächeln.

»Jetzt, wo Clarisse aufgehört hat, muß doch jemand weitermachen. Ich war immer schon davon überzeugt, daß es so etwas gibt wie eine geheime Kommunikation unter den Krankheiten. Sobald einer geheilt ist, wird ein anderer krank. Das bleibt in einer Art Gleichgewicht.«

»Eine originelle Idee. Das scheint Ihr Problem ja rasend interessant zu machen.«

Lügen hielten dem Blick von Frau Doktor Ansermet nicht stand. Lügen lösten sich unter diesem Blick unversehens in ihre Bestandteile auf. Keine Chance, sie mit Worten von der Wahrheit abzulenken.

»Der Alkohol erinnert mich an Clarisse.«

»Der Alkohol erinnert Sie an Clarisses Alkoholismus. Das ist etwas völlig anderes. Wem trauern Sie nach? Clarisse oder Ihrer Krankheit? Wollen Sie mich wirklich dazu bringen, unangenehme Sachen zu sagen?«

»Ich glaube, es reicht für heute. Es reicht für eine Weile.«

Er kramte in seiner Jackentasche und zog einige zerknitterte Geldscheine hervor, legte sie auf den Schreibtisch und ging.

Als er den Boulevard Haussmann überquerte, erfaßte ihn ein Schwindelgefühl. Die Autos schienen plötzlich in alle Richtungen davonzustieben. Er wollte schreien, aber er bekam keine Luft mehr.

Die Seine war vom Regenwasser angeschwollen, schwappte über die Ufer und schwemmte Müll und Blätter mit sich fort. Der Journalist befragte einen Meteorologen nach den Gründen für die ungewöhnlichen Regenfälle. Elias schaltete den Fernseher aus. Die Wohnung lag vollständig im Dunkeln.

Vor sechs Jahren hatte er an diesem Seinequais Clarisse kennengelernt. Auch nach all den Jahren erinnerte er sich genau, wie damals eins zum anderen gekommen war. Er hatte gerade seinen Jura-Abschluß gemacht. Trotz des zweitbesten Examens im Jahrgang hatte er alle Angebote großer Wirtschaftsrechtskanzleien abgelehnt. Er wollte unbedingt in die Filmbranche. In einer vergessenen Phase seines Lebens hatte er beschlossen, später einen Beruf zu ergreifen, der mit großen Träumen zu tun hat. Er wußte jetzt noch, wie sich das Einstellungsschreiben des Studios Galaxie in seiner Westentasche angefühlt hatte. Kurz vor Mittag hatte ein Bote an die Tür seiner damaligen Wohnung in der Rue Léon geklopft, um ihm das Ergebnis der Personalratsentscheidung zu überreichen.

Er hatte sich über diese Neuigkeit nicht einmal gefreut. Er wußte nur, er hatte eine weitere Stufe auf der Leiter erklommen.

Clarisse war noch an diesem Abend in sein Leben getreten. Damit war die Ausrüstung seines neuen Lebensabschnitts komplett. Elias schmunzelte. Die Frau als Accessoire des modernen Mannes. Nachdem er im Studio angerufen hatte, um herauszufinden, wann sein erster Arbeitstag war, lief er den ganzen Tag durch das Viertel, in dem er seit Beginn seines Studiums wohnte und das er nun bald wie ein Kleidungsstück ablegen würde, um in Straßen umzuziehen, die aus feineren Stoffen gewebt waren. Am

Abend hatte er die belebten Bürgersteige des Boulevard Barbès verlassen und war über den Boulevard Magenta bis zur Place de la République und von dort zur Seine gegangen, um die Quais entlangzuspazieren.

Sie hatte am Ufer gestanden, schwankend und viel zu nah am Wasser, bereit für die kalte Umarmung des Flusses. Er war ganz lässig zu ihr hingeschlendert, die Hände in den Taschen seines großen schwarzen Mantels. Auf keinen Fall um ihr Leben betteln oder den Ton eines besorgten Seelsorgers anschlagen. Nichts unternehmen, was ihre Verzweiflung verstärken konnte.

Er hatte sich neben sie gestellt, ein bißchen weiter weg vom Wasser, aber doch an den Rand des Quais. Das durchsichtige Gift einer Wodka-Flasche ergoß sich aufs Trottoir. Sie hatte nicht bemerkt, daß die Flasche umgekippt war, weil sie viel zu sehr damit beschäftigt war, ihr Gleichgewicht zu halten und sich zu entscheiden. Springen, nicht springen, weitertrinken? Im ersten Moment hatte Elias sie für eine Obdachlose gehalten, aber ihre Kleider und ihre Handtasche verrieten zu viel Sinn fürs Schöne und Teure. Noch aus einem Meter Abstand roch er die Alkoholfahne.

»Tut mir leid. Hab' mich ziemlich verspätet«, hatte er gesagt.

Sie hörte sofort auf zu schwanken. Die fettigen, ungekämmten Haare klebten an ihrer Stirn. Er konnte ihren Gesichtsausdruck nicht erkennen. Aber er spürte: Egal, wie schwer die Nacht auf ihren Schultern lastete, egal, wie sehr alle diese Nächte sie schon fast ins Jenseits befördert hatten, ein Rest Klarheit hatte überlebt.

»Ich wollte eigentlich ein Taxi nehmen, aber die Aussicht, mit einem Taxifahrer reden zu müssen, gefiel mir nicht. Also habe ich die Metro genommen. Die blieb natürlich stecken. Trotzdem wäre ich pünktlich gewesen, wenn's nicht diese ganzen überflüssigen Haltestellen gäbe.«

Sie hatte sich nach diesem merkwürdigen jungen Mann in schwarz umgedreht. Ein Touristenschiff fuhr langsam vorbei. Kleine Wellen schwappten über den Quai und umspülten ihre Sohlen.

Die Scheinwerfer tauchten sie kurz in gleißendes Licht. Die Passagiere auf dem Schiff aßen zu Abend, einige winkten, die meisten standen vorne an der Brücke, lehnten sich aufs Geländer, betrachteten ohne großes Interesse das scheinbar so normale Paar. Sie ahnten nicht, was sich abspielte. Die junge Frau sah Elias durch den Haarvorhang abschätzend an. Er fuhr fort, ihr löffelweise Worte einzuflößen, die sie wieder zu Kräften bringen sollten.

»Sie glauben mir vermutlich nicht, aber ich hatte Rosen für Sie. Ein Hund hat sie unterwegs gefressen. Der Arme hat sich an den Dornen ganz schön das Maul zerrissen. Für einen Moment dachte ich schon, das Schicksal wolle mit aller Macht unsere Verabredung verhindern. Aber naja ... Hier bin ich. Wenn wir uns beeilen ... Ich hab einen Tisch reserviert in dem schicken Restaurant in der Rue de Cluny. Haben Sie vielleicht eine Zigarette für mich?«

Die junge Frau kramte in ihren Taschen. Ihre klammen Finger berührten sich kurz bei der Übergabe. Elias steckte sich die Zigarette in den Mund. Er machte eine Geste, weil er kein Feuer dabeihatte. Sie hielt ihm ihr Feuerzeug hin. Kurz brachte die tanzende Flamme ihre Gesichter ans Licht. Elias zog an der Zigarette, als sei er seit Stunden auf Nikotinentzug. Und trotz des furchtbaren Brennens in der Kehle und des ekelhaften Teergeschmacks rauchte er die erste Zigarette seines Lebens mit der Selbstverständlichkeit eines Gewohnheitsrauchers. Die junge Frau beugte sich zu ihm, um sich Feuer geben zu lassen. Sie war sich nicht mehr sicher. Vielleicht hatte sie ja wirklich ihre Verabredung vergessen. Der junge Mann sprach so natürlich und überzeugt davon.

»Sie verwechseln mich mit einer anderen.«

Elias zog das Schreiben des Studios Galaxie aus der Tasche und tat so, als überflöge er das Blatt noch einmal. Dabei runzelte er die Stirn, als müßte er sich konzentrieren, und tippte auf das Papier.

»Glaube ich nicht. Hier steht: ›Wir treffen uns am Quai in der Nähe des Pont des Arts, Freitag, dritter Januar gegen Mitternacht. Ich bin mittelgroß, habe blonde Haare, die mir ins Gesicht fallen. Ich trage ein dunkelblaues Kostüm und werde Ihnen eine Zigarette anbieten.‹ Die Beschreibung stimmt doch, oder? Die von der Agentur werden doch wissen, was sie schreiben.«

»Welche Agentur?«

Sie versuchte, ihm das Blatt aus der Hand zu nehmen. Aber Elias wich geschickt ihrem Griff aus und steckte den Brief in die Tasche.

»Partnervermittlung. Tun Sie doch nicht so. ›Junggeselle, zweiundzwanzig, sucht bezaubernde junge Frau, die gern nah am Wasser spazierengeht.‹«

Sie setzte sich auf eine Steinbank. Mit der Linken strich sie sich eine Strähne aus dem Gesicht. Sie lächelte, und nichts deutete mehr darauf hin, daß sie noch vor wenigen Sekunden bereit gewesen war, den Planeten für immer zu verlassen. Elias hatte sie gerettet und er wußte, er würde sie vor allen eisigen Flüssen bewahren, die ihr in den Sinn kamen.

»Dann bin ich wohl die ›zweiundzwanzigjährige Alkoholikerin, die einen Bernhardiner sucht, der sie rettet?‹ Hm?«

»So ungefähr.«

»Können Sie denn bellen?«

»Nein. Aber ich kann apportieren.«

Als sie den Kopf senkte und aufs Pflaster kotzte, faßte er sie an den Schultern und versuchte, ihre Haare aus dem Gesicht zu halten. Er wußte, daß er diese Frau glücklich machen und ihr helfen konnte. Er würde sie nicht länger leiden lassen. Er hielt das für Liebe, denn er hatte dieses seltsame Gefühl von Kraft, Zuversicht und Zärtlichkeit noch nie verspürt.

In dieser Nacht aßen sie, weil sie feststellen mußten, daß in der Rue de Cluny kein Restaurant existierte, im *Pied de Cochon* eine brühheiße Zwiebelsuppe. Die junge Frau hieß Clarisse, arbeitete halbtags als Einkäuferin bei einem großen Modedesigner im Faubourg Saint-Honoré und ihre blonden Haare leuchteten im Licht. Sie habe nicht vorgehabt, sich in die Seine zu werfen, beteuerte sie. Versehentlich hätte sie hineinfallen können, ja, aber springen, niemals. Das schwor sie mit erhobener rechter Hand und riß dabei ihre blauen Augen weit auf. Auf diese Weise erfuhr Elias gleichzeitig von ihrem Hang zur Lüge und der mangelnden Fähigkeit zur Einsicht. Um nicht aus der Rolle zu fallen und nicht das Vertrauen zu erschüttern, das sie zu ihm gefaßt hatte, rauchte er weiter und hatte seitdem täglich mindestens zwei Päckchen Zigaretten inhaliert.

Am nächsten Tag trafen sie sich in einem Café in der Nähe des Odéon. Es regnete. Die kupferfarbenen Blätter der Bäume tauchten Paris in warme Farbtöne. Elias hatte Mühe, in der nüchternen, lachenden Frau Clarisse wiederzuerkennen. Die Nüchternheit hielt allerdings nicht lange an. Alkohol war für sie keine Droge mehr, sondern längst Teil ihres Stoffwechsels geworden, wie die roten Blutkörperchen.

Eng umschlungen verbrachten sie mehrere Nächte miteinander. Am Anfang genoß er das verrückte Vergnügen, mit der Frau, die er liebte, gemeinsam zu trinken. Erfüllt von der gleichen Trunkenheit, vergaßen sie den Rest der Welt und versanken in einem Strudel starker Empfindungen. Elias begriff, daß nur diese gemeinsamen schwindelerregenden Exzesse ihnen erlaubten, einander nahe zu sein. Das erste Mal, als sie miteinander schliefen, ertasteten und suchten sie sich in einem Rausch aus Alkohol und Antidepressiva wie zwei Wesen mit völlig gestörten Sinnesorganen. So etwas hatte Elias noch nie erlebt.

Elias ging ganz in der Pflege von Clarisse auf, er war die Hand, die sie hielt, der Arm, der sie tröstete, die Worte, die ihr Mut gaben. Er wusch und ernährte seine Liebe und brachte sie auch zu Bett.

Unsere Affäre hat nur deshalb angedauert, dachte Elias, weil Clarisse jenseits der Sucht einen wunderbaren Charakter hat. Eines Abends im Dezember war sie als Weihnachtsmann verkleidet auf die Straße gegangen und hatte Geschenke an die Kinder auf der Straße verteilt. Der Alkohol half ihr, verrückte Dinge zu tun und zu sagen. Dreißig Tage im Monat war das Leben mit ihr die Hölle, aber am einunddreißigsten war sie witzig und sprühte vor verrückten Einfällen.

Allerdings verursachte sie auch laufend unangenehme Zwischenfälle. In den sechs Jahren ihres gemeinsamen Lebens hatte

Elias alle ihre Zweitwohnsitze kennengelernt, von denen er sie regelmäßig abholen mußte: Polizeiwachen, Notaufnahmen und Psychiatrien. Sie schenkte ihm Blumen und einen leuchtenden Blick, damit er ihr verzieh.

Die sechs Jahre ihrer Beziehung hatten Elias ausgelaugt. Obwohl er sich nie zuvor so lebendig gefühlt hatte. Seine Existenz schien sinnvoll. Elias hatte geglaubt, das sei Liebe, weil ihm nie jemand widersprochen hatte.

Die Kamera schwenkte herum und nahm ihn ins Visier, als er die Eingangshalle betrat. Die schwarze Pupille in der schwarzen Iris des einzigen Auges blitzte kurz auf. Dieses merkwürdige Tier aus Plastik und Metall, das über der Aufzugtür auf ihn lauerte, folgte seinem Gang über den roten Teppich. Elias hob den Kopf und blickte ins Objektiv.

Die Überwachungskameras in der Eingangshalle, der Aufzug und die Flure im Gebäude hatten ihn bewogen, das Appartement in der Rue Montorgeuil zu nehmen. Wenn Clarisse Probleme hatte, konnte er sicher sein, daß jemand vom Überwachungsdienst das mitbekam und Hilfe holen konnte. Die schwarzen Augen spähten ja ohne Pause rund um die Uhr. Im Ernstfall war diese Maschine mit zwei Jahren Garantie und regelmäßigem Service schon wegen ihrer Solidität ein anbetungswürdiger Götze. Er fühlte sich beruhigt bei dem Gedanken an diese Kameras, die aufzeichneten, was schieflief, aber auch ihren unspektakulären Alltag. Es war ihm egal, wer ihm dabei zusah, wie er die Eingangshalle betrat, mit Einkaufstüten die Treppe hochging, die Tür öffnete oder Clarisse in die Wohnung zerrte. Es war ihm egal, daß es sich dabei um Mitarbeiter einer Überwachungsfirma handelte. Sie sahen, daß Elias tat, was er tun konnte. Es gab Beweise auf Dutzenden von Archivkassetten.

Sie waren geradezu überstürzt hier eingezogen, um Zweifel an der Entscheidung gar nicht erst aufkommen zu lassen. Die Möbelpakker hatten Clarisses Sachen ins Wohnzimmer gestellt. Da bei ihm wenige Tage zuvor eingebrochen worden war, hatte Elias nicht mehr als ein paar Kleiderbügel und eine verbeulte Kasserolle zum gemeinsamen Hausstand beigesteuert.

Bei seinem ersten Spaziergang durch die Rue Montorgeuil war Elias verzaubert gewesen von diesem Disneyland für reiche, weiße Mittdreißiger. Die Fußgängerzone, die Metzgereien und Bäckereien mit ihrem luxuriösen Angebot, die ganze Straße wirkte wie ein einziger schicker Marktplatz. Und obwohl das Forum des Halles um die Ecke lag, war diese Straße ruhig und sicher. Um sich den Sitten und Gebräuchen seines neuen Lebensraums anzupassen, hatte sich Elias angewöhnt, im *Au Rocher de Cancale* und im *Escargot* essen zu gehen.

Er war davon ausgegangen, daß dieses gediegene und ruhige Viertel sie in friedliche Existenzen verwandeln würde. Die exorbitanten Rechnungen der Restaurants schienen Sicherheit zu garantieren. Er hatte das gute Gefühl, seinen Obulus für eine Wachmannschaft gleich mitzubezahlen, wenn er seine Croissants bei *Sthorer* kaufen ging.

Für Clarisse garantierte die Wohnung in jeder Hinsicht Stabilität. Die Bauweise des Hauses stand in der Tradition von Blockhäusern und Safeanlagen: dicke Mauern, Wachpersonal, digitaler Eingangscode, Kameras, gepanzerte Türen ... An einem solchen Ort konnte ihnen nichts zustoßen.

An den Tagen, an denen es Clarisse nicht so schlecht ging, redete sich Elias ein, es sei ihm gelungen, ein geordnetes Leben für sie beide aufzubauen. Sie veranstalteten Abendessen mit Nathalie und Victor, anderen Angestellten, Schauspielern und Regisseuren aus der Firma. Der Feinkosthändler von nebenan klingelte, und die Teller füllten sich mit unglaublichen Gerichten. Clarisse trank nur Mineralwasser, auch wenn sie oft zur Toilette ging und mit rosigen Wangen und unsicherem Schritt zurückkehrte. Zu gedimmtem Licht und den Balladen von Bud Powell stießen Gabeln in gefüllte Auberginen, kreisten die Gespräche um die Träume anderer Leute und die beste Art, sie auf Filmmaterial festzuhalten. Sie waren sich einig in ihrer Ablehnung von Krieg, Hunger und Vergessen. Für die Dauer eines Abends gaben sie die höchst amüsante und beruhigende Darbietung ihres eigenen Lebens.

Manchmal glaubte Elias sogar, es geschafft zu haben: Sie lebten das Leben ihrer Nachbarn, und es war ja sein erklärtes Ziel, das Leben von jemand anderem zu leben. Doch immer wieder fiel Clarisse wegen einer Kleinigkeit, wegen eines mißverstandenen Wortes oder eines melancholischen Sonnenuntergangs in ihre alte Gewohnheit zurück. Und er fiel mit. Man täuscht sich gewöhnlich über die Gesetze des freien Falls. In Wahrheit ist es so: Je höher der Punkt, von dem aus man fällt, desto weniger tut es weh. Wenn man völlig zu Brei zerschmettert wird, dann steht man eben wieder auf und macht als Brei weiter.

Auf dem beigefarbenen Teppich hinterließen seine Schritte keine Spuren. Er ging wie in einem Traum. Die Absätze seiner Schuhe versanken im Boden. Seine Schulter streifte die Wand. Der Flur war schmal wie ein Schützengraben. Die Möbelpacker hatten Mühe gehabt, das Klavier und den Glastisch durchzubekommen.

Er setzte sich aufs Sofa. Es gehörte nicht zu den Vorzügen dieser Wohnung, besonders hell zu sein. Selbst im Hochsommer drang das Licht wegen des gegenüberliegenden Gebäudes nicht durch die großen Fenster, obwohl die Wohnung in der fünften Etage lag. Statt dessen tauchten die in die Wände eingelassenen Halogenstrahler die Räume in samtiges Licht.

In der Wohnung herrschte eine merkwürdige Stimmung. Ohne Clarisse schienen die Möbelstücke, das Klavier, der Boden und die Wände schlicht ihren Sinn verloren zu haben. Wie abgestreifte Häute, die darauf warten, ausgestopft zu werden, waren Clarisses Sachen noch sorgfältig in Schränken und Schubladen gestapelt oder lagen im Bad und im Wohnzimmer herum. Sie hatte nur ihre Erinnerungen mitgenommen. In Zukunft würden sie einem anderen Mann gehören.

Die ganze Geschichte zog an ihm vorüber: die Szenen, die Streitereien, die Magenspülungen, die Valiumspritzen, die abgebrochenen Fingernägel, die Scherereien mit der Polizei, die Ausnüchterungszelle in der Wache an den Hallen, wo sie zwischen Nutten und Drogenabhängigen gehockt hatte. Ihre ganze bunte Palette an Medikamenten: Diazepam, Xanax, Campral, Disulfiram, Tiapridal, Distraneurin.

Er hatte ein Dornröschen geliebt, ihre goldenen Haare und die geschlossenen Augen, das Versprechen eines Königreichs und des gemeinsamen Lebens. Der Prinz verliebt sich in Dornröschen, weil er glaubt, daß sie nie wieder aufwacht. Er ist ziemlich überrascht, als sie plötzlich die Augen öffnet. Darauf war er nicht vorbereitet. Er weiß nicht, was er machen soll, und er nimmt ihr die Veränderung übel. Er liebte sie, solange sie schlief. Wenn sie jetzt aufwacht, macht das alles kaputt.

Elias stand auf und holte hinter einer Blende an der Rückwand des Bücherregals eine Flasche Whisky hervor. Ein exzellenter Laphroaig, den ihm ein Schauspieler geschenkt hatte, weil er dessen Affäre während der Dreharbeiten für sich behalten hatte. Clarisse hatte dieses Versteck nie gefunden. Obwohl sie sonst einen siebten Sinn für Alkohol hatte. Der Whisky brannte angenehm in der Kehle und beruhigte seinen aufgewühlten Geist. Er war den Tränen nah, nicht weil Clarisse ihn verlassen hatte, sondern weil sie nie wirklich dagewesen war.

Im Juli, als sie lange genug durchgehalten hatte, um einigermaßen normal zu werden, hatte er auf einmal begriffen, daß sie beide nichts verband. Je weniger sie trank, desto klarer wurde sein Kopf: Plötzlich kam an Clarisse die Tochter aus gutem Hause zum Vorschein, die von ihrer Mutter und dem Diktat der Mode beherrscht wird. Er liebte sie betrunken. Ihre Rauschzustände und die damit einhergehende Verzweiflung kehrten ihre besten Eigenschaften hervor.

Elias warf das niemand anderem vor als sich selbst. Auf diese Weise war er sich eines Gegners und Schuldigen für lange Zeit sicher. Jemand, der sich nicht aus dem Staub machen konnte und dessen gramgefurchtes und reuiges Gesicht jeden Morgen wieder im Spiegel erscheinen würde.

Vielleicht war das keine Liebe gewesen, aber es hatte sich so täuschend ähnlich angefühlt. Es war sogar besser gewesen als Liebe, gerade weil es keine war.

Als Elias sein Glas abstellte, war die Flasche bereits halbleer.

Aus der Küche kam Lärm. Er lehnte sich gegen die Tür. Die Musik eines Löffels, der gegen einen Tassenrand schlägt. Der vertraute Geruch zu stark gezuckerten Kaffees. Wenn er den Gerüchen und Geräuschen hätte glauben können, hätte er annehmen müssen, es habe sich nichts geändert. Regungslos gegen die Wand gelehnt, kostete und genoß er diese Illusion. Das Ende ihrer Beziehung erschien ihm noch grausamer, weil es keine Spuren in der Wohnung hinterlassen hatte. Elias wäre froh gewesen, wenn die Klingel anders geklungen, das Parkett anders geknarrt oder wenigstens das Licht anders geleuchtet hätte. Aber nichts hatte sich geändert. Und er wußte, daß sich auch Clarisse und er nicht stärker verändert hatten als die Wohnungstür oder das Sofa, denn in den ganzen sechs Jahren war im Grunde nichts passiert.

Elias blieb vor der Küchentür stehen und hörte der Frau, die Teil seines Lebens gewesen war, dabei zu, wie sie mit dem Löffel in ihrer Tasse rührte. Das Geräusch eines Feuerzeugs, das Knistern der brennenden Zigarettenspitze. Mit geschlossenen Augen stellte sich Elias vor, wie ihr Leben weitergehen würde. Ohne Alkohol diesmal. Sie konnten ja versuchen, sich wie ein echtes Paar zu lieben.

»Ich hab' mir Sorgen gemacht«, sagte er, als er in die Küche trat.

Clarisse drehte sich zu ihm um. Die Tasse in ihrer Hand zitterte nicht. Es würde keine Flecken zuckrigen Kaffees mehr auf den Fliesen geben. Ihre Schritte würden nicht mehr so klingen, als ob sie über Fliegenpapier gingen. Der Zucker war in die Sohlen eingedrungen, und noch auf der Straße hatten die Schuhe am Teer geklebt. Jeder Abdruck hatte an Clarisse erinnert.

Sie lächelte dieses charmante Lächeln, das ihn beim ersten Mal schon bezwungen hatte, und führte die Tasse zum Mund. Dieses Lächeln galt ihm nicht mehr. Sie sah durch ihn hindurch.

»Du schläfst seit einer Woche nicht mehr hier. Ich hab' mir Sorgen um dich gemacht.«

Nein, das war nicht wahr. Er hatte sich keine Sorgen um sie gemacht. Ihre Wangen waren rosig und voll, die Haare weich und frisch gewaschen. Sie fuhr fort, ihn anzusehen, ohne ihn dabei wirklich zu fixieren. Als wäre sie überhaupt nicht hier.

»Wir können doch über alles reden.«

Wieso schwieg sie? Sie hätte zumindest reagieren können. Elias hatte sich einen Streit erhofft, Tränen, Schläge, aber nicht dieses Schweigen und diesen Blick, der durch ihn hindurchging. Wie sollte er gegen diese vollständige Leere aufbegehren?

Clarisse stellte die Tasse ab, ging an ihm vorbei und verließ die Wohnung. Die Tür fiel ins Schloß.

Elias machte sich einen Kaffee. Seine Hand zitterte. Er leerte die Whiskyflasche ins Waschbecken.

Das Bild vom schönen Apfel, der vom Wurm befallen wird, ist falsch. Den Apfel gab es damals im Paradies bereits nur als Behausung des Wurms.

Der Regen fiel ohne Unterlaß seit den Morgenstunden. Er hatte die letzten Schneespuren weggeschwemmt. Der Pegel der Seine stieg weiter gefährlich an. Autoscheinwerfer und Straßenlaternen wurden zu nautischen Positionslichtern. Die Kälte hatte ihre Schärfe verloren, das Eis auf den Bürgersteigen schmolz und rutschte in kleinen Schollen in die Gullys. Die Ahornblätter waren wieder aufgetaut und leuchteten im Mondlicht.

Die Straßen waren leer. Pariser wie Touristen flüchteten vor dem nassen Bombardement und füllten Cafés und Boutiquen. Wer aus der Metro kam, sprang gleich unter das Vordach des nächsten Kiosks. Wer eine Bäckerei verließ, suchte sofort Zuflucht in der nächstgelegenen Bar, unter einem Schirm oder dem nächsten Baldachin. Der Regen holte all die von den Gehsteigen, deren Leben durch die Meteorologie bestimmt wird.

Elias genoß das schlechte Wetter. Die Stadt war bei diesem Regen wüst und leer.

Nachdem er das Taxi bezahlt hatte, zog Elias seinen Regenmantel zu und rückte die Regenkappe gerade. Das Hochhaus am Montparnasse verschwand in den tiefhängenden Wolken. Er ging darauf zu.

Obwohl jeder seine Filme kennt, der Mensch Caldeira bleibt ein Rätsel. Er ist der letzte der Großen. Auf der ganzen Welt wird er verehrt, mit Belohnungen und Fördermitteln überschüttet, ist Doktor honoris causa an gut einem Dutzend Universitäten, Träger aller wichtigen internationalen Filmpreise. Hin und wieder willigt er ein, auf ein Podium zu steigen, und manchmal schüttelt er sogar die Hände seiner zahlreichen Bewunderer.

Einige Tage nach dem Anruf des Pressechefs wegen des Artemis-Preises hatte Elias Caldeira am Set seines Napoleon-Films aufgesucht, den er gerade produzierte. Die Dreharbeiten waren so gut wie beendet. Es wurden die letzten Bilder der Armee des Kaisers auf dem Weg durch die Felder der Champagne gedreht. Caldeira trug dicke Matschstiefel aus schwarzem Leder. Er hatte ihm geraten, den Preis anzunehmen. Wenn man nicht auffallen will, hatte er gemeint, muß man gelegentlich präsent sein.

»Preise wie dieser sind der Preis, den man zahlen muß, Elias. Anerkennung und Bewunderung sind das Joch, unter das wir uns beugen müssen, wenn wir mit unserm Zeug weitermachen wollen.«

Wenn sie sich dem Arbeitsdruck in der Firma kurzzeitig entziehen wollten, waren sie ab und zu mit Taschenlampe und einer Flasche Gin ausgerüstet in den Lift gestiegen und von der Tiefgarage aus mit einem Lastenaufzug in die Keller des Firmengebäudes hinuntergefahren.

Als das Gebäude errichtet wurde, hatten Arbeiter einen Trinkwassersee aus den Zeiten der Zweiten Republik entdeckt, ein Werk des Ingenieurs Belgrand. Ein unterirdischer Saal, durch den zahlreiche kleine Brücken und Gänge führten und der ein Wasserreservoir barg. Das komplizierte Leitungssystem war durch Tunnel mit den Katakomben verbunden, die zu Zeiten der Revolution gegraben worden waren, um Adligen die Flucht vor der Guillotine zu ermöglichen. Lange Gänge, die mit Ton und Planken ausgeweideter Schiffe befestigt worden waren, führten zu Kammern der Arbeiter, die sich um die Quelle gekümmert hatten. Wurmzerfressene Stühle und Tische waren dort unten geblieben, sogar Teller und Becher, Hühnerknochen und leere Flaschen. Genau wie der See unter dem Palais Garnier wurde das Becken von einer höchst geduldigen Population Barben und Forellen bewohnt.

Arden Gaste hatte für diese Kellergewölbe eine nützliche Verwendung gefunden: Hier wurden die schönsten Filmkulissen des

Studios aufbewahrt. Im Laufe der Jahre hatte sich der Saal in ein Museum verwandelt. Leere Hüllen vergessener Filme, Skelette unvollendeter Projekte, Landschaftsimitationen, Ritterrüstungen, Spiegel, Kostüme, ionische Säulen und Sessel gammelten hier unter einer dicken Staubschicht vor sich hin.

Die Gespräche mit Caldeira waren mit den verbalen Feuerwerken, die Victor und er veranstalteten, nicht vergleichbar. Er betrieb mit Caldeira keine Konversationsspielchen. Der Regisseur erzählte detail- und gestenreich von seinen Projekten wie ein Maler, der sorgsam seine Farben wählt. Trotz seines Alters dachte Caldeira ständig über die Zukunft nach und sprach von seinen Vorhaben und Wunschträumen, als hätte er noch Jahrzehnte zu leben. Elias bewunderte diese Geringschätzung des Todes. Die Gespräche mit Caldeira stärkten sein seelisches Gleichgewicht und gaben ihm Kraft. Ohne sich das anmerken zu lassen, erfüllte es ihn mit Stolz, wenn Caldeira »wir« sagte, als ob sie aus dem gleichen Holz geschnitzt wären. Bei einem Glas Junipero oder Old Raj sprachen sie über den gemeinsamen Plan, einen Film über den Zauberer Houdini zu machen. Sie hielten diesen Traum mit immer neuen Ideen am Leben, wußten aber beide, daß der Sinn dieses Projekts darin bestand, ein Traum zu bleiben und niemals verwirklicht zu werden.

Mehrmals schon war Elias von Caldeira und dessen Frau zu Hause empfangen worden. Er verschwieg allen diese Einladungen und wahrte sie als sein intimstes und größtes Geheimnis.

Außer an jenem Samstagabend, an dem er eine kurze Notiz an seinen Bürostuhl geheftet vorfand, hatte ihn Caldeira bisher immer mit seinem alten Peugeot abgeholt. Jedesmal war er anders gefahren, als wolle er unliebsame Verfolger abschütteln. Es hieß, Caldeira litte unter Verfolgungswahn. Er trug stets eine Waffe bei sich und sein Blick machte klar, daß Vertrauen in seinen Genen nicht vorkam.

Er wohnte in einem Haus am Square Montsouris, im Süden von Montparnasse in einer dieser Villen, die erfolgreich der

Umwandlung des alten ländlichen Paris in eine moderne Stadt widerstanden haben. Seltene Vogelarten, die in Paris sonst unbekannt sind, leben dort noch.

Hinter einem riesigen, verrosteten, schmiedeeisernen Zaun und einer Zypressenhecke stand ein Kalksteinhaus mitten in einem englischen Garten. Von Bäumen umgeben und von Wegen durchzogen, die von Unkraut und Brombeeren überwuchert wurden, hatte das Grundstück den Charme eines brachliegenden Para-dieses.

Rosen, Stiefmütterchen, Tulpen und Gladiolen übertrafen sich hier im Frühjahr gegenseitig in ihrem Farbenspiel. Die Blätter einer Pappel schmiegten sich ans Haus. Das Grundstück wirkte verwildert, und doch wurde diese Wildnis erkennbar von Menschenhand im Zaum gehalten. Je nach Jahreszeit konnte man den Duft des Muskatbaumes, von Wacholder oder Sassafras riechen. Drei Bäume vom Haus entfernt stand eine Holzhütte, das Atelier seiner Frau, der Malerin Fleur Zalkinov. Ihre Bilder hatten zwar nicht den Ruf seiner Filme, ihre unaufdringliche Kunst hatte jedoch mit der Zeit, ohne je Hysterie bei Sammlern auszulösen, ihren Platz gefunden. Man kannte Fleur allerdings auch wegen ihrer Behinderung: Sie sprach nicht. Caldeira haßte es, wenn man sagte, seine Frau sei stumm. »Fleur redet«, sagte er dann abweisend, »sie spricht, wenn auch nicht mit Worten.« Und in der Tat mußte man sie nur ansehen, um zu begreifen, was er meinte. Ihr Gesicht, ihre Haltung waren ungewöhnlich ausdrucksstark, die kleinste Geste erzählte eine Geschichte.

Sie waren fünf Jahre zusammengewesen, als die Stimmbänder von Fleur plötzlich aufhörten zu vibrieren. Trotz zahlreicher Sonden, Röntgenbilder und Blutuntersuchungen hatten die Ärzte keine zufriedenstellende Erklärung für die Funktionsstörung gefunden. In einem Institut in Fontainebleau hatten Caldeira und seine Frau zwölf Stunden in der Woche Zeichensprache gelernt. Seitdem sprachen sie diese geheime und scheinbar nur ihnen persönlich zugängliche Sprache miteinander. Elias hatte einige Grundelemente der Gehörlosensprache erlernt, aber seine ungeschickten

Gesten brachten Fleur immer wieder zum Lachen. Sie unterhielten sich per Notizblock.

Die Beziehung dieses Paares wirkte wie etwas Unveröffentlichtes, etwas, das sich jeder Erklärung entzog. Fleur war von einer Leichtigkeit und Klarheit wie Seen bei schönem Wetter im Frühling. Caldeira dagegen wirkte verschlossen. Seine Stimme war tief, seine Lippen schmal, seine breiten Beine standen solide wie fleischgewordene Felsen auf dem Boden. Sie überhäuften sich in Anwesenheit anderer nie mit Küssen oder Zärtlichkeiten. Ihre gegenseitige Aufmerksamkeit äußerte sich diskreter. Sie hatten es nicht nötig, die Liebe zu zeigen oder gar vorzuführen, die sie beide umgab und an deren Ausstrahlung man teilhatte. Und doch war das eine schmerzhafte Erfahrung. Sie waren zwar unverwundbar, aber man fühlte die unglaubliche Härte, die an ihrem gemeinsamen Schicksal mitgewirkt hatte, und die, die sie aufbringen mußten, um sich zu schützen.

Trotz der drei Schlösser, des Vorhängeschlosses und der Kette, die zwischen den Gitterstäben hing, war das Tor zur Gartenauffahrt nie abgeschlossen.

Elias öffnete das Tor und knickte dabei zahlreiche Brennesseln um. Als er die Zufahrt hochging, mußte er daran denken, wie schön der Garten im Sommer war, wenn er in lebhaften Farben und sattem Grün leuchtete. Ende Juli, als die Hitze der Hundstage Paris lähmte, hatten sie mit einem riesigen Petunienstrauß auf dem Tisch unter den Bäumen zu Mittag gegessen. An jenem Samstag nun verliehen die verdorrten Staudenreste und die nahezu blattlosen Bäume dem Ensemble etwas von einem Spukhaus. Aber die Natur war nicht völlig nackt: Die Linien der Äste und die Kurven in der Landschaft lieferten ein großartiges Schauspiel. Die herbstliche Schönheit zeigte sich in ganzer Pracht. Die roten und braunen Farbflecken der Vegetation glitzerten unter den Regentropfen.

Die Nacht war mild. Das Wetter änderte sich ständig. Selten war so früh im Jahr Schnee gefallen. Aber die Vorboten des Winters waren von warmen Luftströmungen davongeweht worden. Der Herbst wollte nicht aufgeben, bevor er seine Aufgabe erfüllt hatte.

Die Haustür öffnete sich und gab den Blick auf Caldeira frei. Der Anblick des alten Mannes in diesen wenigen Quadratmetern des Türrahmens, sein fahles und kantiges Gesicht, seine weißen Haare erfüllten Elias mit einem warmen Gefühl der Sympathie. Caldeira hatte das Charisma jener Menschen, die schon Jahrhunderte alt zu sein scheinen. Als er an ihm vorbeiging, um seinen Mantel aufzuhängen, war Elias wieder einmal überrascht von seiner Körperfülle. Caldeira schien die Dinge, die ihn umgaben, anzusaugen: Mauern und Gegenstände liefen in ihren Fluchtpunkten auf ihn zu, drangen ihm unter die Haut, erfüllten seine Gliedmaßen und ließen ihn riesig erscheinen. Er besaß eine magische Verwandlungsgabe, die ihm erlaubte, der Situation entsprechend immer anders aufzutreten. Elias hatte einige Interviews erlebt und wußte nur zu gut, daß Caldeira, wenn er wollte, jeden beliebigen Schwachkopf mit seiner Präsenz erdrücken konnte. Diese Kraft löste sich vollständig auf, wenn er mit einem Kind sprach.

»Ich muß dich sprechen«, sagte Caldeira, als er Elias' Hand schüttelte.

Seine Stimme war erstaunlich klar für einen so fetten Körper, sein Brustkorb hob sich jedesmal wie bei einem Opernsänger. Er schloß hinter Elias die Tür und führte ihn ins Haus. Die Hitze ließ Hände und Gesicht erglühen. Das Parkett war erst kürzlich gebohnert worden. Die Schuhe quietschten auf dem Holz. Der Geruch des Bohnerwachses war zugleich süßlich und bitter. Das Knacken des Feuers im Kamin erfüllte Elias mit einer heimeligen Stimmung. Clarisse, ihr Verschwinden, die kaputte Beziehung und alle Gedanken, die er diesbezüglich hatte, all das ging ihn nichts mehr an. Sie betraten das Wohnzimmer.

Nichts an der Einrichtung des Raums erinnerte an Caldeiras Beruf und Leidenschaft. Antiquitäten und Kunstobjekte häuften sich auf den Tischen, Regalen und an den Wänden. Caldeira wählte gewöhnlich seine Drehorte nach der Landschaft, die er morgens beim Wachwerden gerne sehen wollte, und nach den Kunstwerken, die er dort kaufen konnte. Bilder in allen Größen bedeckten eine Wand vollständig.

Caldeira bot Elias nicht wie sonst an, sich auf das viktorianische Samtsofa in der Mitte des Zimmers zu setzen. Sie blieben stehen. Caldeira drückte auf einen Knopf neben dem Sicherungskasten. In Fleurs Atelier blinkte ein rotes Licht. Elias sah durch die regennasse Scheibe zu der Hütte hinüber. Der Efeu, der die Wände bedeckte, ließ seine rotgefärbten Blätter hängen. Die Zellen der Blätter verübten gerade millionenfach Selbstmord und produzierten dabei diese wunderschöne rote Farbe. Die Tür öffnete sich und eine Gestalt, die von einer gelben Plane umhüllt war, kam heraus.

Caldeira blieb vor dem Fenster stehen. Die Flammen in der Feuerstelle warfen Schatten auf sein Gesicht. Der Kolben seines Revolvers lugte zwischen Gürtel und Hausjacke hervor.

Fleur erschien, ihre langen kastanienbraunen Haare waren kaum naß geworden. Sie tauschte Zeichen mit Caldeira aus und begrüßte Elias. Elias gab sich Mühe, ihr mit Händen und Fingern mitzuteilen, wie sehr er sich freue, sie zu sehen. Sie verschwand in der Küche. Der vertraute Lärm von Geschirr war zu hören. Sie kam mit einem Kuchen zurück, der mit Zuckerguß überzogen war, und stellte ihn auf einen niedrigen Couchtisch. Sie füllte die Gläser, Gin für die Männer, Tomatensaft für sich selbst. In alter Gewohnheit nahm Elias ein Glas und reichte es Caldeira, erst dann nahm er seins. Erst jetzt sah er das Teleskop am Fenster stehen. Die lichtdurchlässige Linse am Ende des Zylinders war auf den Himmel gerichtet. Fleur setzte sich auf das Sofa und sah die beiden an. Ihre Züge hatten einen dunklen und traurigen Ausdruck angenommen, wohl weil sie Caldeira nun über Monate nicht sehen würde und sich deshalb Gedanken machte.

Er fühlte sich bei den beiden aufgehoben und genoß die Atmosphäre einer Kleinfamilie aus dem Bilderbuch. Caldeira und seine Frau waren äußerst charmante Gastgeber. Sie würden ihn schon auf andere Gedanken bringen. Elias beobachtete ihre stille Diskussion und versuchte, sie zu verstehen. Er kam sich vor wie in einem Stummfilm.

Elias nahm an, daß Caldeira mit ihm über die Dreharbeiten reden und letzte ungeklärte Punkte besprechen wollte. Vielleicht würde er ihm sogar etwas über das Drehbuch verraten. Er wartete geduldig, bis sein Freund sich an ihn wendete.

Caldeira leerte seinen Gin, füllte Elias' Glas erneut und forderte ihn mit einer Kopfbewegung auf, auszutrinken. Elias tat das gerne. Keinerlei Risiko, sich zu betrinken: Dank der sechs Jahre Spezialdiät mit Clarisse vertrug er erstaunliche Mengen Alkohol. Die Hitze in seinem Magen, der schwarze Himmel, an dem langsam Sterne zum Vorschein kamen, der Geruch nach Wachs und brennendem Holz legten sich um ihn wie ein schützender Mantel.

»Was hältst du von Katastrophen, Elias?«

Caldeira erwartete darauf keine Antwort. Er war ein Meister dieser Eingangsformulierungen, die so etwas wie ein Zwiegespräch simulieren sollten, auch wenn ein Monolog folgte.

»Kann man gute Filme draus machen«, sagte Elias.

»Wir verdanken unsere Galaxie einer Katastrophe«, fuhr Caldeira fort, ohne auf Elias Einwurf einzugehen. »Durch eine Katastrophe gibt es den Mond und unsere Erde. Sterne treffen aufeinander und explodieren. Sie befruchten damit das Universum. Die Kollisionen von Asteroiden oder Kometen sind von unglaublicher Schönheit. Wußtest du, daß die Explosion einer Supernova die Elemente hat entstehen lassen, aus denen unser Körper aufgebaut ist? Die furchtbaren Auswirkungen dieses Knalls haben unser Sonnensystem hervorgebracht mit seinen neun Planeten. Der Mond kam dank des Aufpralls eines Asteroiden zustande. Die Dinosaurier haben uns aus einem ähnlichen Grund Platz gemacht. Kannst du dir das vorstellen? Ich beobachte dich seit Jahren, Elias, und ich frage mich: Was sind deine Katastrophen?«

Die Augen auf den Himmel gerichtet, sah Elias dem Sternenballett zu und versuchte sich vorzustellen, wie da oben etwas explodierte und die Unendlichkeit befruchtete. Die Wirkung des

Alkohols und die Worte von Caldeira verschmolzen miteinander und enthoben ihn seiner Wirklichkeit. Der Druck auf seiner Brust war verschwunden. Die Dunkelheit des Zimmers umfing ihn. Er fühlte, wie seine Augen glänzten. Die Worte Caldeiras begeisterten ihn. Caldeira musterte ihn, schüttelte den Kopf und ließ seine Faust auf Elias' Unterkiefer krachen.

Elias verstand nicht, was los war. Unversehens fand er sich mit blutender Lippe auf dem Boden wieder. Das Glas war in seiner Hand zerbrochen. Er sah Caldeira verwundert an, versuchte sich aufzurichten, fiel aber wieder hin. Seine Beine verweigerten ihren Dienst. Seine Finger schafften es nicht mehr, sich am Fensterbrett festzuhalten. Die Fingernägel kratzten vergeblich die Wand entlang.

Der Fuß von Caldeira traf ihn vor die Brust und warf ihn erneut zu Boden. Als er seine linke Hand aufstützen wollte, schnitten Glassplitter in seine Haut. Er wischte das Blut mit seinem Hemd ab. Caldeira zog den Revolver aus seinem Gürtel. Mit einem metallischen Blitzen krachte der Kolben der Waffe gegen seine Backe.

»Ich habe keine Ahnung, wer du bist«, sagte Caldeira ohne jede Bewegung in der Stimme. »Du kommst zu mir, ich lasse dich hier in meine Privatsphäre eindringen, aber ich weiß gar nichts von dir. Wie soll ich deine Geschichte glauben? Du erinnerst mich an einen ziemlich schlauen Spion, aber an einen ohne eine Sache, für die er kämpft, ohne ein Land oder eine Partei, für die er arbeitet.«

Der Schock verursachte Elias Sehstörungen. Das zitternde und schwache Bild von Caldeira, dessen Schatten sich über ihn beugte, wurde immer wieder unterbrochen von Lichtblitzen. Elias drehte den Kopf zum Sofa. Fleur war bewegungslos sitzen geblieben. Blut lief ihm ins Auge, der Boden schwankte. Elias fiel. Sein Gleichgewichtssinn versagte in jeder Hinsicht. Man gießt den Mississippi über dir aus, der Himalaja wird dir mit seinen spitzen und eisigen Gipfeln über die Haut gezogen, alle wilden Tiere der Welt zerreißen dich, Tornados fegen über dich hinweg. Und zum krönenden

Abschluß läßt man dir die Rocky Mountains und die Alpen gleichzeitig auf den Schädel krachen.

Eine Hand streckte sich ihm entgegen. Es war die gleiche Hand, die ihm kurz zuvor ins Gesicht geschlagen hatte. Er bekam keine Luft mehr. Schluchzend kauerte er sich zusammen und legte seine Arme schützend über den Kopf. Zwei Hände, hart wie Schraubzwingen, gruben sich in seine Achselhöhlen und zerrten ihn hinaus auf den Flur. Seine Füße warfen einige Gegenstände um, einen Stuhl, eine Vase. Sein Schienbein schlug gegen den Türrahmen, ein weiterer Schmerz. Sein Wille tropfte dickflüssig wie das Blut aus ihm heraus. Die letzte Kraft schwitzte er durch alle Poren seiner Haut. Er war nur noch eine ausgerenkte Gliederpuppe. Kaum waren die Fäden durchschnitten, an denen er gehangen hatte, fiel er in sich zusammen. Als die Tür aufging, wehte ein plötzlicher Windstoß seine Haare durcheinander. Der Mond, rund und wach, schickte die von ihm abprallenden elektromagnetischen Strahlen zu seinen Augen herunter. Die Hände, die ihn aus dem Haus geworfen hatten, hoben ihn an und ließen ihn dann auf den nassen und glitschigen Boden fallen.

ZWEITER TEIL

Sonntagvormittags hatte Elias die Stadt ganz für sich alleine. In diesen wenigen Stunden, bevor die Liebhaber von Brötchen und Gebäck auf den Beinen sind, bevor die bei den Samstagsgelagen geleerten Weinflaschen und Bierdosen in die Recyclingcontainer gebracht werden, in diesen Stunden, in denen der Tag unbeeindruckt von den Sonntagsvergnügungen anbricht, war Elias glücklich. Weder Autos noch Passanten machten ihm sein Reich streitig. Er war der Herr dieser Stille, und nur er hätte die friedliche Stimmung stören können. Paris war ganz von seiner Laune abhängig. Mit einem stillen, glücklichen Lächeln auf den Lippen wachte er über den Schlaf der Millionen Herzen, die in ihren Brustkörben vor sich hinschlugen. Er saß auf einer Bank vor der Kirche St. Eustache und gab sich ganz seinen Empfindungen und Gedanken hin.

Frische und noch nahezu saubere Luft strömte durch seine Lungen. Die ersten Sonnenstrahlen berührten seine Haut.

Sein Vater hatte ihm einmal einen Zauberkasten zu Weihnachten geschenkt. Er hatte ihn vorher monatelang im Schaufenster eines Spielwarenladens in der Rue d'Alsace angestarrt. Das Fenster war mit bunten Kreppapierbändern dekoriert. Zu dieser Zeit war das neben der Metzgerei der einzige Laden in Clichy, in dessen Auslage man bunte Farben bewundern konnte. Er hatte sich diesen Zauberkasten mehr als alles andere auf der Welt gewünscht. Verschlungene goldene Verzierungen schmückten den Rand des Kartons. Im Traum hatte er ihn schon tausendfach in den Händen gehalten und aufgemacht. Er kannte den Zauberkasten so gut, daß er, als seine Finger die Schachtel wirklich berührten, bereits über die

Beschaffenheit der Oberfläche und jede Schleife des Ornaments Bescheid wußte.

Er glaubte in jenem Winter schon nicht mehr an den Weihnachtsmann. Seine Phantasie wurde statt dessen durch die Zauberkunst beflügelt. Trotz der Tricks und der Ratgeberliteratur für angehende Zauberkünstler und trotz des falschen Schnurrbarts von Professor Zauberstab glaubte er fest an die Macht der Zauberei. Das glückliche Funkeln in den Augen seiner Eltern und Nachbarn, wenn sie sich über seine Kunststücke freuten, strahlte auf ihn ab. Magie ist wirklich eine erstaunliche Sache, einfach großartig. Ein Zauberer erschafft mit Dingen aus der Wirklichkeit etwas jenseits der Wirklichkeit. Er zieht Blumen aus dem Ärmel und Tauben aus den Taschen. Wenn er gut ist, läßt er Menschen verschwinden und wieder auftauchen.

Eines Tages verschwand eine Person für immer aus seinem Leben und tauchte trotz aller Tricks und Zaubersprüche nicht wieder auf. Elias begriff, daß Tote nicht zurückkommen. Er warf den Kasten, den Zauberstab, die Mütze und die Bücher von Professor Zauberstab fort. Wenn so grobe Schnitzer unterlaufen konnten, dann war die Zauberei für ihn gestorben.

Eine Taube setzte sich auf die Bank. Mit starren schwarzen Augen beobachtete sie Elias. Die frühen Vögel verließen um diese Zeit ihre Nester hoch oben am Gesims von St. Eustache. Bilder, Töne und Gedanken schwirrten mit derartiger Geschwindigkeit und ohne jede Ordnung durch Elias' Kopf, daß er in einen Zustand völligen Stumpfsinns verfiel.

Man lebt nie wirklich in der Gegenwart. Das ist auch die Ursache unserer ganzen Probleme. Man lebt meist in einer Art Ausstülpung der Vergangenheit. Heute ist nie wirklich heute. Morgen ist schon verloren, bevor es soweit kommt.

Er hatte den Mantel offengelassen, ließ sich vom Wind durchpusten. Kälte lindert Schmerzen. Wer erfriert, stirbt ganz sanft. Nur langsam dehnen sich die kleinen Blutgefäße unter der Haut aus und frieren ein, die Venen verhärten sich. Allmählich wird der ganze Körper vom Frost durchdrungen. Clarisse hatte ihm erklärt, warum man Wodka kalt trinken muß. Die Kälte neutralisiert den Geschmack und die brutale Wirkung.

Das Schönste an der Gartenanlage bei den Hallen war die Nähe zu seiner Wohnung. Er betrachtete die Portale und Bögen, die man von hier sehen konnte, das Forum, die Bourse du Commerce, die Kirche, dazwischen der kleine Platz mit der Skulptur, die aussah wie ein abgeschlagener Kopf. Er stand auf. Seine Kniegelenke knackten.

Diese wenigen Minuten waren die einzigen Momente in der Woche, in denen er sich dem Ansturm der Vergangenheit gewachsen fühlte. Die Parkanlage war seine Künstlergarderobe, in der er sich ungeschminkt und unverkleidet betrachten konnte.

In dieser Grünanlage, den fünf Hektar, die mit Buchsbaum bepflanzt waren und von schmalen Wegen durchzogen wurden, konnte er seinen Erinnerungen freien Lauf lassen.

Er war so kurzatmig, daß er stehen blieb. Die Tage, an denen man mit der Zuversicht aufsteht, das Leben liege vor einem und man tauge zu etwas, waren erst einmal vorbei. Es würde eine Weile dauern, bis er wieder soweit wäre. Als Caldeira von den klimatischen Bedingungen der Insel Rubondo erzählt hatte, war er noch überzeugt gewesen, er könne sich daran gewöhnen. Und wer dem äquatorialen Urwald standhielt, den wilden Tieren, den Insekten und den verschiedenen Formen tückischen Fiebers, der hielt alles aus, der ließ sich durch nichts von seinem Kurs abbringen. Schon vor langer Zeit hatte er beschlossen, daß weder sibirische Kälte noch die intensive Hitze der Lavaströme des Ätna ihn beeindrucken könnten.

Elias befühlte das Pflaster an seiner geplatzten Lippe. Er spürte Blut zwischen den Zähnen.

Auch das Unglück kennt eine gut bezahlte Mittelklasse, Freiberufler und Selbständige, die ihre Leiden selbst verursachen, einfache Arbeiter, die wie immer alles abbekommen, weil sie auch bei der industriellen Fertigung des Unglücks am Fließband stehen. Und natürlich Privatiers und Erben.

Jeder hat schon mal Dramen erlebt. Was bildete Caldeira sich eigentlich ein? Elias verfügte über eine durchschnittliche Anzahl erlittener Katastrophen. Er konnte das beurteilen, Tragödien türmten sich auf seinem Schreibtisch. Die unschönen Ereignisse seines eigenen Lebens hatte er dagegen vor langer Zeit schon sorgfältig weggeschlossen. Zusammen mit seiner Kindheit ruhten sie in einer Art Safe. Diese Wunden sollten auf keinen Fall ausheilen und damit für immer zerstört werden.

Oft genug war Elias versucht zu sagen: Wunden meiner Seele, laßt euch heilen. Aber er hatte der Versuchung widerstanden. Wer die geliebten Wesen, die gestorben sind, nicht ein zweites Mal verlieren will, muß diese Wundheilung unbedingt verhindern. Die Treue zum Unglück ist den seelisch Gesunden unverständlich. Sie ist aber eine Art patriotischer Pflicht, ein schönes und starkes Gefühl, ein Widerstand gegen das Vergessen der Gefallenen und unserer damaligen Trauer.

Um den voranschreitenden Zerfall seiner Ehe zu vergessen, hatte sein Vater jeden Sonntagmorgen zu Elias' Mutter gesagt, er nehme das Kind mit ins Kino. Aber schon in der Rue Henri-Barbusse war er abgebogen und über den Autobahnring Richtung Vincennes, zur Pferderennbahn gefahren. Unterwegs machten sie sich über die Geschwindigkeitsbegrenzungen und über die zahlreichen Alkoholkontrollen lustig. Den ganzen Nachmittag verbrachten sie beim Pferderennen, zerdrückten Wettscheine in den halb erfrorenen Händen und beteten bei jedem Rennen zu allen Göttern der Schöpfung.

Wenn sie wieder zu Hause waren, erfand Elias die Geschichte, die sie angeblich im Kino gesehen hatten. Er erzählte, wie der Held seine Angebetete gerettet hatte, und beschrieb die Kämpfe mit einer solchen Detailfülle, daß seine Mutter richtig gerührt war. Jeden Sonntag erzählte er einen anderen Film, erfand Kostüme und Bühnenbilder, Dialoge und Gefühle der Personen. Elias glaubte zu jener Zeit, Kino sei eine Lüge, die einem erlaubt, etwas zu erleben. Die Zauberwirkung der Kunst schien beschränkt: Warum lesen oder Musik hören, wenn man statt dessen ganz andere Sachen unternehmen konnte?

Nach Jahren, in denen sich keine Katastrophen hatten blicken lassen, waren sie nun auf einmal wieder da. Eine Weile hatte er sich erfolgreich hinter den Problemen einer Frau und der Begeisterung für seinen Beruf versteckt, hatte stellvertretend Tragödien von Clarisse und seinen Filmen ferngehalten. Wie man dem gefräßigen Schicksal ein Kind opfert, so hatte er den Götzenbildern seinen Erfolg zu Füßen gelegt. Nun war sie angebrochen, die neue Zeit der Katastrophen. Caldeira wäre zufrieden.

An Weltuntergänge gewöhnt man sich. Harmagedon beginnt mit einem Tautropfen, der aufs Kopfkissen fällt. Der ägyptische Kindermord wird einem im Fahrstuhl bewußt. Pharao erhebt seine Waffen gegen deine Magenschleimhaut. Heuschreckenplagen fallen über deine Gehirnzellen her. Mit der Zeit findest du es normal, daß sich täglich der Himmel verdüstert, die Luft brennt, die Lungen platzen oder die Schädel brechen. Du findest das nicht toll, aber nach und nach wird es zum festen Bestandteil deines Lebens. Besonders, wenn du als einziger merkst, daß sich die Seine in einen reißenden Blutstrom verwandelt hat, wenn Bäckerinnen oder Sekretärinnen, die keinen blassen Schimmer haben von dem Massaker, das dein Leben gerade ist, lächelnd fragen, wie es dir geht. Oh, mir geht's gut. An Weltuntergänge gewöhnt man sich.

Der freundliche Ton, in dem die Sekretärin von Arden Gaste auf Elias' Handy angerufen und ihm mitgeteilt hatte, er werde gegen achtzehn Uhr in der siebten Etage erwartet, hatte ihn mißtrauisch gestimmt. Darius war vom Telefonklingeln aufgewacht und hatte ihm schnell ein Frühstück gemacht. Dabei war ein üppiges Mahl mit Müsli, Orangen und halben Kiwis herausgekommen.

Elias hatte die Nacht in der Wohnung seines Freundes verbracht. Auch nach neun Stunden Schlaf war er kein bißchen erholt. Schläge einstecken ermüdet ähnlich wie ein Marathon. Er hatte Schmerzmittel geschluckt und seine Wunden desinfiziert, die angebrochenen Rippen bandagiert, Pflaster auf seine Finger und eine Kompresse auf die Schnittwunde an der Hand geklebt. Er wollte weder Frau Doktor Ansermet noch einen anderen Arzt aufsuchen, obwohl Darius darauf bestand. Elias mußte erst einmal herausfinden, was überhaupt geschehen war. Vorher war an Heilung nicht zu denken. Darius hätte es Caldeira am liebsten mit gleicher Münze heimgezahlt. Nein, Darius, beruhige dich. Es geht schon. Es gibt sicher eine Erklärung. Es muß einfach eine geben.

Sie waren zusammen in die Firma gefahren. Darius hatte einen Termin mit Cochat, einem Produzenten aus der vierten Etage, dem er seine Geschichte vorlegen sollte.

Der Verwaltungssitz des Studios Galaxie war trotz seines Verwendungszwecks und seines Innenlebens, trotz Macht und Reichtum, die hier zusammenkamen, ein anheimelnder Ort. Auf den ersten Blick unterschied sich das Gebäude nicht von den anderen großbürgerlichen Häusern im Viertel, den Ministerien und Botschaften der Nachbarschaft. Der rote Backsteinbau flößte den Passanten unauffällig Respekt ein. Aber wer das Haus genauer betrachtete, den erfaßte ein eigenartiges, undefinierbares Gefühl. Das war nicht nur der Sitz einer internationalen Firma, dieses Gebäude war einzigartig. Die Besucher des Hauses schieben das gewöhnlich auf die besondere Faszination des Films. Aber eine andere Erklärung ist wohl zutreffender. Der Marmor, der Alabaster und die Sandsteinsäulen, die Vergoldung, die Skulpturen und die Teppiche wirken so unerklärlich betörend und verströmen in allen sieben Etagen eine derart angenehme Atmosphäre, weil so ziemlich alles an und in diesem Haus nicht echt ist.

Der Hauptsitz der größten europäischen Filmfirma war vor nicht ganz fünfzig Jahren erbaut worden, als die erste große Eigenproduktion alle Rekorde an der Kinokasse gebrochen hatte. Arden Gaste hatte das Grundstück an der Seine erworben, als Immobilienspekulationen noch nicht jeden kühnen Bauherrentraum unmöglich gemacht hatten. Auf dem Trümmergrundstück stand nur die Ruine einer Kaserne, die schon im 19. Jahrhundert zu Zeiten der Pariser Kommune zerstört worden war. Für den besagten Film war an dieser Stelle eine falsche Fassade aus Holz gebaut worden, die Trompe-l'œil-Darstellung eines Hauses, mit

Fenstern ohne Zimmer, grob aufgemalten Backsteinen, die im Regen immer blasser wurden. Die Innenaufnahmen waren in einem Studio in Arpajon, einem Vorort südlich von Paris, gedreht worden.

Der Film wurde ein internationaler Erfolg. Weil die Produktion ihm die Aufnahme in den erlauchten Kreis der Mächtigen des Filmgeschäfts beschert hatte, beschloß Arden Gaste abergläubisch, die Fassade stehen zu lassen und das Firmengebäude dahinter zu bauen. Wie man die Brücke an der Place de la Concorde mit Steinen der Bastille erbaut hat, so wurde der Sitz des Studios Galaxie aus den falschen Steinen eines Kinotraums erbaut. Die Entwürfe für Fundament und Mauer wurden der Fassade angepaßt. Die Räume wurden als Fertigbauteile einzeln auf Lastwagen angekarrt, ebenso die falschen Marmorplatten und Gipsstatuen. Die Innenausstattung bestand weitgehend aus Requisiten der Filmdekoration. Die Architekten machten ihre Arbeit gut. Wenn man die Geschichte des Gebäudes nicht kennt, errät man heutzutage nicht, daß dieses Haus eigentlich eine hinterfütterte Filmkulisse ist. Es gibt einen eigenen Wartungsdienst, der nur damit beschäftigt ist, die Schäden an der Fassade auszubessern und verrottete Teile zu ersetzen.

Wer Arden Gaste begegnet, macht sich keine Illusionen mehr über das Verantwortungsbewußtsein von Männern mit Macht. Er leitete den Laden seit mehr als fünfzig Jahren und hatte seine kleine Dokumentarfilmfirma in eine große Maschinerie verwandelt, in die größte europäische Produktionsfirma mit den meisten ausländischen Koproduktionen, vorwiegend asiatischer Filme. Aber trotz seiner Position verabscheute er Machtspiele, Gewalt und offene Konflikte. Alle Welt verehrte ihn als einen großzügigen Mann mit Herz. In kaum einer anderen Firma war das Klima angenehmer. Mit ihm essen zu gehen war ein Erlebnis, bei dem man seine Kultiviertheit ebenso bewundern durfte wie die ehrliche Aufmerksamkeit, die er seinen Gesprächspartnern entgegenbrachte. Es wäre naiv zu glauben, man könne über ein großes Reich herrschen, ohne Blut zu vergießen. Der besondere, so unschuldig daherkommende Macchiavellismus eines Arden Gaste bestand darin, alle schmutzigen Aufgaben an die Sachbearbeiter der sechsten Etage oder die Leiter der Auslandsbüros zu delegieren. Die Abteilungsleiter waren dafür eingestellt worden, an seiner Stelle unbarmherzig zu sein – aber wie sie das taten, wollte er gar nicht wissen.

Es gibt einen Luxus, der größer ist als Geld und Macht, nämlich der, sein ganzes Leben im Stande der Unschuld und Reinheit verbringen zu können.

Die Tür des Fahrstuhls öffnete sich. Elias betrat das Vorzimmer von Arden Gaste. Der Raum war von einem Künstler mit erstaunlicher Phantasie gestaltet worden.

Das rote Sofa in Form voller Lippen überraschte ihn immer wieder, als ob er es zum ersten Mal sähe. Die Sessel waren stilisierte menschliche Körperstümpfe aus Holz und Plastik. Die Pop-Art-Dekoration wirkte wie eine Vorankündigung auf die Verstümmelungen, die Besucher nach einem Treffen mit Arden Gaste erleiden konnten. Es lag eine unausgesprochene Warnung in dieser Dekoration. Die Fotos an den Wänden zeigten den Boß mit den mehr oder weniger Großen dieser Welt.

Eine Stunde verstrich. Seine Augen folgten dem Sekundenzeiger der Wanduhr. Elias hatte Zeit genug, einen guten Liter Wasser aus dem Spender neben dem Schreibtisch der Assistentin zu trinken. Er betrachtete sein Gesicht im Spiegel. Mit den Bandagen sah er aus wie ein Clown.

Die Assistentin war so aufmerksam, ihm ein Aspirin zu geben. Ihre Blicke trafen sich. Es war nicht so sehr ihre Schönheit, die ihn überraschte, sondern die Tatsache, daß er diese Schönheit wahrnahm. Solange Clarisse und er zusammengewesen waren, hatten andere Frauen für ihn nicht existiert. Wenn ihm eine besonders schöne Frau auffiel, dann weckte sie trotzdem keinerlei Verlangen in ihm – schließlich hatte Victor Verlangen für zwei. Er ließ seine

Augen über den Hals und den Brustansatz der Assistentin schweifen. Eine Locke unter dem Ohrläppchen fesselte seinen Blick. Eine unbekannte Begierde stieg in ihm auf. Er war wie hypnotisiert und hätte die erotische Ausstrahlung dieser jungen Frau noch lange bewundern können. Doch ein Stich im Brustkorb holte ihn wieder in die Wirklichkeit zurück.

Bei der Grabrede in zwanzig Jahren auf dem Friedhof seines Heimatstädtchens wird man Pünktlichkeit unter den guten Eigenschaften des gerade verstorbenen Arden Gaste an erster Stelle nennen. Normalerweise mußte Elias nicht länger als zwei Minuten warten, wenn sie verabredet waren. Er verstand nicht, weshalb Gaste ihn diesmal so lange warten ließ. Wenn er sich nicht so schwach gefühlt hätte, wäre er einfach gegangen.

Das Telefon der Assistentin klingelte. Sie stand auf und öffnete die Tür. Elias erhob sich. Die gebrochenen Rippen schienen ihm die Lunge zu zerreißen.

Das Büro von Arden Gaste unterschied sich von den meisten anderen dadurch, daß ein Großteil des riesigen Raums leer war. Durch ein Panoramafenster sah man auf die Seine und das andere Ufer. Wegen der Größe des Zimmers und der Höhe der Decken hallte jedes Wort, jedes Geräusch.

Gaste blieb in seinem Sessel sitzen, die Hände auf seinen Schreibtisch gelegt.

»Elias ...«

Elias sah, wie sich die Züge von Arden Gaste schmerzlich verzogen. Sein Herz schlug ein wenig schneller. Mitleid ist etwas Tröstliches, egal von wem es kommt. Er dachte weder gut noch schlecht von seinem Chef. Man spart Energie und hält sich viel Ärger vom Hals, wenn man da, wo es nicht nötig ist, auch keine eigene Meinung hat. Seit seinen ersten Erfolgen hatte Elias ein gewisses Wohlwollen bei Gaste beobachtet. Er betrachtete Elias mit den feuchten Augen des alten Mannes, der sich in dem Grünschnabel wiedererkennt, der er früher einmal selbst gewesen ist. In dieser Sympathie schwang natürlich eine gewisse Selbstverliebtheit mit: Arden Gaste wollte ihn wie einen Klon per Zellteilung mit den gleichen Fähigkeiten, den gleichen großen Gedanken ausstatten, die ihn selbst auszeichneten.

Elias war nicht der einzige, der solche Blicke abbekam. Victor ließ keine Gelegenheit aus, mit Aufmerksamkeitsgesten des Chefs zu prahlen. Je älter Gaste wurde, desto unverblümter wurde er von den Thronfolgern hofiert. Es gibt ein Brunftverhalten bei Karrieristen, das die röhrenden Schreie und Schaukämpfe von Hirschen in den Schatten stellt. Auf den Fluren rumorten die Gerüchte über mögliche Nachfolger. Elias hielt es zwar für eine Ehrensache, die Gerüchte zu überhören, ihm war aber klar, daß er in diesem Rennen ein Pferd war, auf das viel gesetzt wurde. Er hatte sich bei Galaxie ohne jeden Karrieregedanken beworben und war Produzent geworden, weil er viel gearbeitet hatte. Er sah sich zwar nicht die Firma leiten, wußte aber, daß Fleiß und Ernsthaftigkeit steil zum Gipfel führen können. Der Ehrgeiz, den man unterstellt bekommt, ist immer wichtiger als der, den man wirklich hat.

»Elias, wie sehen Sie denn aus.«

Er hatte das in einem Tonfall gesagt, als hätte Elias nur tiefe Ringe unter den Augen. Gaste blieb sitzen und streckte ihm die Hand entgegen. Elias beugte sich herab, um sie zu schütteln, und spürte etwas sehr Weiches und Kraftloses in seiner Hand. Der Ledersessel knarrte, als er sich setzte. Gaste schüttete Zucker in seinen Tee, nahm die Tasse hoch und rührte mit einem Löffel darin. Elias' Schädel fing bei dem Klimpern des Löffels an zu dröhnen.

»Sie wissen, wie sehr ich Ihre Arbeit schätze. Sie sind einer unserer besten Mitarbeiter, und ich mag Sie gern. Ich habe darüber mit Martial gesprochen, und wir sind zu dem Entschluß gekommen, daß Sie sich besser ein wenig schonen.«

Das kam für ihn so überraschend und mit so großer Höflichkeit daher, er konnte einfach nicht protestieren. Wie ein Pawlowscher Hund hatte er nach sechs Jahren Konditionierung fest mit der Unterstützung seines Chefs gerechnet, ohne im geringsten darüber nachzudenken, warum. Durch die plötzliche Höflichkeit eines

Feindes hätte er nicht mehr aus dem Konzept gebracht werden können, als durch die offensichtliche Gleichgültigkeit dessen, der ihm so lange Zeit den guten Freund vorgespielt hatte.

Plötzlich fühlte er sich fremd in der Höhle dieses Löwen. Erst jetzt fiel ihm auf, wie privat das Büro eingerichtet war. Fotos der Familie und Postkarten klebten an den Fensterscheiben. Kinderzeichnungen fielen ihm auf, die er nie zuvor wahrgenommen hatte. Er sah alle diese Details, die auf ein Leben außerhalb der Arbeit hinwiesen, und stellte sich seinen Chef mitsamt seiner Familie in einem großen Haus auf dem Land vor, behütet und beschützt vor dem Rest der Welt. Die zuvorkommende Art dieses Mannes erhielt jetzt eine neue Bedeutung. Diese präzise und perfekte Höflichkeit bei der Arbeit erlaubte ihm, seine Persönlichkeit nur sparsam einzusetzen, wie eine Pornodarstellerin, die alle Schreie und Bewegungen der Lust nur spielt und sich zu Hause mit dem Mann, den sie liebt, echten Vergnügen hingibt. Gaste erschien ihm auf einmal so menschlich. Wieder einmal hatte Elias eine Gelegenheit versäumt, jemanden zu hassen. Dabei existierte er für diesen Menschen gar nicht. Es gab die väterliche Bindung nicht, an die er geglaubt hatte, keine Freundschaft, keine gemeinsamen Erinnerungen. Gaste würde sich nicht einmal die Mühe machen, ihn zu vergessen, wenn er nicht mehr nützlich war. Ein anderer junger Mann würde seinen Platz einnehmen und zum neuen Elias Carnel werden.

Elias wollte mit aller Macht dem Bild entsprechen, das er ganz zu Anfang abgegeben hatte. Wenn sein Gesicht grün und blau geschlagen war, mußte er sich eben schminken.

»Ich habe so etwas geahnt. Ich weiß, ich bin gerade nicht gut in Form.«

»Sie müssen schlafen, Elias. Das ist das Wichtigste von allem.«

Zwei Personen spielen Komödie, obwohl sie genau wissen, was abläuft. Leider ist keine Kamera im Raum. Und doch geben sie sich alle Mühe, Dialogsätze zu erfinden, die sie meinen, austauschen zu müssen. Denn diese höflichen Geziertheiten sind allemal weniger ernüchternd und unangenehm als die Wahrheit.

»Machen Sie sich keine Sorgen wegen der Dreharbeiten. Wir schicken jemanden hin, den Sie uns sowieso empfohlen hätten und dem Sie voll vertrauen können.«

»Victor«, sagte Elias.

Er hatte keine Sekunde überlegt, als er den Vornamen seines Freundes aussprach. Es war nur zu logisch.

»Monsieur Malène, ja. Sie übernehmen einfach sein Projekt. Eine verrückte Geschichte. Müßte Ihnen eigentlich gefallen. Aber die Hauptsache ist, daß Sie sich erst einmal schonen.«

Elias wußte hinterher nicht mehr, wie er hinausgekommen war. Er hatte nicht einmal mehr die Kraft, unglücklich zu sein. Man hatte ihm die Haut abgezogen und ihn in Stücke gerissen, aber als er sich die Ereignisse der letzten Tage vor Augen führte, mußte er auf einmal laut lachen.

Draußen wurde es langsam dunkel. Er ging die Seine entlang und stieg in einen Bus. Gebäude fuhren vorüber, und er vergaß kurzzeitig, was mit ihm geschehen war. Er sah die Stadt durch das Busfenster und dachte an die vielen Seelen, die in ihre kleinen Körper eingezwängt neben ihm lebten, während allmählich die Straßenlaternen und Wohnzimmerlampen eingeschaltet wurden.

Die Touristenführer und die historischen Bücher über die Stadt verschweigen, warum man Paris eine »Stadt der Lichter« nennt. Keiner erwähnt die Irrlichter über dem Friedhof der Ile de la Cité. Zur Volksbelustigung und als Machtbeweis des Königs wurden Exekutionen auf der Place de Grève durchgeführt. Die Armen bekamen ein paar Sous dafür, die Leichen anschließend in einem Sack zum Friedhof zu karren und sie dort in die Massengräber zu werfen. Die blutigen Kadaver zersetzten sich schnell in diesen nur flach ausgehobenen Gräben. Das austretende Phosphor war die Ursache für Myriaden von Irrlichtern. Daher das scheinbar übernatürliche Licht, das über Paris schwebte und die Reisenden beeindruckte. Die Elektrizität hat an den Zuständen wenig geändert. Elias wußte aus eigener Erfahrung, warum die Lichter von Paris heute noch so stark leuchten.

Der Bleistift zerbrach zwischen seinen Fingern. Darius warf ihn zu seiner Sammlung, den Zeichen seiner Ungeduld. Die Ideen waren da. Er fühlte, wie sie in seinem Kopf zu atmen begannen. Sie verbreiteten die Unruhe eines Ameisenhaufens. Aber sie aus dem Kopf aufs Papier zu bringen war etwas anderes. Der Ventilator wehte die ersten Blätter des Papierstapels hoch, den er sich neben seinen Laptop gelegt hatte.

Jedes Jahr gab es Scherereien mit der Heizung. Aber diesmal funktionierte sie. Er mußte sich nicht wie ein Eskimo einmummeln. Allerdings funktionierte die verfluchte Heizung dieses Jahr viel zu gut. Selbst in Shorts und Unterhemd schwitzte Darius wie ein Schwein. Als er das Fenster in der Küche aufgerissen hatte, um die Hitze drinnen durch die Kälte draußen auszugleichen, hatte es reingeregnet, genau aufs frische Papier.

Er arbeitete seit drei Monaten an diesem kleinen Tisch. Seitdem hatte er sich nicht mehr bei den Brüdern Kottabos gemeldet. Seine Entwürfe stapelten sich neben der Tür, durchgestrichene Seiten, auf Papier geworfene Sätze und Wörter, mit Pfeilen verbundene Namen, unterstrichen oder durchgekreuzt.

Wie überträgt man die Impulse des Gehirns in Bleiabrieb auf Zellulose? Ein weiterer Stift zerbrach unter dem Druck seiner Finger.

Darius' Zweizimmerwohnung in der Rue de Panama wirkte wie die Vorzeigewohnung einer Baugesellschaft. Lilienduft stieg aus den Schränken. Sofa, Küche und Badezimmer schienen für immer staubfrei zu sein. Alles war aufgeräumt, selbst die dreckige Wäsche war gefaltet. Es gab drei verschiedene Mülleimer zur Mülltrennung. Einige Wochen nach ihrer ersten Begegnung (Darius arbeitete damals schon an dem Film, für den ihn die Firma engagiert hatte) erkundigte sich Elias nach dem Grund seines Sauberkeitsfimmels. Darius hatte das so erklärt: Nur bei sich zu Hause hat man solchen Einfluß auf die Dinge, nur da kann man sich eine friedliche Welt erschaffen.

Das Innere der Wohnung stand in krassem Gegensatz zur äußeren Umgebung. Aber Darius liebte das Viertel um *Château Rouge*. Die Geschäfte waren bis spät in die Nacht geöffnet. Er fand immer jemanden, mit dem er reden konnte, und die Polizei begnügte sich damit, herumzustehen und nichts zu tun.

Château Rouge hat seinen schlechten Ruf nicht verdient, aber so kommt auch niemand auf die Idee, eine dieser In-Kneipen aufzumachen, die lärmende Jugendliche anziehen. Nur wenige Viertel sind so angenehm ruhig und familiär. Die Armut ist ein größeres Problem als die Kriminalität. Wenn man nicht gerade mit einem Fächer großer Geldscheine wedelnd durch die Gegend läuft, wird man eigentlich nicht überfallen. Darius konnte sich nicht vorstellen, an einem Ort zu leben, wo bei Einbruch der Dunkelheit die Lichter ausgehen. Er mochte es nicht, wenn Straßen nachts genau so schliefen wie ihre Bewohner. Die Bäckerei gegenüber der Metrostation öffnete zum Beispiel schon um zwei Uhr morgens und hatte die besten Schokocroissants von ganz Paris. Man konnte dort sogar Wein kaufen und seinen Kühlschrank mit dem Nötigsten auffüllen. *Château Rouge* schläft nie.

Mit den ersten Honoraren hatte Darius angefangen, seine Wohnung einzurichten. Er hatte eine Rötelzeichnung von Mucha erstanden, Möbel, Haushaltsgeräte und Lavendelseife. Weil er das Bett seiner Träume nicht finden konnte, hatte er monatelang auf dem Parkettboden geschlafen. Sein Lebensprinzip war die Liebe auf den ersten Blick. Seine Gäste sollten vom Frieden und der Schönheit seiner Behausung beeindruckt sein. Wer in die Rue de Panama kam, sah das heruntergekommene Gebäude, fragte sich vermutlich, ob er sein Auto nicht besser in einem anderen Viertel geparkt hätte, drückte seine Brieftasche fest gegen die Brust, betätigte den Knopf der Gegensprechanlage, schob die Tür auf, stieg in den Aufzug, lief am Ende doch die fünf Etagen zu Fuß hoch, hielt sich vor der linken Tür der zweiten Etage die Nase zu, suchte schon nach wohlwollenden Formulierungen, während er bei Darius vor der Tür stand, und war dann absolut begeistert, wenn er die Wohnung betrat.

In der Küchentischschublade gingen die Bleistifte langsam zur Neige. Er hatte sich Mars-Lumograph-Bleistifte in einem Geschäft in der Rue de Rennes gekauft. Zum Teil wegen des Namens, zum Teil, weil sie so teuer waren. Er glaubte, damit besser arbeiten zu können. Darius drehte einen neuen Bleistift in seiner Hand.

Das Leben ändern, schlechte Angewohnheiten ablegen. Er warf einen Blick auf das Shakespeare-Portrait, das er zwischen Töpfe und Spülmaschine gehängt hatte. Auf der Mikrowelle lag eine Beretta.

Die Muskeln spannten sein Unterhemd. Er legte den Stift weg und spielte mit seiner Muschelkette. Die hatte ihm letzten Sommer ein Mädel vermacht, als er kurz auf Ibiza war. Er hätte sie gern wiedergesehen, aber sie ließ nichts von sich hören und antwortete auch nicht auf seine Postkarten. Er hatte seinen ganzen Mut zusammengenommen und zum Hörer gegriffen. Dabei mußte er feststellen, daß sie ihm eine falsche Nummer aufgeschrieben hatte. Er hielt sich eigentlich für eine gute Partie. Er rauchte und trank nicht, verdiente ordentlich und zahlte keine Steuern. Aber wieder einmal war er nur die nette Ferienbekanntschaft gewesen. Dabei war er ganz sicher ein guter Vater, sogar ein guter Ehemann. Er wußte das. Er trainierte das regelrecht und las sogar Zeitschriften und Bücher zum Thema.

Als Elias ihn angerufen hatte, sah er sich gerade eine Talkshow über die Aufteilung von Vater- und Mutterrolle an. Die Moderatorin sprach von den Schwierigkeiten, die Männer mit dem Vaterwerden haben.

Er hatte nicht eine Sekunde gezögert, Elias aufzunehmen. Diese Frage stellte sich gar nicht. Er hatte ihm sein Zimmer angeboten, aber Elias hatte darauf bestanden, auf dem Klappsofa im Wohnzimmer zu schlafen.

Sie waren damals auf den ersten Blick Freunde geworden. Ja, warum eigentlich? Weil sie einfach nicht anders konnten, das war's. Genau: Es hätten der Windrose ein paar Himmelsrichtungen gefehlt, wenn sie nicht Freunde geworden wären. Es hätte noch eine weitere Delle gegeben in dieser kaputten Welt.

Sie hatten sich an einem Abend vor vier Jahren in der Nähe der Metrostation Marx Dormoy kennengelernt. Er hatte den jungen Mann im schwarzen Anzug an der Tür seines Jaguars lehnen sehen. Ein Jaguar tauchte in diesem Viertel nicht oft auf.

Jemanden aufzumischen war nicht seine Spezialität. Aber an jenem Abend brauchte er dringend Knete für ein Geschenk – seine Mutter hatte Geburtstag. Und dieser Mann sah aus wie ein Geldautomat. Mit offener Krawatte, die Arme vor dem Anzug verschränkt, begutachtete er seine Umgebung. Er hatte Darius auf sich zukommen sehen und den Blick abgewandt. Wenn Darius das auch erst später begriff: In diesem Augenblick war es um ihn geschehen, die Freundschaft hatte begonnen.

Mit seiner breiten Hand hatte Darius die Fahrertür zugehalten, um den Gedanken an Flucht erst gar nicht aufkommen zu lassen.

»Sind Sie nicht ein bißchen früh dran?« hatte der junge Mann in ruhigem Ton gefragt, als ob sie verabredet gewesen wären.

Von dieser Bemerkung überrascht, hatte Darius angefangen zu lachen. Er fing sich aber schnell wieder. Man muß mißtrauisch sein, wenn einer nicht normal reagiert. Am Ende ist das ein Bulle oder ein Bekloppter, dem gleich das Messer in der Tasche aufgeht. Er hatte den Typ im Polizeigriff gegen das Auto gedrückt. Seit er für die Brüder Kottabos arbeitete, hatte er niemanden mehr angegriffen. Er mochte das nicht. Die Reaktionen der Opfer sind so deprimierend. Als ob man ein Mädchen küßt, das man nicht liebt.

Aber an diesem Abend lief das anders. Es wurde langsam interessant, wenn auch gefährlich. Er drückte fester zu.

Bevor er irgendwelche Forderungen stellen konnte, zückte der Mann mit erstaunlicher Geschwindigkeit seine Brieftasche und hielt ihm einen Batzen Geld hin. Und als wäre das nicht genug, kam gleich die Kreditkarte (Platin) hinterher, mit Geheimzahl. Darius gefiel so wenig Widerstand nicht. Er hatte sich den Typ zur Brust genommen. Im August sind die Straßen in diesem Viertel zwar nicht so leer wie sonst in Paris, aber ein kleiner Wortwechsel interessiert trotzdem keine Sau.

»Ich habe keine Lust, mich zu schlagen«, hatte der junge Mann bloß gesagt. »Dabei kann man sich nicht unterhalten.«

Die Frechheit dieser Bemerkung paßte nicht zu dem traurigen Ton, in dem sie vorgetragen wurde. Darius verließ langsam die Lust, diesem Mann weh zu tun. Der verhielt sich wie jemand, der die Lage im Griff hat. Sein Übermut hatte wenig mit der Arroganz derjenigen zu tun, die glauben, sie können sich alles erlauben. In seinen Sätzen schwang eine Spur von Müdigkeit und Weichheit mit, sie klangen kein bißchen aggressiv.

»Du suchst bloß Ärger«, hatte Darius gesagt. »Ich will dein Geld nicht.«

Er hatte ihm die Scheine und die Kreditkarte zurückgegeben. Er wußte einfach nicht, wie er mit der Situation umgehen sollte. Auch wenn man sich darüber beschwert, man gewöhnt sich an eine bestimmte Reaktion und erwartet sie dann auch.

»Das ist ja mal was Neues.«

»Ich habe keine Lust, mich verarschen zu lassen«, hatte Darius gewarnt.

»Keine Angst. Das habe ich nicht vor. Bisher hat noch jeder von mir gekriegt, was er wollte. Ich brauche Ihre Hilfe.«

»Daß du Hilfe brauchst, sieht doch ein Blinder, Mann!«

Darius hatte ihn gegen die Mauer geschubst und ihm seinen Jaguar geklaut. Sein Hirn kochte. Nachdem er eine Runde um den Block gedreht hatte und dabei jeden Schnickschnack einschließlich der elektrischen Scheibenheber und sämtlicher Varianten der Sitzverstellung ausprobiert hatte, fuhr er zurück und hielt vor Elias. Er wollte sich an dem jungen Mann nicht die Finger verbrennen. Elias reichte ihm seine Visitenkarte und erklärte, er brauche einen technischen Berater für einen Film. Seitdem rief Elias jedesmal an, wenn die Firma irgendwelche Informationen oder wirklichkeitsnahe Details in Sachen Kriminalität brauchte. Das war gut bezahlt, und immer, wenn er den Konferenzraum des Studios Galaxie betrat, kam er sich vor, als wäre er jemand. Das Model von Sekretärin lächelte ihm zu und hielt ihm ein Glas Wasser hin. Männer in Anzügen sahen ihn aufmerksam an und stellten ihm Fragen, wobei sie ihn siezten. Sein Rat wurde befolgt, man zollte ihm Respekt.

Die Brüder Kottabos wußten nichts von seinem Doppelleben. Er arbeitete schon seit zehn Jahren für sie. Mit solchen Typen ist nicht zu spaßen. Seit Wochen streiften sie durchs Viertel. Ohne Vorwarnung konnten plötzlich zwei Leute aus einem dieser kleinen schwarzen Lieferwagen springen, mit ihm ein bißchen durch die Gegend fahren und ihm unangenehme Fragen stellen. Er wußte, was er antworten würde. Er wollte aussteigen. Das war nicht ganz einfach, denn das Verbrechen ist ziemlich eifersüchtig. Man kündigt seine kriminelle Karriere nicht wie einen normalen Beruf. Wenn man Glück hat, gibt es eine leidenschaftliche Trennung mit zerbrochenem Geschirr, aber besser ist, man taucht unter.

Zwischen *Château Rouge* und Stalingrad hatte Darius eine Menge Jungs kennengelernt, die glaubten, das kriminelle Leben sei voller Abenteuer und Freiheit. Nichts ist weiter von der Wirklichkeit entfernt, so warnte er sie immer.

Erstens ist der Job keineswegs immer spannend. Die Mafia, überhaupt jede organisierte Bande, ist eine schwerfällige Maschinerie.

Zweitens sind die Arbeitszeiten denkbar schlecht. Man kann zu jeder Uhrzeit aus dem Bett geklingelt werden. Auf Ferien oder Feiertage kann man sich nie verlassen. Und die Leistungen für das öffentliche Wohl sind doch ganz schön bedenklich. Wir liefern Drogen und Mädchen, und dank der Berufung zu den gefährlichsten Elementen der Gesellschaft gehört zu unseren Waren auch die Angst und die politisch motivierte Straftat.

Drittens ist die Welt des Verbrechens gegenüber der Welt der Gesetze auf bestürzende Art korrupt. Darius machte sich keine Illusionen: Man konnte sich auf niemanden weniger verlassen als auf die lieben Kollegen. Und es gibt nur wenige Berufsgruppen mit konventionelleren und konservativeren Ansichten als Ganoven.

Darius wußte nicht mehr, wie er auf die Idee gekommen war zu schreiben. Vermutlich, weil er gelegentlich bei Dreharbeiten hatte zusehen dürfen. Auch er war empfänglich für die Magie des Films. In gewisser Hinsicht war das nur eine Rückkehr zu seinen Wurzeln. Er hatte Gangster werden wollen, seit er als Halbwüchsiger begeistert Gangsterfilme gesehen hatte. Die Besinnung aufs Familienerbe war zwar mitverantwortlich gewesen – sowohl sein Vater als auch sein Onkel hatten in diesem Metier gearbeitet –, aber dank der Filme hatte er sich immer mit den großen romantischen Banditen identifiziert, nicht mit den alkoholisierten und brutalen Kleingangstern der Porte de la Chapelle.

Seine Leidenschaft fürs Kino war entflammt, als das Schuhkaufhaus »Kata« in ein ehemaliges Kino in der Rue des Poissonniers eingezogen war. Damals lebte er noch in der Rue Stephenson bei seinen Eltern. Sobald ein neues Geschäft aufmachte, ging die Familie hin und bestaunte wie im Museum die Werke der Lebensmittelindustrie und der Kleiderfabriken.

Der Inhaber von »Kata« hatte den roten Vorhang hängen lassen. Die Goldverzierungen, die Balkons und Logen, die auf die Schuhkartons blicken, sind immer noch zu bewundern. Darius war fasziniert. Inmitten der Schuhe spukten die Gespenster längst vergangener Filme, und er glaubte, das Lachen und Weinen des Publikums wie ein fernes Echo zu hören.

Elias hatte seinen Wunsch zu schreiben ernst genommen. Das gab Darius die Kraft, morgens aufzustehen und sich immer wieder an den Schreibtisch zu setzen, trotz aller Schwierigkeiten und Mühen. Wenn er allerdings geäußert hätte, er wolle auf den Mount Everest steigen, hätte Elias ihm ganz sicher einen Eispickel geschenkt. Manchmal fühlte Darius sich durch das Vertrauen seines Freundes unter Druck gesetzt. Er konnte nicht mehr zurück. Elias glaubte an seine Fähigkeiten, auf keinen Fall wollte er ihn enttäuschen.

Darius hatte genug gute Geschichten, aber die meisten konnte er unmöglich erzählen, selbst wenn er Namen und Orte ausgetauscht hätte. Außerdem interessierte es ihn nicht, von seinem eigenen Leben abzuschreiben. Er wollte sich etwas ausdenken. Er besaß Talent, das wußte er. Er war immer gut darin gewesen, neue Tricks auszubrüten und Pläne zu schmieden. Also schrieb er erfundene Gangstergeschichten. Er hatte eine Idee zu einer Bankräubergeschichte, aber so, wie man das noch nie gesehen hatte.

André Cochat befaßte sich mit seiner Arbeit. Darius hätte lieber mit Elias gearbeitet, aber Freundschaft und Arbeit zu vermischen war gefährlich. Er mochte diesen herablassenden alten Produzenten nicht, seine blauen Anzüge und seinen furchtbaren Mundgeruch nach frischer Minze. Sie hätten locker in einem Café arbeiten, dabei einen trinken, sich Witzchen und Anekdoten erzählen können. Aber nein. Cochat bestellte ihn in die Firma und blieb die ganze Zeit in dem riesigen Schreibtischsessel seines streng aufgeräumten Büros sitzen. Ein Meter und fünfzig massiver Eiche trennten sie voneinander. Er hatte den Eindruck, in die Schule zurückversetzt zu sein. Mit dem Rotstift hatte Cochat die wichtigsten Dinge in seinem Drehbuch angestrichen. Die Idee gefiel ihm, nicht die Figuren und schon gar nicht die Struktur der Erzählung. »Genial«, hatte er gesagt. »Du bist auf eine Goldader gestoßen, aber da müssen wir noch ganz schön dran arbeiten.« Darius haßte es, wie der Typ mit ihm umging. Als wäre er ein blutiger Anfänger.

Er mußte raus aus der Organisation. Herzkreislauferkrankungen sind zwar auch bei Ganoven die häufigste Todesursache, aber zu oft waren ihm Kugeln um die Ohren geflogen. Wenn er eine Familie gründen wollte, brauchte er einen Job, der von der Justiz anerkannt wurde. Er wollte nicht, daß seine Kinder durchmachen mußten, was er durchgemacht hatte. Er wollte Sicherheit, Stabilität und Komfort, mit einem Wort: ein normaler Bürger sein. Die Leute lachten, wenn er das sagte. Darius mochte es nicht, wenn sich jemand über seinen Traum lustig machte. In seiner Vorstellung waren Spießbürger unanfechtbare Heilige, deren Attribute Bauch und Anzug sie wie Schilde vor den Härten des Lebens schützten.

Diskret und effektiv griff Elias in sein Leben ein. Er füllte den Kühlschrank auf, nannte Romane, die man lesen sollte, Filme, die für ihn interessant sein könnten. Darius hatte nie einen großen Bruder gehabt. Elias war dafür zwar eigentlich zu jung, ging aber in dieser Rolle auf. Elias bot ihm, das wußte Darius, was ihm an seinem Vater gefehlt hatte. Und das war so ziemlich alles gewesen. Elias erklärte ihm die Gebrauchsanweisung der großen weiten Welt. Er brachte ihm bei, wie man sich eine Krawatte bindet. Als sie sich zum ersten Mal getroffen hatten, kleidete Darius sich, wie es gerade kam. Man wußte Bescheid, sobald man ihn sah. Die Hände sind ein gutes Erkennungszeichen, hatte Elias ihm eingeschärft. Die meisten Leute, vor allem Frauen, achten auf die Hände. Seitdem ging er einmal im Monat zur Maniküre und hatte immer eine Nagelfeile bei sich. Es ist schon witzig, wie eine Krawatte, ein ägyptisches Baumwollhemd und ein gut geschnittener Anzug alles verändern können.

Eins war klar: Lange konnte er nicht mehr unsichtbar bleiben. Er hatte sich auf die Nachrichten der Brüder Kottabos nicht gemeldet und vermied es, durch die Rue Myrha und die Rue Léon zu laufen. Aber er hatte in letzter Zeit Probleme mit dem Magen.

Elias bewegte sich auf dem Sofa. Was dem gerade widerfuhr, war ja auch nicht gerade vom Feinsten. Aus dem Job rausgekickt zu werden und derart eins aufs Maul zu bekommen. Darius verstand das nicht. Das war zu hoch für ihn. Aber irgendwie hieß das offenbar, Elias blieb erstmal hier.

Er wischte die Regentropfen vom Papier und steckte sich einen Stift zwischen die Finger.

Sein Unterkiefer schmerzte immer noch. Auch die Wunden in seinem Mund würden noch ein paar Tage brauchen, um zu verheilen. Die in Mitleidenschaft gezogene Schleimhaut in seiner Backentasche begann sich abzulösen. Blutgeschmack hing ihm im Mund und mischte sich beim Essen mit dem Geschmack der Lebensmittel. Egal, was er aß, es schmeckte nach süßlichem faulem Fleisch.

Marie war blaß geworden, als Elias die Tür zu seinem Büro geöffnet hatte. Er informierte sie kurz über seine Degradierung, aber sie wußte schon Bescheid. Arden Gaste hatte die Neuigkeit gleich verbreiten lassen. In der Eingangshalle, im Aufzug und auf den Gängen waren Elias die mitleidigen Blicke seiner Kollegen nicht entgangen. Kaum jemand hatte es gewagt, ihn anzusprechen. Er war der siegessichere Boxchampion, der in der ersten Runde von einem völlig unbekannten Gegner mit dem Baseballschläger zusammengeschlagen wird. Ein Fall von Schiebung, keine Frage, aber in seiner Branche war das ganz normal. Die Gespräche erstarben, sobald er den Raum betrat, man beobachtete ihn, flüsterte. Kaum drehte er sich wieder um, wurde weiter getuschelt: der Star der Firma, der junge Hoffnungsstern, Elias Carnel. Er ist immer so höflich und diskret. Gerade ist er aus dem Film von Martial Caldeira rausgeworfen worden, einfach so, in letzter Sekunde. Und wissen Sie was? Caldeira hat ihn auch noch persönlich verdroschen. Selbst in einem Milieu, in dem Nervenzusammenbrüche und schizoide Krisen zum guten Ton gehören, in diesem Paradies der auffälligen Charaktere und Psychopathen, passiert so etwas nicht alle Tage.

Marie legte ihre Hand auf Elias' Schulter und wollte wissen, weshalb man ihn von dem Afrika-Projekt suspendiert hatte. »Aus rein medizinischen Gründen. Haben Sie mein Gesicht nicht gesehen? Caldeira hat sich's anders überlegt. Ist sein Film, seine Geschichte.« Er sah die Wut in Maries Augen und bat sie, einfach nicht weiter darüber nachzudenken. Schwamm drüber. In exakt acht Stunden würde Victor im Flieger sitzen. Er war in der Lage, Elias' Arbeit zu übernehmen. Victor war ein Profi, und Caldeira wollte es so. »Caldeira hat entschieden, mir die Fresse zu polieren. Das muß irgendeinen Grund haben. Die Arbeit geht weiter. So ist das eben. Weiterarbeiten, wie ein Goldsucher. Manchmal vergessen wir, daß wir Goldsucher sind, Marie.« Es gibt Computer und Sekretärinnen, man sitzt in Ledersesseln, hat saubere Fingernägel, aber sonst hat sich nichts geändert. Man muß immer weiter graben, Tonnen von Erde wegräumen. Die körperliche Anstrengung ist enorm, die Nieren tun weh, Staub senkt sich in die kleinsten Hautfalten, der Mund trocknet aus. Sonnenstich und Durchfall drohen, wenn man sich den ganzen Tag über klare Wasserläufe beugt. Die Hände sind gesprungen und rauh. Man steckt sein Sieb in den Sand oder in die Erde, nur um diese winzigen goldenen Späne zu finden. Sicher, manchmal trifft man auf riesige Goldklumpen, aber es ist nicht gut, zuviel davon zu träumen, sonst sieht man in jedem einfachen nassen Stein, der in der Sonne blitzt, ein Nugget.

Der Assistent von Victor machte sich nicht einmal die Mühe anzuklopfen, als er eintrat und das Dossier über die Schriftstellerin hereinbrachte, deren Lebensgeschichte die Firma verfilmen wollte. Elias konnte diesen Kerl nicht leiden. In einem Anfall von Hellsichtigkeit hatte Victor einen Mann als Sekretär eingestellt. Eine Sekretärin wäre für Victor eine zu große Versuchung gewesen. Er hatte Wert darauf gelegt, ein kleines, arrogantes Arschloch zu engagieren, einen eitlen Wichtigtuer, über den er sich lustig machen konnte. Victors Assistent war einen Kopf größer als Elias, und sein Rasierwasser verpestete alles, womit er in Berührung kam. Wie ein Tier markierte er alles in seinem Revier mit diesem Urin. Im Galaxie-Gebäude gab es nur zwei Sorten Mitarbeiter: Die einen hatten Macht, die anderen wollten sie um jeden Preis. Jeder hatte dabei seine eigene Methode entwickelt, das Ego in Szene zu setzen. Bei Produzenten war die Zigarre natürlich der Klassiker. Wie Iltisse verbreiteten sie damit den eigenen Gestank in jeden Winkel. An ihrer Existenz konnte man weder vorbeiriechen noch vorbeiatmen.

Eine besondere Sitte im Haus war die Anfertigung von »Dossiers«. Eine ganze Etage beschäftigte sich nur mit der Dokumentation aller möglichen Vorgänge. Schränke und Festplatten enthielten Berge von Informationen über Affären, Diplome und Familiengeheimnisse, auch der Mitarbeiter. Die Archiv-Leute hatten eine besonders anstrengende Form der Liebenswürdigkeit entwickelt, und ihre Schultern sahen nach viel Zeit im Fitneßstudio aus. Ihre mürrischen Blicke luden nicht zum offenen Gespräch ein.

Das Dossier über die Schriftstellerin war eine schwarze Mappe von zwei Zentimetern Dicke. An eine Ecke war ein weißes Etikett mit dem Namen Margot Lazarus aufgeklebt. Elias öffnete die Mappe widerwillig und stieß auf Zeitungsausschnitte, Kritiken ihrer Romane, die Fotokopie eines Gesundheitszeugnisses. Ein Schwarzweißfoto zeigte das nichtssagende Gesicht einer Frau um die zwanzig mit langen dunklen Haaren. Er blätterte die Seiten durch, ohne daß sein Hirn eine nennenswerte Information aufgegriffen hätte. Er schloß die Mappe. Nicht das Leben dieser Frau anhand der Akte überprüfen. Diese schlechte Gewohnheit ablegen. Sie erst kennenlernen, dann versuchen, sie zu verstehen. Sie sollte die Chance haben, nicht bloß das zu sein, was er sich von ihr vorstellte.

Er hatte sie in den Salon des Hotel Crillon bestellt. Das Grandhotel an der Place de la Concorde ist ideal, um sich bei einem exquisiten Getränk in Kristallgläsern gepflegt zu unterhalten. Die Fenster aus Panzerglas schützen genauso vor Kugeln wie vor dem Lärm des Straßenverkehrs. Elias hoffte, die pompöse Kulisse des Nobelhotels würde sie aus dem Gleichgewicht bringen. Er war ganz klar im

Vorteil: Das war sein Terrain. Weil er hier schon oft Schauspieler und Regisseure untergebracht oder getroffen hatte, wußte er, wie weich die Stühle waren, kannte die Angewohnheiten der Kellner, das Licht, das mittags durch die Fenster fiel. Margot Lazarus hatte ganz sicher noch nie einen Fuß in diesen Palast gesetzt. Wenn sie sich beeindrucken ließ, konnte das den Verhandlungen nur dienlich sein. Wenn sie den Duft des Luxus atmete, würde sie vielleicht eher in den sauren Apfel beißen. Je eher sie unterschrieb, desto besser. Hoffentlich unterschrieb sie. Die Sache mußte einfach schnell über die Bühne gehen.

Einige Minuten Verspätung waren angebracht, um klarzustellen, wer hier den Tanz anführte. Als er sein Gesicht in der vergoldeten Eingangstür des Hotels gespiegelt sah, überlegte er kurz, ob sein Erscheinungsbild die junge Frau vielleicht aus der Fassung bringen würde. Wenn sie Mitleid oder Furcht empfand, schadete das sicher auch nicht.

Ihr Anblick machte ihm schlechte Laune. Beigefarbener Rock, schwarzer Pullover, sie sah einfach nur gewöhnlich aus. Unauffällig wie eine Studentin, die nie in den Spiegel sieht. Shoppen gehörte offenbar nicht zu ihren großen Leidenschaften. Ihre hochgesteckten, durchschnittlich braunen Haare wippten absolut normal, als sie sich zu ihm umdrehte. Nichts an dieser jungen Frau zog die Aufmerksamkeit auf sich, trotzdem störte ihn etwas an Margot Lazarus wie ein Staubkorn unter dem Augenlid. Elias blinzelte. Dann betrachtete er sie genauer und glaubte plötzlich, den Grund seiner optischen Irritation und seines unangenehmen Eindrucks zu begreifen. Etwas machte sie sichtbarer als andere. Ihre Konturen waren von unglaublicher Klarheit. Daneben wirkte ihre Umgebung unscharf und flau. Während er sie ansah, glaubte er die Undurchdringlichkeit der Welt zu begreifen.

Sie stand auf, als er zu ihr trat, und reichte ihm die Hand. Das Blinzeln dabei war ein untrügliches Zeichen von Nervosität. Sie war in der Defensive, aber ihre Unsicherheit schien sie selbst zu amüsieren. Ganz offensichtlich hatte sie sich die Finger nach diesem Treffen geleckt. Entsprechend schnell kamen sie zur Sache.

»Nein, das ist ein Mißverständnis. Wir sind nicht an der Verfilmung Ihrer Bücher interessiert. Wir wollen die Rechte an Ihrer Lebensgeschichte.«

Sie saßen sich an einem niedrigen Tisch in ihren Sesseln gegenüber und versuchten beide, möglichst wenig von sich preiszugeben und herauszufinden, was der andere wollte. Die zierlichen Sessel gaben dabei weniger Rückendeckung, als ihnen lieb war. Überhaupt schien alles in diesem Saal sie dazu aufzufordern, die Augen niederzuschlagen. Der Barpianist spielte Schnulzen von Cole Porter.

»Ich schreibe Geschichten, ich schreibe nicht über mein Leben. Sie machen sich falsche Vorstellungen. Es gibt keine Rechte, die Sie erwerben könnten.«

»Die Juristen unseres Hauses sehen das anders.«

Die juristische Abteilung hatte einen Vertrag aufgesetzt. Das war zwar nur ein erstes informelles Treffen, aber man weiß ja nie. Wäre dumm, wenn man nicht auf alle Eventualitäten vorbereitet ist. Elias versuchte, nicht an den Vertrag in der Aktentasche neben sich zu denken. Es ging ihm plötzlich auf die Nerven, daß dieses Treffen Teil eines offiziellen Vorgangs war. Man trifft jemanden, vielleicht verläuft das Treffen sogar nett und zack! Plötzlich zieht man einen vierundzwanzigseitigen Vertrag mit jeder Menge Kleingedrucktem und massenhaft Fußnoten aus der Tasche.

»Ich habe keine Ahnung, wer die Rechte an meinem Leben hat. Früher waren das meine Eltern, aber die sind tot. Ich weiß nicht, wer ihre Rechte geerbt hat.«

»Na Sie.«

»Das glaube ich nicht.«

Die Antworten von Margot Lazarus überraschten Elias. Sie schien aber nicht mit ihm Katz und Maus zu spielen, sondern mit großer Aufrichtigkeit zu antworten.

»Gehen wir mal davon aus, Ihre Theorie stimmt. Wenn ich die Rechte an meiner Lebensgeschichte verkaufe, was bedeutet das für mich? Besitzt dann Ihre Firma für immer das Recht an meinem Leben?«

»Nein, nur an Ihrer Manie, sich umbringen zu wollen.«

Er hatte das Wort »Manie« betont, um sie zu provozieren. Sie schien nicht einmal verärgert, sondern eher erstaunt zu sein, daß er sich ihr gegenüber diese Ironie erlaubte. Sie sah in Elias' bandagiertes Gesicht. Trotz der Pflaster fielen sie beide im allgemeinen Treiben nicht auf. Die Mittagszeit rückte näher. Kunden, Hotelpagen und Kellner kamen und gingen, ohne sie zu bemerken. Auch der Kellner, der ihnen die Weingläser brachte, ließ sich in professioneller Gleichgültigkeit nichts anmerken. Je eleganter das Hotel, desto normaler wirkt jede Form der Fremdartigkeit. Elias' Blessuren waren nichts Außergewöhnliches in einem Hotel, das sonst Rock-Stars beherbergte. Es ist schwieriger, in einem Fast-food-Lokal unbemerkt zu bleiben.

»Muß ich dann ab sofort bei jedem Selbstmordversuch Ihre Firma um Erlaubnis bitten?«

»Nein, nicht die Firma, sondern mich. Ich befehle Ihnen dann, es sein zu lassen und lieber mit mir irgendwo etwas trinken zu gehen.«

Sehr gute Idee, wirklich eine tolle Idee! Nach sechs Jahren Clarisse war es ja vielleicht mal eine nette Abwechslung, eine verrückte Selbstmörderin zu retten. Elias drückte sich die Fingernägel in die Handfläche. Zum Glück ging sie nicht darauf ein.

»Versuchen Sie nicht, mich zu retten. Ist nicht nötig. Mir geht es sehr gut. Und wenn es zu spät ist, brauche ich ohnehin keinen Retter. Sie haben meine Bücher nicht gelesen, nehme ich an.«

»Ich wollte mich nicht beeinflussen lassen. Wenn ich sie gelesen hätte, hätten sie mir womöglich gefallen. Und jede Form der Bewunderung hätte mich davon abgehalten, mit Ihnen über Ihr Leben zu reden.«

Eine nicht wirklich geschickte Lüge, um davon abzulenken, daß er kaum etwas von ihr wußte. Das war nicht sein Projekt. Eigentlich hätte er schon bald in Rubondo sein müssen. Das war Victors

Gespräch. Der hätte sicher seine schäbigen und anmaßenden Anbaggertricks eingesetzt. Die Romane eines offensichtlich gestörten Mädels interessierten ihn nicht die Bohne. Er verlor allmählich die Geduld.

Eigentlich soll man nach der Einnahme eines Schmerzmittels vier Stunden warten, bis man Alkohol trinkt. Nicht sehr schlau, was er sich und seinem Magen da antat. Dazu kam die Wirkung der Malaria-Pillen, die er immer noch schluckte. Frau Doktor Ansermet hatte ihm mitgeteilt, er solle damit auf keinen Fall aufhören. Erst in einer Woche durfte er die Dosis reduzieren. Die Symptome der Krankheit machten sich bei ihm in abgeschwächter Form bemerkbar: Schweißausbrüche, Schüttelfrost und Muskelkrämpfe. Er holte tief Luft, schloß die Augen und zählte bis drei. Er mußte das hier einfach hinter sich bringen. Die Rechte an einem Buch zu kaufen (oder an einer Lebensgeschichte, das macht keinen großen Unterschied) ist eigentlich ein leichtes Spiel. Man muß dem Autor vorgaukeln, er bekomme dieses für ihn unglaubliche Honorar aus ganz anderen als rein wirtschaftlichen Erwägungen. Aber Elias war in schlechter Verfassung für diese Lügen. Er wollte ihr nicht die übliche schmeichlerische Suppe einflößen. Dafür war sie ihm zu sympathisch, auch wenn es ihm gegen den Strich ging, daß er diese unscheinbare Frau nett fand. Das nützte weder ihm noch dem Geschäft, das er mit ihr abschließen wollte. Mit geldgierigen Autoren ist alles ganz einfach, die Komödie kann offen gespielt werden: Ein Scheckinhaber und ein Scheckliebhaber treffen aufeinander. Das ist gegenseitige Liebe auf den ersten Blick.

»Ich habe in dieses Treffen nur eingewilligt, weil ich dachte, es geht um die Rechte an meinen Büchern.«

»Dann hat mein Kollege das offenbar nicht klar genug erklärt.«

»Oh, er war schon sehr klar, das kann man wohl sagen, aber er hat gelogen. Sie sind also an meinem Leben interessiert.«

»Nicht an Ihrem ganzen Leben. Nur an den dramatischsten Momenten.«

»Es fällt mir schwer, die Dramen meines Lebens nach ihrer Wichtigkeit zu sortieren. Wer sagt Ihnen überhaupt, welche die dramatischsten Momente sind?«

»Nach jeder Affäre ein Selbstmordversuch, das scheint mir doch medaillenverdächtig«, sagte Elias und versuchte, nicht allzu sehr auf die Narben an Margots rechtem Handgelenk zu starren.

»Damit das klar ist: Ich würde mich nie für einen Mann umbringen. Urteilen Sie nicht vorschnell. Es ging mir nie darum, zu sterben, sondern um die Tat an sich. Das ist etwas völlig anderes.«

»Aha. Das ist etwas völlig anderes.«

»Ja. Bei meinen Selbstmordversuchen ging es nur um mich, die Männer sind mir egal.«

Margot Lazarus war schwer zu fassen wie ein Luftgeist. Es gelang ihm nicht herauszufinden, ob sie es nun ernst meinte oder nicht. Ihr Ton schwankte übergangslos zwischen Leichtigkeit und Ernst hin und her. Elias kam es gar nicht in den Sinn, sie wegen der Selbstmordversuche zu bedauern oder Beschützerinstinkt zu entwickeln. Diese Frau wollte nicht beschützt werden. Sie scheute vor Mitleid oder Mitgefühl zurück. Diese Unabhängigkeit gab ihrem Unglück etwas Komödiantisches. Der Vertrag in seiner Tasche konnte warten. Elias begann, sich für diese Frau zu interessieren, und wollte weiter mit ihr reden. Er wollte weiterhin Töne aus ihrem Mund, in seine Ohrmuschel und sein Bewußtsein dringen hören.

»Ich denke, wir sollten an dieser Stelle Schluß machen.«

Sie sah ihn an, als hätte sie ihn plötzlich in ihrem Ankleidezimmer entdeckt, wo sie sich nackt ausgezogen hatte. Sie ließ ihm keine Zeit zu reagieren, legte eine Handvoll Geldstücke auf den Tisch, erhob sich und wandte sich zum Ausgang. Elias blieb sitzen. Er mußte lächeln, und auch wenn dieses Lächeln die geschwollene Haut seines Gesichts schmerzhaft anspannte, es war es wert, gelächelt zu werden. Er steckte seine Nase ins Weinglas. Jemand setzte sich ihm gegenüber.

»Wenn hier einer das Gespräch abbricht, dann ich.«

Margot Lazarus starrte ihn voller Wut an. Als ob sie nicht an dieses Gefühl gewöhnt war und Angst hatte, sich von der Empfindung um die Selbstbeherrschung bringen zu lassen. Kleine Vorwurfsfalten bildeten sich über den Augenbrauen. Sie wirkte völlig aufgewühlt, aber nicht auf normale Weise, sondern mit äußerster Konzentration und aus voller Überzeugung.

»Wie bitte?«

»Wenn ich die Wahl hätte, wäre ich nicht noch mal zurückgekommen.«

»Glaube ich Ihnen sofort.«

»Ich habe mir geschworen, mich niemals kaufen zu lassen. Verstehen Sie das? Nein, so wie Sie angezogen sind, verstehen Sie das nicht. Ich kann das nicht leiden.«

»Es ist Ihr gutes Recht, mich nicht zu mögen.«

»Was ist, wenn ich Sie sogar hasse?«

»Das ist gerade sehr in Mode.«

»Nehmen Sie es nicht persönlich, aber es tut mir im Augenblick ziemlich gut, Sie zu verachten.«

Wenn sie diskutieren wollte, bitte sehr. Zusammengezimmerte Wortkrücken finden sich immer, wenn das Universum schwankt, als säße man auf einem Karussell im Minenfeld. Was jedoch wirklich geschah, war Folgendes: Elias' Augen fanden erst jetzt, als er sie ansah, ihren eigentlichen Verwendungszweck. Vor diesem Tag waren alle seine Blicke nur Sehübungen gewesen. Er sah Margot Lazarus an, und hinter den Pupillen sprossen plötzlich zarte Blütenblätter.

Scheinwerfer fegten über die Landebahn Nummer drei des Flughafens Bourget. Mäntel flatterten im Wind. Victor und Nathalie hatten den Flugsteig verlassen und sich zu Fuß auf den Weg zum Flugzeug gemacht. Die Leute vom Flughafenpersonal, alle Militärs, hatten das Gepäck zum Frachtraum der De Havilland gebracht. Die Motoren brummten wie aufgeregte wilde Tiere.

Militärflugzeuge, Kampfjets und Transportmaschinen landeten und starteten trotz der späten Stunde ohne Unterbrechung. Die Stimme aus dem Lautsprecher näselte Sicherheitshinweise, die man auf dem Flugplatz beachten sollte. Eine Sirene heulte kurz auf.

Die Nacht hatte es schwer, sich gegen das allgemeine geschäftige Treiben zu behaupten. Man mußte sich konzentrieren und einen Moment die Luft anhalten, um sie überhaupt wahrzunehmen.

Ein Jeep hielt mit quietschenden Reifen. Victor zog an seiner *Blunt* und sah Elias aus dem Wagen steigen und auf ihn zugehen.

Er hatte keine Zeit gehabt, Elias anzurufen und ihm zu sagen, tut mir leid, ich übernehme deinen Film, nimm das nicht persönlich. Er hatte keine Zeit gehabt, Lust zu diesem Telefonat zu bekommen. Er war zu glücklich, wegzufahren und diesen Film von Caldeira machen zu dürfen. Nichts hätte ihn von seiner Wolke holen können. Aufgeregt wie ein Schuljunge hatte er seine Koffer gepackt. Um jede Konfrontation zu vermeiden, war er nicht mehr im Büro aufgetaucht. Von seinem Assistenten wußte er, daß Caldeira persönlich Elias zusammengeschlagen hatte. Im Haus war das Thema Nummer eins. Victor verstand zwar nicht, warum, aber egal. Elias kannte den Laden. Wir sind ja keine kleinen Kinder mehr. Trotzdem dämpfte es seine gute Laune, als er seinen Freund auf sich zukommen sah. Obwohl er nicht an Schuld glaubte und die spezielle Beziehung zu Elias solchen Belastungen ohnehin früher oder später ausgesetzt worden wäre, hatte er ein schlechtes Gewissen. Er rechnete damit, von seinem Freund beschimpft oder sogar verprügelt zu werden, und hatte dafür sogar Verständnis. Das würde ihn nicht daran hindern zu fliegen, wäre aber eine Erleichterung.

Die Asche der *Blunt* fiel ihm vor die Füße. Es war nicht schwer gewesen, eine Raucherlaubnis zu erhalten. Die Sicherheitsbedenken des jungen Korporals hatten sich in Luft aufgelöst, als Victor die Visitenkarte des Generals Abayashi gezückt hatte. Der Korporal hatte lediglich darauf bestanden, eine Wanne auf den Boden zu stellen. Sobald Victor einen Schritt zur Seite machte, trug ihm der junge Soldat die Wanne hinterher, damit ja keine Asche auf den Teer oder in eine Benzinpfütze fiel, deren Brand dann das Flugzeug und den halben Flughafen in die Luft jagte. Victor nahm einen tiefen Zug aus seiner *Blunt* und amüsierte sich über den entsetzten Blick des Korporals. Der Rauch stieg aus den verschiedenen Schichten der Zigarre in seinen Mund, breitete sich dort aus und legte sich wie ein Teppich auf seinen Gaumen und seine Zunge. Nikotin und Marihuana beruhigten ihn. Zigarren waren sein Halt, wenn alles um ihn herum ins Wanken geriet. Krampfhaft hielt er sich daran fest. Solange er diese Zigarre in der Hand hatte, konnte die Welt ruhig untergehen.

Eine unerläßliche Voraussetzung für Erfolg ist die Einsicht, daß unser Leben aus einer Abfolge von Prüfungen besteht. Schon in der Grundschule hatte Victor begriffen, was Bestimmung ausmacht, und er hatte das, was ihm an der Wiege gesungen worden war, mit allen Mitteln versucht zu erfüllen. Er hatte alle unsichtbaren Prüfungen, die unsere Kindheit und Jugend begleiten, mit Auszeichnung bestanden. Als eine Art Training für künftige Anwendungen hatte er angefangen, für diese Diplome als bester Kamerad, bester Schüler und bester Sohn Punkte zu verteilen. Mit vierzehn hatte er bereits zwei Klassen übersprungen. Das hatte außer ihm nur die kleine Cynthia geschafft. Er machte seine Führerscheinprüfung einen Tag nach seinem achtzehnten Geburtstag und erhielt sein Diplom an der New York University mit zwanzig. Wenn man vorhat, den Gipfel zu erklimmen, dann muß man sich auf die Disziplinen besinnen, in denen man fehlerfrei ist. Es ist außerdem ratsam, alles zu unterlassen, wobei man keine gute Figur macht. Victor kochte deshalb nicht und spielte kein Tennis.

Als er Caldeira zum ersten Mal begegnet war, wußte er, daß er eines Tages einen seiner Filme produzieren würde, so, wie er von jeder Frau, die er traf, immer sofort wußte, ob er mit ihr schlafen würde oder nicht. Diese Gedanken waren ganz ohne Berechnung, sie folgten zwangsläufig aus den Ansprüchen seines Ziels. Innerer Zusammenhang und Harmonie eines Lebensweges rechtfertigen jede Freiheit der Moral. Es zählt nur die Konsequenz der Linie, die man Jahr für Jahr als Spur hinterläßt.

Victor hatte eine Leidenschaft für Tierfilme. Tiere haben kein Über-Ich, keine hemmenden Prinzipien. Instinkt ist die einzige Konstante ihrer Handlungen, verläßlich wie die Gesetze der Thermodynamik, die den Lauf der Erde bestimmen. Filmaufnahmen fliegender Adler entsprachen seiner Vorstellung von ästhetischer Perfektion und erfüllten ihn mit einem Triumphgefühl, das ihn zu Tränen rührte. Wenn man einen Adler in perfekten Schwüngen am Himmel kreisen sieht, denkt man nicht an zerfetzte Beutetiere in stinkenden Käfigen.

Elias trat vor den linken Rotor des Flugzeugs. Seine Haare und sein Mantel wurden durch den plötzlichen Windstoß hochgeweht. Sein Gesicht zeigte keine Regung. Victor konnte nur die aufgesprungene Lippe und die Blutergüsse erkennen. Nathalie neben ihm fröstelte. Sie fehlte ihm jetzt schon. Er hätte sie so gerne in die Arme genommen und ihr sein Herz ausgeschüttet, aber das entsprach nicht dem, was sie von ihm gewohnt war. Sie wäre nur peinlich berührt gewesen und hätte ihn nicht verstanden.

Elias blieb vor ihnen stehen. Victor war auf alles gefaßt. Sein Kollege griff in die Innentasche seines Mantels und zog ein kleines Päckchen hervor.

»Kümmere dich gut um Caldeira. Er wird langsam alt und neigt dazu, sich zu überanstrengen. Nimm schon.«

Er hielt Victor das Päckchen hin. Ein Auto fuhr mit heulender Sirene nah an ihnen vorbei. Das Blaulicht warf bunte Flecken auf ihre Gesichter. Elias lächelte sein übliches Lächeln, die kaputte Lippe veränderte die Form nur wenig. Er verhielt sich, als wäre nichts passiert. Der Gestank nach Kerosin und Motorenöl bereitete Victor auf einmal Kopfschmerzen. Er biß auf seine *Blunt*. Sein Körper war lebendig und warm. Seine Selbstsicherheit kehrte zurück.

»Das ist eine kleine Konversationshilfe auf Suaheli. Das sprechen sie da unten. Könnte nützlich sein, wenn du Zigarren brauchst.«

»Danke sehr«, sagte Victor mit belegter Stimme und nahm das Päckchen in Empfang.

»Paß auf dich auf.«

Elias ergriff die hingestreckte Hand und schüttelte sie. Der Kopilot öffnete die Flugzeugtür und klappte eine Metalleiter aus. Nathalie küßte Victor. Er zog ein letztes Mal an seiner *Blunt*, dann ließ er sie in die Wanne fallen und stieg in das Flugzeug. Der Kopilot schloß die Tür und kletterte ins Cockpit.

Das Flugzeug drehte und fuhr zur Startbahn. Ein Mann mit Helm und Ohrenschützern winkte den Piloten mit orangefarbenen Scheiben auf die Bahn. Das Flugzeug hob ab. Eine Hand war kurz im Bullauge zu sehen, ein letzter Gruß, schemenhaft erschien Victors Gesicht. Er sah auf Nathalie und Elias herunter, bis sich Wolken dazwischenschoben.

Der Jeep setzte sie am Ausgang des Flughafens hinter dem Kontrollposten ab. Der diensthabende Offizier gab ihnen ihre Ausweise zurück. Ein Taxi wartete am Straßenrand.

Sie fuhren eine Weile Richtung Paris, ohne ein Wort zu sagen. Unbeweglich in die Polster der Rückbank gedrückt, sahen sie durch das Fenster die weißen Fahrbahnmarkierungen vorübersausen. Immer wieder erhellte ein Scheinwerfer das Wageninnere und glitt kurz über ihre Gesichter. Nur das Armaturenbrett glomm gleichmäßig und phosphoreszierend im Dunkeln wie das Nachtlicht in einem Kinderzimmer.

»Ich habe ihm keinen Mantel in seinen Koffer gepackt.«

Nathalie richtete sich auf und zog ihren Mantel aus. Der Schattenriß verstärkte die Konturen ihrer Nasen- und Augenpartie. In diesem Augenblick wirkte sie älter als sonst. Elias sah sie zum ersten Mal als Frau und nicht bloß als sorgloses, junges Mädchen. Das war nicht die Nathalie, die ohne Anlaß in Lachen ausbrach und es liebte, sich extravagant zu kleiden. Sie hatte die unsichtbare Linie von Kummer und Schmerz überschritten, an der wir mit einem Schlag zu Erwachsenen werden. Auf einmal sind wir volljährig, und unsere Jugend scheint uns nur darauf vorbereitet zu haben, daß wir uns schnell damit abfinden, eine bestimmte Funktion zu erfüllen. Jede Freude und jedes Leid, jede Verrücktheit und jeder Tag, der auf diese Verrücktheiten folgt, jeder Traum und jede Hoffnung scheinen uns nur auf die Zeit einzustimmen, in der wir dem nachtrauern. Nathalie verschränkte die Arme vor der Brust.

»Er betrügt mich«, sagte sie ganz ruhig. »Er wird mich da unten auch wieder betrügen. Aber ich konnte ja schlecht Kondome in den Koffer legen. Das hätte bedeutet, ich weiß Bescheid und akzeptiere das. Glaubst du, er paßt wenigstens auf?«

»Da würde ich mir keine Sorgen machen. Victor ist nicht völlig verantwortungslos.«

»Nur ganz normal verantwortungslos, willst du sagen.«

Nathalie mußte über seine Bemerkung lachen. Geballte Traurigkeit kann in Sekundenschnelle in eine Farce umschlagen. Man heult Monate und Jahre, aber eines Tages höhlt die ewige Wiederholung den Kummer aus. Man stellt plötzlich fest, daß einen nicht mehr der Schmerz traurig stimmt, sondern die Gewohnheit. Trotz aller Anstrengungen, Tränen zu weinen und unglücklich zu sein, gelingt es einem plötzlich nicht mehr. Mit einem Mal ist die Traurigkeit sinnlos geworden. Elias fiel dazu der Vergleich mit einem geschlagenen Kind ein. Der erste Schlag mit dem Gürtel schmerzt, aber ab dem tausendsten nimmt man die Schläge hin wie ein Gewitter, das vorübergeht.

»Du hättest allen Grund, auf ihn sauer zu sein. Er hat einfach deinen Job übernommen.«

»Ich hätte das genauso gemacht wie er«, antwortete Elias ein bißchen zu schnell.

»Oh nein, das hättest du nicht.«

Sie lachte kurz auf. Aus ihren grauen Augen blitzte die Spottlust, als sie ihre Haare nach hinten strich. Elias war von ihrer Schönheit ergriffen. Ihr Geruch und die Zartheit ihrer Haut, die er bei der versehentlichen Berührung in einer Kurve gespürt hatte, elektrisierten ihn. Er sog den Geruch ihrer Feuchtigkeitscreme und ihres Shampoos ein. Sie sah ihn an und wandte ihren Blick nicht ab, als er die Augen senkte. Sie nahm seine rechte Hand und schüttelte sie.

»Du lügst, Elias. Das ist nicht wahr. Dazu wärst du nicht in der Lage. Du bist vielleicht nicht besser als er, aber du wärst ihm nicht in den Rücken gefallen. Er hat damit gerechnet, daß du ihn zusammenschlägst. Deine Freundlichkeit hat ihn sicher überrascht. Damit hast du ihm mehr weh getan als mit jedem Schlag.«

Sie hatten noch nie so offen miteinander geredet. Sie trafen sich seit Jahren, gaben sich Begrüßungsküßchen, plauderten, scherzten. Elias gratulierte ihr zu ihrem Schokoladen-Birnenkuchen, lobte ihre Aquarelle, aber niemals hatten sie ein Gespräch geführt, das auch nur annähernd so weit ging. Sie waren nett und aufmerksam zueinander und vermieden es sorgfältig, sich näher kennenzulernen, um ihr geheimes Abkommen und das damit zusammenhängende Tabu nicht zu brechen. Nathalie hatte Clarisse immer wieder geholfen. Sie war da, um sie ins Krankenhaus oder zu ihrem Psychiater zu bringen, war nachts ans Telefon gegangen und hatte ihr Häuschen auf der Ile de Groix zur Verfügung gestellt. Nathalie war die gute Freundin, die ihre Gäste mit einem Lächeln empfing und erst mal etwas Gutes kochte, die nie einen Geburtstag vergaß und die jedes Weihnachten den größten Weihnachtsbaum aufstellte und mit Bergen von Christbaumkugeln und Lametta schmückte. An diesem Abend entdeckte Elias eine Nathalie, die sich von dem Druck befreit hatte, der die Konversation in den Grenzen von Unbestimmtheit und Langeweile hält. Er hätte lieber weiterhin nichts von den geheimen Wahrheiten dieser Nathalie gewußt. Er war mit dem Bild, das er von ihr hatte, vollkommen zufrieden. Es ist eine äußerst beunruhigende Erfahrung festzustellen, daß die eigenen Freunde nicht so uninteressant sind, wie man gedacht hat. Nathalie lehnte ihren Kopf an seine Schulter und streichelte sein Bein.

»Es gibt andere Möglichkeiten, sich zu rächen«, murmelte sie. Ihre Lippen näherten sich seinem Gesicht.

»Bitte nicht«, sagte er und hielt ihre Wange mit der Hand zurück. »Das können wir doch nicht machen.«

Während er sie wegschob, verspürte er gleichzeitig ein ungestümes Verlangen nach ihr. Sie küssen, seine Lippen auf ihre drücken, seine Hand auf ihren Nacken legen, seine Finger durch ihre Haare gleiten lassen und ihre Brüste an sich spüren. Er brauchte nur die Richtung seiner Armbewegung umzudrehen, ziehen statt drücken, schon würde er in der Glut versinken. Obwohl er sie zurückwies, genoß er gierig den Hautkontakt und seine Begierde. Nathalie ließ sich demonstrativ in ihren Sitz zurücksinken.

»Sind wir eigentlich immer verpflichtet, das zu tun, was man von uns erwartet? Wir könnten … Ich meine, niemand würde etwas davon erfahren. Es gibt keine Zeugen. Es würde uns guttun. Und, ach verdammte Scheiße … Du bist so was von perfekt. Ohne jeden Fehl und Tadel. Gönn dir mal eine Pause. Du kannst nicht immer alles kontrollieren. Das ist das Leben und nicht irgendeine blöde Filmszene. Das ist ein Unterschied!«

Elias wartete etwas mit seiner Antwort, um seine Verlegenheit in den Griff zu bekommen. Es war nichts passiert. Nathalies Lippen hatten ihn nicht berührt. Seine Hand hatte ihre Brüste nicht geknetet. Er mußte nur die letzten Minuten mit Worten und Gedanken zuschütten, sie mit den Schaufeln gepflegter Konversation unter die Erde bringen. Die frische Leiche in seinem Keller – Nathalies Vorschlag und seine dadurch ausgelösten Gefühle – mußte elegant beseitigt werden.

»Ich glaube nicht, daß zwischen Film und Leben der geringste Unterschied besteht. Ich sage das nicht, weil ich ganz besonders schlau sein will, sondern weil ich das wirklich denke.«

»Ach, das ist doch Quatsch«, sagte Nathalie. »Film ist eine Industrie, Elias. Das ist der Unterschied.«

»Das Leben doch auch. Mit der kleinen Einschränkung, daß man keinen Gewinn machen kann.«

Er fühlte auf einmal, wie sich eine unglaubliche Müdigkeit auf ihn herabsenkte. Seine Lider schlossen sich. Er hatte die Nase voll. Das war die Sache doch nicht wert. Jeden Tag früh aufstehen, kaum schlafen, sich mit Drogen vollstopfen, gegen Sonne und Regen ankämpfen. Aufwendig wie ein Feldzug, der nur das Ziel hatte, Millionen von Menschen, die zum Träumen zu feige sind, gegen Geld mit Träumen aus zweiter Hand zu beliefern. An diesem Abend erschienen ihm die Gründe, die ihn zur Teilnahme an diesem Kreuzzug bewogen hatten, nicht mehr so einleuchtend wie zuvor.

»Weißt du, was das Problem ist?« fragte Nathalie.

Der Taxifahrer verschwand fast hinter dem Steuerrad. Nicht aus Verlegenheit, sondern weil er davon ablenken wollte, daß er noch da war. Er genoß das Schauspiel und hatte den Rückspiegel heruntergebogen, um Nathalie und Elias besser sehen zu können. Seinen verstohlenen Blicken entging nichts, was sich auf der Rückbank abspielte.

»Mein Problem ist: Ich bin glücklich.«

Sie hatte die Silben einzeln betont, als würde sie die Worte erst jetzt, während sie sprach, für sich entdecken, als würde sie zum ersten Mal etwas aussprechen, was sie schon seit langer Zeit wußte.

»Mein Problem ist, ich bin glücklich. Verstehst du? Ich bin überhaupt nicht eifersüchtig auf die Tussen, die er vögelt. Ich bin glücklich, und das macht mich wahnsinnig, weil das nichts mit dem Glück zu tun hat, das ich mir gewünscht habe. Aber auch gar nichts. Wenn ich als kleines Mädchen übers Heiraten und einen Mann fürs Leben nachdachte, habe ich mir ganz was anderes vorgestellt. Manchmal denke ich, es ist besser, unglücklich zu sein, solange einem das Unglück vertraut ist. Ich weiß nicht, ob du das verstehst.«

Seine kleine Welt, sein Körper und sein Gesicht fielen auseinander, und zu allem Übel behaupteten seit vier Tagen alle, er verstünde Probleme nicht. Er wirkte offenbar immer noch so, als wäre er vom Leben mit seinen Härten vollständig verschont geblieben, als wäre für ihn alles einfach und klar. Lange Zeit hatte er alles unternommen, um diesen Eindruck zu erwecken. Offenbar mit Erfolg. Doch der hatte einen komischen Beigeschmack.

»Ich weiß nicht, was ich tun soll«, fügte Nathalie hinzu. »Ich wollte Victor nicht betrügen. Ich weiß nur einfach nicht mehr, was ich tun soll. Hast du denn nie den Wunsch, über die Stränge zu schlagen?«

Sie klammerte sich wie eine Ertrinkende an Elias' Sakko und sah ihm direkt in die Augen. Elias hätte sie gern an sich gezogen, aber er konnte sich vorstellen, wie das enden würde. Seine Beweggründe, Nathalie in die Arme zu schließen, waren weniger aufrichtig, als ihm lieb war. Er rührte sich nicht und haßte sich gleichzeitig dafür, so ohnmächtig zu sein.

»Bitte sag mir, daß du auch manchmal über die Stränge schlägst. Ich wollte nicht mit dir schlafen. Das ist gar nicht meine Art. Ich nehme es dir nur übel, daß du über alles erhaben bist. Ich fühle mich so schmutzig.«

Ein Lastwagen fuhr vorbei. Im Licht der Scheinwerfer sah er Tränen in Nathalies Augen. Aber sie weigerten sich herunterzulaufen, blieben Gefangene ihrer Wimpern. Elias biß sich versehentlich in die Backe. Eine frisch verheilte Wunde brach wieder auf. Er unterdrückte einen Schrei, als der Schmerz seinen Kopf durchzuckte.

Blut floß ihm in den Mund. Ein zäher roter Faden erschien an seinen Lippen und kroch zu seinem Kinn herunter. Der Schmerz besänftigte seine Begierde. Er nahm Nathalie in den Arm und drückte sie an sich. Sie wischte sich mit einem Taschentuch die Augen. Als sie das Blut an seinem Mund sah, tupfte sie es mit dem Taschentuch weg.

»Das ist nicht so schlimm, wie's aussieht«, sagte Elias und hielt dabei ihre Hand fest. Der geringste Druck auf seine Lippen verursachte ihm enorme Schmerzen.

»Ich habe immer gedacht, ich wäre ein anständiges Mädchen in einem ordentlichen Haus. Aber dann hat er mal nach einem Streit gesagt, alle Leute betrügen sich gegenseitig, da muß man Vorkehrungen treffen. Das ist doch wirklich ein komischer Standpunkt, oder? Irgendwie tragisch: Er geht immer vom Schlimmsten aus. Er hat nie daran geglaubt, daß etwas Schönes und Perfektes überhaupt möglich ist. Ich schon. Aber ich hab' mich offenbar geirrt. Wenigstens hab' ich meinen Traum gehabt. Den kann mir keiner nehmen.«

»Verlaß ihn«, sagte Elias.

»Ich liebe ihn, Elias. Verstehst du das denn nicht? Das hört sich so einfach an. Als ob man Leute einfach loswerden kann. Das geht eben nicht.«

Am liebsten hätte er widersprochen. Doch, man kann Leute einfach loswerden. Er konnte das. Der Augenblick ist zwar nicht schön, aber einen Schauspieler oder einen Regisseur rauszuwerfen war manchmal unvermeidlich. Da konnte man nicht lange fakkeln. Die künstlerischen und wirtschaftlichen Erwägungen gingen vor. Auch im Leben sollte man nicht lange fackeln. Unsere Tage sind gezählt. Bei einem ihrer alkoholisierten und nikotinhaltigen Abende hatten Victor und er die Theorie entwickelt, daß sich jedes Leben auf grob zwei Stunden reduzieren ließ, also ungefähr auf die Länge eines Spielfilms. Wenn man alle mißglückten Szenen, Längen und Wiederholungen rausschneidet, wenn man also sein Leben in den Schneideraum gibt, bleibt fast nichts Sehenswertes übrig. Man glaubt, man lebt achtzig Jahre, aber das stimmt nicht. Man lebt nicht mehr als zwei Stunden.

Das Taxi fuhr an der Porte de Montreuil vorbei. Nathalie schien sich beruhigt zu haben. Sie hatte die Augen halb geschlossen, die Hände lagen auf ihren Knien. Kaum war die Krise vorbei, ordneten sich ihre Gedanken wieder und fanden die altbekannten Wege.

»Wie geht es Clarisse?«

Weil Nathalie sich ihm anvertraut hatte, fühlte Elias sich in der Pflicht. Er wollte ihr nichts schuldig bleiben. Die Konten sollten ausgeglichen sein.

»Sie ist weg.«

»Du meinst…«

»Sie hat mich verlassen.«

»Tut mir leid.«

»Das muß dir nicht leid tun. Es geht mir gut, ich fühle mich nur ein bißchen leer.«

»Ihr hättet heiraten sollen.«

Nathalies Credo. Mit unverwüstlichem Optimismus versuchte sie jedes Paar, das sie traf, zur Heirat zu überreden. Als wäre sie eine beglaubigte Handelsvertreterin im Auftrag von Kirche und Staat, pries sie die Wohltaten der Ehe, die Schönheit der Zeremonie, die Wichtigkeit des gemeinsamen Gelöbnisses und die Erhabenheit des heiligen Bundes. Wie Priester vor allem sich selbst von der Existenz Gottes zu überzeugen versuchen, indem sie ganze Heerscharen bekehren, galt Nathalies Proselitismus in erster Linie ihr selbst. Sie bewies sich damit, daß es kein Fehler gewesen war, an jenem Samstag im Mai in der kleinen normannischen Kirche »ja« zu sagen.

»Ich glaube, ich habe sie nie wirklich geliebt.«

Der Mangel an Liebe sei der beste Grund zu heiraten, hatte er Victor gegenüber behauptet. Sobald sich echte Gefühle einschleichen, steuert man geradewegs in die Katastrophe. Die Liebe ist der Ruin der Ehe: Untreue, Zweifel und Überdruß stellen sich ein und zerstören sie unwiderruflich. Nathalie fuhr mit ihrem Plädoyer fort, als hätte sie ihn nicht verstanden oder gar nicht zugehört. Vermutlich schwelgte sie in Erinnerungen an ihre eigene Hochzeit.

»Das ist eine wunderbare Feier. Alle werfen sich in Schale. Familie und Freunde sind alle versammelt. Das wäre so eine schöne Erinnerung.«

»Erinnerungen habe ich auch so.«

Das Taxi fuhr langsam durch die kleinen Straßen des Marais. An der Rue du Temple hielt der Wagen vor dem Haus, in dem Nathalie und Victor wohnten. Durch den erleuchteten Eingangsbereich sah man die Treppenstufen. Das Licht wurde von den Spiegeln, die zu beiden Seiten des Hausflurs hingen, reflektiert. Nathalie umarmte Elias und stieg aus, den Mantel unterm Arm. Sein Unglück hatte sie gewärmt. Die Wagentür schlug zu, Nathalie ging zur Haustür. Ihre Energie und ihr Humor waren zurückgekehrt.

Margot schlenderte die Rue du Chevalier de la Barre an den Auslagen der Blumengeschäfte entlang. Kurz vor Geschäftsschluß wurden die Blumensträuße, die am nächsten Tag nicht mehr schön sein würden, zu Schleuderpreisen verkauft. Der Gehsteig war von zertretenen Blütenblättern übersät. Sie zog den Reißverschluß ihrer Strickjacke zu und schlug den Kragen hoch. Einem plötzlichen Impuls folgend, kaufte sie einen Strauß malvenfarbiger und violetter Blumen. Ihre Bank wäre damit nicht einverstanden gewesen.

Auf ihrem Konto herrschte die gleiche Leere wie in ihrem Kühlschrank, ihrer Garderobe und in ihren Schränken. Leere war das einzige, was sie reichlich besaß. Sie hätte davon in die ganze Welt exportieren können und sogar noch ein wenig für die Bedürftigen übrig behalten. Nur Staub und Ungeziefer waren geblieben. Doch an Kakerlakennester konnte sie sich schlechter gewöhnen als an die Leere. Vor einer Woche hatte sie beim Putzen des Kühlschranks eins zwischen den Plastikplatten entdeckt. Sie hatte etwas Besseres verdient. Ihre Freunde aus Nantes, Straßburg, Lens und Lille versuchten schon länger, sie zu sich zu locken. Aber Paris war in den sechsundzwanzig Jahren, die sie hier wohnte, so lebenswichtig geworden. Es wäre wie eine Amputation gewesen, die Stadt zu verlassen. Lieber den eigenen Körper zurücklassen als Paris.

An der Ecke zur Rue Custine legte sie den Blumenstrauß auf einen Briefkasten, band sich ihren Schal um den Hals und zog die roten Fäustlinge an. Sie durfte nicht krank werden, das konnte sie sich einfach nicht leisten. In wenigen Wochen würde sie sozialversichert sein und eine vom Staat bezahlte Krankenkasse haben. Dann würde sie mit Vergnügen krank werden, wenigstens für zwei oder drei Tage, allein um dieses soziale Privileg auszukosten.

Margot hielt sich nicht mit Kleinigkeiten auf. Sie besaß nicht viel, fand hier und da die Dinge, die sie zum Leben brauchte, manchmal half ein kleiner Diebstahl weiter. Wenn sie etwas nicht haben konnte, begnügte sie sich mit der Vorstellung. Und was ihr versagt war, das existierte einfach nicht mehr für sie. Durch diese simple Gedankenoperation und Willensanstrengung waren große Teile der Welt vollständig verschwunden.

Zuerst die Zoos. Ihre Eltern hatten nie daran gedacht, ihr Geld zu geben, bis sie finanziell unabhängig war. Ohne Taschengeld blieb ihr nichts anderes übrig, als stundenlang durch die Straßen zu schlendern und dabei zu atmen (sie selbst tat das immer mit dem Gefühl, ihre Sohlen und Lungen schonen zu müssen). Das Eintrittsgeld für den Zoo war unbezahlbar und ihre Tricks, um die Wachsamkeit des Mannes im Kassenhäuschen zu überlisten, scheiterten regelmäßig. Als Ersatz träumte sie über den Büchern der öffentlichen Bibliothek davon, wilden Tieren zu begegnen und sie vielleicht sogar zu streicheln. Löwen mit wilden Mähnen, Giraffen und Zebras bevölkerten die Savanne ihrer nächtlichen Phantasie. Sie malte Gitterstäbe über die Tierbilder, aber diese Illusion eines Zoos war nicht sehr überzeugend. Es verletzte sie, wenn sich die anderen reichen oder weniger armen Kinder über sie lustig machten, weil sie nie dorthin durfte, und deshalb hatte sie eines Tages im Frühling auf den Stufen der Bibliothek am Boulevard Raspail beschlossen, Zoos gäbe es nicht mehr. Wenn jetzt eine dieser kleinen Zicken aus ihrer Klasse versuchte, ihr vom letzten Besuch im Zoo vorzuschwärmen, hörte sie ihr mit traurigem Lächeln zu, wie jemand, der es besser weiß, und brach anschließend in lautes Gelächter über diese beschämende Lügengeschichte aus. Sie war so überzeugend, daß sich die Gerüchte innerhalb weniger Wochen zu einer Tatsache verdichteten: Zoos gab es nicht (das hörte jedoch schlagartig auf, als die nationale Erziehungsbehörde eine Gruppe Psychologen in die Schule schickte). Die meisten Kinder im Viertel blieben trotzdem bei der Theorie und machten sich über Nachbarskinder lustig, die glaubten, schon mal dagewesen zu sein.

Selbst Alexander, ein Junge aus der zweiten Klasse der »Ambroise Paré«-Grundschule, dessen Vater die Raubtierabteilung im Zoo von Vincennes leitete, mußte vor der Macht der Überzeugung die Waffen strecken und räumte schließlich seinen Irrtum ein: Zoos gab es nicht. Seit dem 19. Juni 1985 sind Zoos von der Erdoberfläche verschwunden. Mit der Wirklichkeit hatte Margot sich noch nie lange aufgehalten.

Wie jedes Jahr am 10. November, mitten im Herbst, besuchte sie ihre Eltern auf dem Friedhof Saint-Vincent.

Die Friedhöfe von Paris sind die schönsten Museen der Stadt. Margot liebte die Vorstellung, daß Leute nur sterben, damit man schöne Grabmäler entwerfen und sie auf dem Père Lachaise oder anderswo aufstellen kann. Aber Traditionen verlieren sich, die kleine Anzahl neuer Gräber beweist, in Paris stirbt man nicht mehr. Vermutlich hat keiner Zeit dazu. Es gibt so viele andere Dinge zu tun: Ausstellungen ansehen, Abendessen mit Freunden vorbereiten, sich unterhalten. Um zu sterben, setzt man sich heute in den Zug, ins Auto oder ins Flugzeug und fährt ins Grüne oder ins Ausland.

Sie kam an der Villa Léandre mit ihrer überbordenden Vegetation vorbei, bog in die Avenue Junot ein und nahm dann die Rue Saint-Vincent. Den ganzen Weg zum Friedhof hielt sie die Blumen an sich gedrückt. Die Blütenblätter kitzelten sie im Gesicht, aus den Stengeln tropfte immer wieder eiskaltes Wasser auf ihren grünen Wollrock. Sie betrat den Friedhof durch eins der Tore. Zwei Minuten später, nachdem sie mehrfach links und rechts abgebogen war, stand sie schließlich vor dem Grab ihrer Eltern.

Gerade als sie sich bücken wollte, um die Blumen auf das Grab zu legen, klingelte ihr Handy. Sie richtete sich auf, las die Nummer auf der Anzeige des Geräts und seufzte.

»Ruf mich später noch mal an, Papa.«

Nachdem sie die Verbindung beendet hatte, bückte sie sich wieder und legte die Blumen aufs Grab.

Die beiden hier begrabenen, von ihr geliebten Menschen waren nicht immer ihre Eltern gewesen. Sie hatte sie vor Jahren als Eltern adoptiert, an einem dieser Abende, an denen ihre richtigen Eltern lustige Gesellschaften gegeben hatten, bei denen sie lieber draußen herumstreunte. Die Nacht und die Dealer fand sie vertrauenerweckender als ihr eigenes Zimmer, das man nicht abschließen konnte und durch dessen Wände sie die Lustschreie und Seufzer von nebenan mithören mußte.

Geburtsurkunde und Stammbuch, zahlreiche Fotos und Filme von ihrer Geburt, Dutzende Zeugen hatten Margot nicht von ihrer Abstammung überzeugen können.

Margot hätte gerne Eltern gehabt, die ihr Geschichten erzählen, und keine, die ständig lügen. Eltern, die ihr die Hand gaben, wenn sie traurig war, und keine, die merkwürdige Freunde um ihr Zimmer herumschleichen ließen. Ein eingeschworenes Paar, das einander zulächelt und sich mit einem Augenzwinkern verständigt. Aus diesem Grund hatte sie sich in ziemlich früh entwickeltem Realitätssinn Eltern auf dem Friedhof gesucht. Nur Tote können Träume wahr werden lassen. Nach den Jahreszahlen auf dem Grabstein waren Margots Eltern 1946 geboren und am 10.November 1978, also im Jahr ihrer Geburt, gestorben. Der gemeinsame Tod war in ihrer Phantasie der Beweis einer romantischen und perfekten Liebe.

An dem Abend, als sie sich von zu Hause fortgestohlen hatte, um ihre Eltern beim allwöchentlichen erotischen Gelage mit Freunden nicht zu stören, hatte sie Zuflucht auf dem Friedhof Saint-Vincent gefunden. Der Friedhof von Montmartre liegt zwar näher, hat aber höhere und besser bewachte Mauern. Um ihre Angst zu besänftigen, hatte sie die Grabsprüche wie Abzählreime vor sich hingesungen, die Geburts- und Todesdaten, die Namen auf den Grabsteinen. Schon nach wenigen Minuten bewegte sie sich wie selbstverständlich zwischen all den Toten.

Sie war vor einem einfachen Grabstein stehen geblieben, der fast vollständig überwuchert war. Von plötzlichem Mitleid für das verwaiste Grab ergriffen, das den Kletterpflanzen, Wind und Wetter ausgeliefert war und von keinem Nachkommen gepflegt und unterhalten wurde, hatte sie angefangen, den Stein von Grünzeug und Erde zu befreien, hatte ihn saubergewischt und versucht, ihn geradezurücken.

Margot beschloß, die Bewohner dieses Grabes zu ihren Eltern zu machen. Sie hatte jetzt eine echte Familie auf dem Friedhof. Andere vergessene Tote wurden ihre Onkel, Tanten, Cousinen, Paten, Brüder und Schwestern. An jedem Festtag und jedem Geburtstag verbrannte sie kleine Geschenke und streute die Asche auf ihre Gräber.

Dicke schwarze Wolken zogen über den Friedhof. Margot räumte das Laub vom Grab und setzte sich im Schneidersitz hin. Das kalte Gras unter ihrem Rock ließ sie frösteln.

Es gab nur zwei Orte auf der Welt, wo sie sicher war, in Ruhe gelassen zu werden: Bibliotheken und Friedhöfe. Die Stille der Toten und der Bücher hat nichts Bedrückendes. Man hat nicht das Gefühl, reden zu müssen, um das Schweigen zu brechen. An diesen Orten, das wußte sie, wurde sie ohne jede Bedingung akzeptiert und geliebt. Toten und Büchern kann man vertrauen. In der Schule hatte man sie gefragt, was sie denn mal werden wollte. Sie dachte sofort an Friedhöfe und Bibliotheken. Entweder wollte sie Tote oder Schriftstellerin werden.

Wenn Margot sich zu schlecht fühlte, um sich etwas vorzumachen, mußte sie sich eingestehen, was für ein morbides Bild sie abgab. Der familiäre Umgang mit dem Tod machte ihr manchmal Angst. Sie hoffte, eines Tages mehr Angst vor dem Tod als vor dem Leben zu haben. Dabei hatte sie noch nie ernsthaft ihrem Leben ein Ende setzen wollen: Das Internet und der Apotheker in der Rue de Bretagne informierten gründlich über eine Medikamentendosierung, mit der man dem Tod nahe kam, ohne zu sterben. Sie tauchte in diese Gewässer immer wieder hinab, um sich vom Erlebten zu erholen und zu reinigen.

Sie verließ die heitere Stille von Montmartre und kehrte nach Hause zurück. Das Haus in der Rue de Clignancourt brauchte dringend Farbe. Die beste Lösung wäre allerdings gewesen, es gleich abzureißen. Das Zimmer unter dem Dach beherbergte ein Bett, das man in ein Sofa verwandeln konnte, indem man eine Decke darüber warf, und einen kleinen Holzschreibtisch mit vielen Schubladen für ihre Notizen und Entwürfe. Ihr Bücherregal bestand aus einem Bord aus aufeinandergelegten und festgeschraubten Brettern, das um das ganze Zimmer lief. Toilette und Dusche befanden sich auf dem Flur. Margot war die einzige, die sie benutzte. Die Türen zu den anderen beiden Zimmer unterm Dach waren verrammelt. Das einzige Fenster ihres Zimmers bot einen wunderbaren Blick über die Dächer. Im Frühling und im Sommer kletterte sie oft nach draußen und saß stundenlang auf dem Dach.

Nachdem sie ihren Mantel an die Garderobe gehängt hatte, warf sie sich einen großen unförmigen Wollpulli über, der die billige Alternative zu einer Elektroheizung darstellte. Nur am Abend, bevor sie sich unter ihre drei Bettdecken kuschelte, schälte sie sich aus den zahlreichen Kleiderschichten, die ihren Körper umhüllten.

Sie spürte die Hitze der Teetasse, die sie in der Hand hielt, bis ins Rückgrat. Sie mußte niesen.

Sie hatte keine Lust mehr, Formulare zur Strompreisermäßigung oder für verbilligte Metrotickets auszufüllen und sich für alles in endlose Warteschlangen zu stellen. Diese Filmfirma wollte ihr Geld geben. Warum nicht? Korrumpiert werden wir nicht von fetten Schecks, sondern von Freude und Enttäuschung.

Dieser junge Produzent war komisch. Sein Gesicht störte sie nicht, sondern die Sanftheit, die sie in seinen Augen und hinter dieser Maske aus blauen Flecken und Pflastern gesehen hatte. Sie sammelte die dreckige Wäsche ein, die überall im Zimmer herumlag, und stopfte sie in eine Plastiktüte.

Ihr Körper bereitete sich gerade auf die mühsame Zeit der Schwangerschaft mit ihrem neuen Roman vor. Sie hatte noch keine Zeile geschrieben, aber sie beobachtete, sammelte und wartete auf Anstöße von außen. Eine Zeitung hatte angefragt, ob sie nicht einen Artikel über Paris schreiben wollte. Sie fand die Idee lustig. Als man ihr gesagt hatte, wie viel sie dafür bekäme, fand sie die Idee großartig. Auftragsarbeiten, Artikel, Kritiken und Betriebsanleitungen für Elektrogeräte waren finanzielle Wohltaten.

Sie setzte sich im Schneidersitz aufs Bett und trank einen Schluck Tee.

Ihre Wangen röteten sich. Die Gedanken sprangen von einem Gegenstand zum nächsten und sahen sich nach pflückreifen Ideen um. Obwohl es keine Heizung gab, war ihr überraschend warm. Sie faßte sich an die Stirn und fühlte den Puls. Weil sie die Erklärung für dieses Phänomen ahnte, seufzte sie entmutigt.

Sie war eine Liebeshypochonderin. Dauernd war sie überzeugt, verliebt zu sein, und jedesmal hatte sie die typischen Symptome dieser Krankheit. Doch nach wenigen Tagen stellte sich wieder heraus, sie war einer Illusion auf den Leim gegangen.

Am vernünftigsten wäre es gewesen, im Bett zu bleiben. Wenn sie viel trank und Suppe aß, war sie sicher bald wieder gesund.

Unheilbar war nur ihre große Liebe zu Paris. Sie liebte die Rosenstöcke neben den Dinosauriern im Jardin des Plantes, die paläontologische Sammlung, die Cité de la Musique und den Parc de la Villette, den bunten Markt bei Barbès, die Bienenstöcke im Jardin du Luxembourg und auf dem Dach der alten Oper, das Kino *La Pagode*, die Häuser in der Rue des Fêtes und der Mouzaia, den Spazierweg auf der alten Bahnlinie am Viaduc des Arts, den Itzhak-Rabin-Park, die zwei Stierköpfe am Giebel der Schule in der Rue des Hospitalières Saint-Gervais, die Bötchenfahrten auf dem See Daumesnil im Bois de Vincennes, den roten Garten im Parc André Citroën und den Eutelsat-Ballon. Sie konnte nicht genug davon kriegen, sich kleine gewundene Straßen mit mysteriösen Namen in Erinnerung zu rufen, in denen man sich Arm in Arm mit einem Mann verlaufen konnte, den man in ein paar Tagen ganz sicher nicht mehr liebte.

Sie bewegte die Maus ihres Computers. Der Bildschirm wurde hell. Sie begann zu schreiben.

Eine Mitteilung an meine Freunde, die sich immer wieder über meine Leidenschaft für diese Stadt wundern: Ich wohne hier, weil ich immer schon ins Ausland wollte. Hier stehen alle fremden Länder gleichzeitig zur Verfügung. In den Kinos, Bibliotheken und Restaurants ist der ganze Planet vertreten. Fremde sind in dieser Stadt die einzigen unentbehrlichen Bewohner. Nur sie halten die für Paris lebenswichtige Unverständlichkeit aufrecht. Wenn man anfängt, jemanden zu verstehen, ist man zwangsläufig schnell enttäuscht. Mißverständnisse sind dagegen das Fundament sozialer Kontakte. Nur dadurch ist Paris eine Stadt der Begegnungen und Gespräche geworden und die Hauptstadt der Liebe.

Paris ist voller Hinterhalte und Lügen, aus denen sich die Geschichten der Stadt speisen. Glaubt mir: Das ist keineswegs die schönste oder romantischste Stadt der Welt. Aber sie besitzt diesen unnachahmlichen Charme, der uns erlaubt, all das in ihr zu sehen. Paris ist ein Traum, den wir unbedingt träumen wollen. Wir wollen an diesen Traum glauben, und dieser Glaube, den wir am Seineufer niederlegen wie eine Opfergabe, verleiht der Stadt ihre Magie und hält sie am Leben.

Margot stand auf und öffnete den Kühlschrank. Sehen wir den Tatsachen ins Auge. Sie brauchte dringend Geld. Sie war in einem Alter, in dem ihre Freunde anfingen, Kinder zu bekommen, zu heiraten oder an Autounfällen zu sterben. Bei ihr jedoch herrschte selbst im Kühlschrank gähnende Leere. Die Lage war ernst.

Hätte er sich unauffälliger verhalten, hätte Darius ihn nicht bemerkt, aber der Mann benahm sich, als ob er einen Volltrottel beschatten sollte.

Er versetzte ihm einen Nierenhaken. Der Typ klappte in seinen Armen zusammen. Die Passanten am Boulevard de Strasbourg hatten nichts bemerkt. Das lebhafte Treiben vor den afrikanischen Friseursalons und um die Metrostation Strasbourg-Saint-Denis schirmte ihn hervorragend gegen Blicke ab. Die Mittagszeit begann, und die Restaurants und Sandwichbuden füllten sich gerade. Die Läden der Perückenhändler und die Kosmetikboutiquen machten aus dem Boulevard ein buntes Stück Afrika inmitten der europäischen Kälte und der grauen Fassaden. Am Ausgang der Metrostation redeten Kundenfänger in Pular, Wollof und Bambara auf mögliche Klienten ein. Die Wände waren voller Plakate mit Konzertankündigungen der Lokalgrößen des anderen Kontinents. Zeitungen aus allen Teilen Afrikas lagen auf den Tischen der Cafés. Darius wuchtete den Mann auf die Rückbank seines Jaguars.

Es war nicht schwer gewesen, ihn in seinem knallroten Auto hinter sich auszumachen. Die klassische Verfolgungstechnik eines Privatdetektivs, aber schlecht gelernt, fand Darius, und noch schlechter ausgeführt. Nicht gerade ein Profi. Die Welt geht noch mal an diesen ganzen Amateuren zugrunde, dachte er, an all diesen Idioten, die nicht genug Hefe ins Brot schmeißen oder bei der Montage einer Raumfähre am Ende ein Schräubchen vergessen.

Es gibt verschiedene Schlagarten. Gefühle können einen Schlag zwar nicht beeinflussen, sie machen ihn auch nicht weniger schmerzhaft, aber die Absicht ist jeweils eine andere, und die prägt sich der fest geballten Faust ein. Als er den Privatdetektiv geschlagen hatte, spürte er nur Verachtung.

Er parkte in der Rue du Faubourg Saint-Martin. Die Brüder Kottabos hatten hier in der Nummer fünfundsiebzig ein kleines Versteck. Darius zog seinen Schlüsselbund aus dem Handschuhfach und stieg aus. Anders als der parallel verlaufende Boulevard de Strasbourg ist diese Straße ziemlich friedlich. An der fünfzig Meter entfernten Polizeiwache ließ sich niemand blicken. Er ging kein Risiko ein. Hier würde ihn niemand verpfeifen. Er war Stammkunde eines indischen Restaurants in der Passage Brady und im Hinterzimmer des Café *Le Strasbourg*. Er war hier bekannt. Man wußte, für wen er arbeitete, und selbst wenn nicht: Es ist immer besser, sich aus fremden Angelegenheiten rauszuhalten.

Darius trug einen Maßanzug, den ein alter Schneider aus der Rue du Pont aux Choux angefertigt hatte. Sein respektables Aussehen war ein zusätzlicher Schutz. Wenn ein Bulle vorbeikam und wissen wollte, was los war, konnte er den Detektiv immer noch als betrunkenen Freund ausgeben. Er war so auf Glaubwürdigkeit bedacht, daß er vorsorglich dessen Pullover mit Whisky imprägnierte. Offenes Vorgehen ist immer am besten, wenn man etwas verstecken will, hatte Elias gesagt, als er ihm einen Kartentrick beibrachte.

Er zog den Detektiv aus dem Auto und schlang seinen Arm unter dessen Achseln. Zu viele Sandwichs während langer Überwachungsschichten, zuviel Zucker im Kaffee, zuviel Aufschnitt. Selbst für Darius' trainierte Muskeln war dieser Mensch schwer zu tragen.

Sie ruckelten mit dem Aufzug in die fünfte Etage hoch. Der Kopf des Mannes ruhte auf seiner Schulter. Er röchelte, ein Speichelfaden rann ihm aus dem halbgeöffneten Mund und blieb auf dem feinen Stoff von Darius' Anzug kleben.

Die Wohnung hatte nur einen Raum mit zwei Fenstern. Alles, aber auch alles war hier grün! Der Fußbodenbelag, die Tapeten und der Tresen mitten im Raum. Toaster, Espressokanne und Staubsauger, alles grün. Ganz klar, hier wohnte niemand. Kein noch so schwachsinniger Mieter oder Hauseigentümer wäre auf die Idee gekommen, alles in einer Farbe zu streichen, noch dazu in dieser. War vermutlich die Idee einer dieser Flachpfeifen im Dienste der Brüder Kottabos gewesen, der die Aufgabe bekommen hatte, die Wohnung auf Vordermann zu bringen. Sein schlichtes Gemüt war offenbar auf unmenschliche Weise überfordert gewesen, als er beim Eisenwarenladen um die Ecke eine Farbe aus dem Spektrum auswählen mußte, und weil er zu einer zweiten Entscheidung dieser Größenordnung nicht in der Lage war, hatte er die eine Idee, die ihm im ersten Geschäft gekommen war, gleich beim Möbelhändler und im Elektrowarenladen mit beeindruckender Konsequenz durchdekliniert. Fingerspitzengefühl in Einrichtungsdingen ist nicht die Stärke der meisten Gangster. Darius fand das bedauerlich. Sogar die Kloschüssel war grün. Ein Paar Handschellen am Wasserhahn der Badewanne deutete darauf hin, daß man sich hier nicht oft wusch. Der grüne Tresen trennte die Küchenecke vom Wohnbereich, in den ein Hochbett mit zwei halbzerfallenen Schaumstoffmatratzen eingezogen worden war.

Darius mußte nicht Stammgast sein, um zu wissen, wozu dieser Raum normalerweise diente. Die Brüder Kottabos besaßen ein gutes Dutzend davon quer über die Stadt verteilt. Hier wurden Freunde versteckt, deren Anblick für die Polizei zu verlockend war, bis sie in eine andere Stadt, ein anderes Land oder eine andere Welt geschickt wurden. Hier wurden Waren zwischengelagert, aber auch bargeldlos Rechnungen beglichen.

Darius ließ den Detektiv aufs Sofa fallen, durchsuchte seine Westentaschen und fand, was er suchte: seine Brieftasche. Er hatte kurz befürchtet, die Brüder Kottabos hätten ihm jemanden auf den Hals geschickt, aber dafür war der Kerl zu amateurhaft vorgegangen, und die Privatdetektivlizenz zerstreute die letzten Bedenken. Die Brieftasche enthielt außerdem Fotos von Frau und Kindern, ein wenig Geld, zwei Kreditkarten und eine orangefarbene Monatskarte der Pariser Metro für fünf Preiszonen. Darius steckte das Geld zurück und betrachtete in aller Ruhe die Fotos.

Er sammelte die Familienfotos der Leute, um die er sich kümmern mußte, und klebte sie in schöne, schwarze Lederalben, die er sorgfältig in seinem Mahagoni-Schrank unter einem Stapel Bettbezüge versteckte. Inzwischen füllte sich das dritte Album. Bevor er sich die Fotos ansah, schloß er jedesmal die Wohnung doppelt ab. Die Fotos weckten ganz merkwürdige Empfindungen in ihm. Er hatte das Gefühl, sich ein Stück vom Glück anderer Leute zu borgen und sich heimlich auf den Tag vorzubereiten, an dem auch er Fotos seiner Lieben in der Brieftasche tragen würde.

Er war froh, einen funktionierenden Heizungsregler zu finden, und drehte die Heizung so weit auf, daß er seine Jacke ablegen konnte.

In der Umhängetasche des Detektivs fand er einen Stadtplan von Paris, ein eingeschweißtes Peperonisandwich, Stifte, einen Feldstecher, ein Diktaphon und mehrere Aktenmappen. Auf einer davon stand mit Filzstift der Name von Elias.

Er starrte überrascht die Mappe an. Elias? Schon aus beruflichen Gründen pflegte Darius Umgang mit Männern, die nicht über ihre Vergangenheit sprachen. Das war eine klare Regel: keine persönlichen Informationen, keine privaten Details. Hatte Elias diese Angewohnheit ausgenutzt?

Nachdem er sichergestellt hatte, daß der Detektiv so schnell nicht wieder aufwachen würde, schloß sich Darius in dem winzigen Badezimmer ein und setzte sich auf den Klodeckel.

Mit klopfendem Herzen schlug er die Mappe auf. Seite um Seite las er handgeschriebene Notizen und erfuhr nach und nach alles über das Leben seines Freundes. Als er die Mappe schloß, standen ihm Tränen in den Augen. Aus drei Gründen: Erstens war das, was er über Elias' Vergangenheit erfuhr, nicht schön, zweitens hatte er nichts davon geahnt und drittens ähnelte sich ihr Leben in erstaunlich vielen Punkten.

Er hatte immer geglaubt, Elias sei ganz anders als er, weil er es geschafft hatte und so viel wußte. Erst jetzt erfuhr er, wie lange sie in mehr oder weniger ähnlichen Umfeldern gelebt hatten, fast die gleichen miserablen Schulen besucht, die gleichen kleinen Dramen erlebt hatten. Nun verstand er die merkwürdige Vertrautheit bei ihrer ersten Begegnung. Er hatte den Eindruck, einen lange verschollenen Bruder wiederzufinden.

Baptiste, so hieß der Detektiv, würde bald aufwachen. Darius steckte die Mappe in die Umhängetasche zurück, wählte Elias' Nummer und bat ihn zu kommen.

Der Kühlschrank enthielt nur verdorbene und verschimmelte Lebensmittel. Darius warf sie in den Mülleimer. Aufgrund der üblichen Verrichtungen an diesem Ort und der Fortschritte der gerichtsmedizinischen und wissenschaftlichen Ermittlungstechniken sollte man tunlichst keine Spuren hinterlassen. Der Linoleumboden war durch die häufige Anwendung scharfer Putzmittel schon ganz verblichen. Der Tresen, die Türgriffe und alle Flächen, auf denen man Fingerabdrücke hinterlassen konnte, waren angeätzt. Um sich zu beruhigen und einen klaren Kopf zu bekommen, räumte Darius die Wohnung auf und wischte alle Stellen, die den nachlässigen Säuberungen der Kollegen entgangen waren. Er verstand nicht, wie echte Profis bei Schmutzflecken im Haushalt so hudeln konnten.

Baptiste öffnete die Augen. Sein Gesichtsausdruck brachte Darius zum Lachen. Er sah aus wie ein dickes Baby, das seinen Mittagsschlaf beendet. Er rieb sich mit den Fäusten die Augen.

»Guten Tag«, sagte Darius.

»Wo bin ich? Was mache ich hier?«

»Erst mal die Schnauze halten.«

»Aber …«

»Ich habe gesagt: Erst mal die Schnauze halten.«

Darius hatte zunächst überlegt, sich zu maskieren. Aber Baptiste hatte viel zuviel Angst vor ihm, um zur Polizei zu gehen. Nach einer Viertelstunde wußte Darius alles über den Privatdetektiv, über seine drei Hunde, seine Leidenschaft für Rugby und das Objekt der Beschattung. Wenn man Fragen stellt, kann es immer passieren, daß man mit Details zugeschüttet wird, die keinen Menschen interessieren. Streß hat da ganz schlimme Auswirkungen. Wer sich bedroht fühlt, spricht schon deshalb zuviel, weil er dem, der ihn bedroht und ihm vielleicht ans Leben will, beweisen möchte, daß er ein menschliches Wesen mit einer Geschichte ist und nicht bloß ein fettes Paket mit Knochen. Manchmal muß man Leute mit Schlägen zum Reden bringen, manchmal aber auch davon abhalten. Darius klebte Baptiste einen Streifen Klebeband über den Mund, schloß die Fensterläden, setzte sich an den Tisch und machte das Licht an. Er nahm ein paar Blätter aus einer Schublade, setzte sich und schrieb in seiner ungelenken Handschrift, bis Elias an die Tür klopfte.

Elias klingelte nicht, er klopfte. Darius verstand nicht, warum, aber dieses Detail rührte ihn. Bevor er die Tür aufmachte, riß er Baptiste das Klebeband von den Lippen und öffnete die Fensterläden. Eine bislang unbekannte Sorge um seinen Freund lastete Darius auf der Seele. Er konnte nicht anders: Er sah ihn auf einmal mit anderen Augen. Aufmerksam achtete er auf Hinweise, die verrieten, was Elias vor ihm hatte verbergen wollen. Der Unglücklichste von allen lächelt noch, um die andern nicht zu beunruhigen, dachte er.

»Ich wollte dir jemanden vorstellen«, sagte er zu Elias und sah verlegen auf den Boden.

»Muß das jetzt sein, Darius?«

Sein Gesicht heilte schlecht ab. Blaue Flecken verfärbten seine Wangen, sein Kinn und sein linkes Jochbein. Er hatte Ringe unter den Augen. Selbst in eleganten Kleidern hätte er nicht so gut ausgesehen wie sonst. Aber Elias hatte sich bei Darius einquartiert, ohne saubere Sachen mitzunehmen. Darius hatte zwar seine Garderobe angeboten, aber seine maßgeschneiderten Anzüge waren für Elias zu groß und zu breit. Gemeinsam waren sie in den Keller gestiegen und hatten von der Feuchtigkeit gewellte Kartons nach Darius' alten Klamotten durchsucht, praktische und solide Kleidung, die Elias vielleicht bei einem Landurlaub getragen hätte, aber ganz sicher nicht in der Stadt. Elias hatte sich bereitwillig auf die Verkleidung eingelassen. Er trug jetzt eine dunkle Jeans und eine bequeme schwarze Samtweste, deren zu lange Ärmel er umgekrempelt hatte. Mit seinem halb gelockerten, schiefen Krawattenknoten, den zu großen und schlecht geputzten Schuhen und dem zerknitterten Hemd wirkte er wie ein Kind, das sich zum Spaß die Kleider von Erwachsenen angezogen hat. Aus seinem ganzen Auftreten sprach Erschöpfung. Seine hängenden Schultern machten ihn einige Zentimeter kleiner als sonst. Darius hatte ihm geraten, an einem sonnigen Ort Urlaub zu machen, zum Beispiel auf einer dieser Paradiesinseln, die nach Kokosnüssen riechen. Es gibt Dinge, von denen man nicht Urlaub nehmen kann, hatte Elias mit einem Lächeln geantwortet. Jetzt, nachdem er die Mappe durchgeblättert hatte, verstand Darius nur zu gut, was Elias gemeint hatte.

»Nun warte doch erst mal ab.«

Darius nahm Elias am Arm und zog ihn zum Sofa. Er drückte ihm ein paar beschriebene Seiten in die Hand und gab die andere Hälfte dem Detektiv, nachdem er ihm etwas ins Ohr geflüstert hatte. Der wischte sich den Schweiß von der Stirn und setzte eine Brille auf.

»Guten Tag«, sagte Elias. Er sah in den Text und wiederholte: »Guten Tag.«

»Guten Tag«, stotterte der Detektiv, der Elias erkannt hatte. Er tupfte sich noch einmal den Schweiß von der Stirn. Ohne genau zu wissen, was sich hier abspielte, ahnte er, daß seine Lage nicht gerade rosig war.

»Darius. Soll ich ernsthaft jetzt diese Szene spielen?« fragte Elias und wandte sich vom Detektiv ab. Nachdem Darius diesem mit dem Zeigefinger vor den Lippen bedeutet hatte zu schweigen, faßte er Elias an den Schultern und setzte ihn dem Detektiv gegenüber.

Die große Ernsthaftigkeit seines Freundes brachte Elias davon ab zu protestieren. Der Detektiv hatte den angsterfüllten Blick eines jungen Raubtiers, das feststellen muß, daß seine Beute stärker ist als es selbst. In seinem Metier traf er gewöhnlich auf Ehemänner und Ehefrauen, die betrogen wurden oder das zumindest glaubten. Er hatte es mit Ängsten und Verzweiflung zu tun, aber nicht mit der harten Wirklichkeit. Seine Opfer verließen gewöhnlich nie den viereckigen Rahmen im Sucher seines Fotoapparates. Sie sprachen ihn grundsätzlich nie an.

»Ich heiße Elias«, las Elias und war hin- und hergerissen zwischen Lachen und Ärger über diese Farce.

»Ich heiße Baptiste«, las Baptiste zu den aufmunternden Gesten von Darius.

»Ich bin Produzent«, sagte Elias weiterlesend.

»Ich bin Detektiv.«

»Ist das ein interessanter Beruf?« fragte Elias ohne große Überzeugung.

»Ja. Ich bin beauftragt, Sie zu beschatten.«

»Was?«

Darius bedeutete Elias weiterzulesen. Wie ein unfolgsamer Schüler, der zur Ordnung gerufen wird, senkte Elias den Kopf. Darius folgte der Darbietung mit großer Aufmerksamkeit, so als ob er eine Filmcrew hinter sich hätte. Er fand das Stück unglaublich spannend. Seine Lippen bewegten sich zu den Dialogsätzen, die seine Schauspieler lasen.

»Ich bin beauftragt, Sie zu beschatten«, wiederholte der Detektiv, um das Schweigen zu brechen.

»Sie sind ein Dreckskerl«, las Elias. »Warum machen Sie das?«

»Ich werde bezahlt.«

»Von wem?«

»Das darf ich nicht sagen. Das verstößt gegen mein Dienstgeheimnis.«

»Ich wiederhole ein letztes Mal: Von wem?«

»Hören Sie auf, mich zu bedrohen«, las der Detektive ohne jedes Pathos, »ich werde es Ihnen sagen. Dahinter steckt Ihre Frau.«

»Darius. Das ist doch ein Scherz, oder?«

»Lies doch einfach den Text«, sagte Darius. Seine Augen glänzten vor Aufregung. Er war ganz rot vor Stolz über den Realismus seiner Dialogsätze und über die Wahrheit, die dabei zum Vorschein kam.

»Meine Frau?« las Elias. »Sie hat doch mich betrogen.«

Elias und der Detektiv sahen Darius an, beide ganz taub von den Sätzen. Darius riß ihnen die Seiten aus der Hand. Elias erinnerte sich an das, was Cochat gesagt hatte: »Dialoge sind nicht seine Stärke. Ist nicht schlimm. Wenn er sich Mühe gibt, kriegt er das schon irgendwann hin. Man könnte ihm vorschlagen, mit einem Dialogschreiber zusammenzuarbeiten. Film ist eine wunderbare Kunst: Wenn man keine Begabung hat, findet man immer jemanden, der diese kleine Schwäche ausgleicht.« Er sah seinem Freund dabei zu, wie er die Blätter sortierte. Der Ernst und die Konzentration, mit der er das tat, rührten ihn. Diese wenigen Seiten hatten ihm einiges abverlangt, das spürte Elias.

»Jetzt kommt eigentlich die Szene, in der du dem Schnüffler die Fresse polierst und deine Verzweiflung rausschreist. Aber gut, das reicht fürs erste.«

»Kannst du mir das mal erklären?«

Darius kramte in dem Schrank unter dem Spülbecken und fand dort eine Teedose. Normalerweise trank er tagsüber weder Tee noch Kaffee. In seinem Beruf waren Aufputschmittel nicht erforderlich. Aber an diesem Mittag brauchte er etwas Starkes. Er füllte einen Topf mit Wasser und stellte ihn auf den Herd. Er holte drei grüne Tassen aus dem Schrank.

»Hast du's nicht geschnallt? Clarisse hat einen Privatdetektiv engagiert, der dich beschattet.«

»Aber warum?«

»Baptiste?« fragte Darius und blickte den Detektiv an.

»Sie will mehr über Sie wissen«, sagte er und mußte mehrfach schlucken.

»Worüber?«

»Sie will einfach Bescheid wissen«, sagte der Detektiv schlecht gelaunt.

»Und was hast du rausgefunden?« wollte Darius wissen.

Vorsichtig nahm Baptiste seine Tasche und legte sie auf das Sofa. Er zog die Mappe hervor und reichte sie Elias. Darius nahm sich das Sandwich mit Peperoni.

»Meinen Glückwunsch«, sagte Elias zu Darius, als er die Mappe in den Händen hielt. »An dem, was du geschrieben hast, ist viel Gutes dran.«

Mit vollem Mund wurde Darius rot und wandte den Blick ab. Seit er in der Rue de Panama untergekommen war, sah Elias, mit welchem Eifer Darius arbeitete. Er stand im Morgengrauen auf, setzte Wasser auf und räumte den Küchentisch zum Schreiben leer. Er arbeitete den ganzen Tag, erlaubte sich nur kurze Unterbrechungen für Spaziergänge und recherchierte sogar in Bibliotheken. Als Darius ihm seine heimliche Berufung verraten hatte, hielt er das nur für eine Laune, die vorübergeht. Aber Darius nahm seine Aufgabe ernst und riß sich dafür ein Bein aus. Es war wirklich rührend zu sehen, wie er an seinem Arbeitstisch saß, schrieb, Blätter zerknüllte und Bleistifte zerbrach. Elias war der einzige bei Galaxie, der an das Talent von Darius glaubte. Er war überzeugt, mit Beharrlichkeit würde es Darius gelingen, seinen Ideen Leben einzuhauchen.

»Was machst du jetzt damit?« wollte Darius wissen.

Elias hatte die Vorhänge zugezogen und lief im Zimmer auf und ab. Seine Finger krallten sich in die Mappe. Darius und der Detektiv sahen ihn beunruhigt an. Eine Regenböe peitschte gegen die Fenster.

»Machen Sie weiter«, sagte Elias.

»Was?« Darius war fassungslos.

»Sie machen Ihre Arbeit weiter.«

»Sie wollen, daß ich Ihnen folge und Nachforschungen anstelle?«

»Sie sind doch dafür engagiert worden, oder etwa nicht?«

»Und was ist mit den Berichten, die ich schreiben soll?«

»Sie schicken mir jeweils eine Kopie. Ich bin neugierig, herauszufinden, wer ich eigentlich bin.«

Margot Lazarus war überall: Im Hypothalamus, in der Großhirnrinde, im Neocortex, in den Arterien des Circulus Willis, im Riechknoten, im Sehhügel, in der Brücke des Rautenhirns, in der Region des temporalen Großhirnlappens, in der Sylvischen Fissur und in sämtlichen Basalganglien und Hirnwindungen. Sie war in den weißen und grauen Zellen, hatte jede Neurone und alle Synapsen erfaßt und alle seine zirka zwanzig Milliarden Nervenzellen.

Elias wollte sie nicht wiedersehen, weil sich sein Herz wie ein Atomkraftwerk anfühlte.

Das Verwaltungsgebäude des Studios Galaxie wirkte verändert. Das Licht flimmerte anders. Seine Netzhaut war irritiert. Die Gänge und Räume schienen über Nacht schmaler und niedriger geworden zu sein. Er fühlte sich hier auf einmal unwohl. Der Aufzug gab komische Geräusche von sich und der Kaffee schmeckte bitter.

Natürlich hatte die Sache mit Caldeira ihn gezeichnet, aber man sollte ihre Bedeutung nicht überschätzen. Abstürze wie seiner waren an der Tagesordnung und sorgten höchstens drei Tage lang beim Mittagessen für Gesprächsstoff. Ein anderer Skandal hatte die Sache längst in den Hintergrund gedrängt. Ein Schauspieler war mit gut zehn jungen Frauen nackt in einem Schwimmbad fotografiert worden. Wer bei der Firma arbeitet, muß lernen, Niederlagen und Demütigungen einzustecken. Man tut so, als sei man nicht verletzt, als würde man das Scheitern eines Films beim Publikum nicht persönlich nehmen, nicht die Belehrungen von Arden Gaste, nicht die Beschimpfungen durch Schauspieler und Regisseure. Irgendwann ist man so geübt in dieser Kunst, daß einen nichts mehr wirklich berührt.

Die exotischen Fische gerieten in Aufregung, als Elias eine Prise getrocknetes Krill ins Wasser schüttete. Er sah ihnen zu, wie sie sich balgten, um möglichst viel von diesem ekligen Futter zu verschlingen, und er fragte sich, warum sie so viel Energie darauf verwendeten, sich noch fetter zu fressen. Man konnte die bunten Flecken im Aquarium schön finden. Aber wenn man sich die Zeit nahm, sie ein wenig zu beobachten, dann stellte man fest, die meisten waren so dick, daß ihr Bauch sie aus dem Gleichgewicht brachte. Sie konnten kaum noch schwimmen. Elias vermutete, ihre einzige Chance zu sterben sei, sich totzufressen. Die Hoffnung auf eine tödliche Infektion war dank des gefilterten Wassers und des regelmäßig gesäuberten Aquariums gering. Und auf einen Raubfisch, der sie von ihrer tristen Existenz erlöste, konnten diese friedfertigen Tiere auch nicht hoffen. Die einzige Möglichkeit, der dekorativen Hölle zu entkommen, war also, ihr kleines rosa Herz mit ausreichend Cholesterin und extra vitaminreichem Futter aufzublähen, bis es platzte.

Die Fische verzogen sich wieder hinter die falschen Pflanzen und das Plastikwrack einer Galeone, das wie ein kranker Regenbogen in stumpfen Farben mit halb zusammengestürzter Takelage auf dem Grund des Aquariums lag. Elias schüttete noch einmal Trockenfutter auf die Wasseroberfläche, um den Fischen Sterbehilfe zu leisten.

Weil er sich nicht mit dem Projekt »Margot Lazarus« befassen wollte, hatte er nichts zu tun. Das verschaffte ihm die Muße, endlich einmal durch die Gänge zu schlendern. Er hatte sich nie die Zeit genommen, irgendwo stehen zu bleiben. Seit dem ersten Tag, an dem er die schwere Drehtür aufgedrückt hatte, war er von dem rasanten Rhythmus der Firma mitgerissen worden, rannte herum, telefonierte, absolvierte vier Geschäftsessen hintereinander. Seit zwei Tagen lauschte er erstmals den Gesprächen in der Cafeteria, im Aufzug und in den Gängen. Und er entdeckte voller Eifersucht die Normalität der Männer und Frauen, die um ihn herum arbeiteten, ihr kleines persönliches Glück oder Unglück, ihre Liebesgeschichten, Abenteuer und Kümmernisse.

Marie schwebte mit eleganten Bewegungen von einem Raum in den anderen und verbreitete Fröhlichkeit. Sie goß Kaffee nach. Ihre Anwesenheit half ihm, auf andere Ideen zu kommen und die Vorkommnisse der letzten Tage zu vergessen. Sie erzählte ihm die neuesten Klatschgeschichten und brachte ihn mit ihrer Imitation von Victors Assistenten zum Lachen.

Weil er einen Film über dieses Thema produziert hatte, wußte er, daß eine Sekretärin nie rein zufällig so handelt. Verliebtheit konnte als Motiv inzwischen ausgeschlossen werden, denn Marie hatte einen jungen Mann kennengelernt, der perfekt-wunderbar-schön-intelligent-arbeitslos-und-so-süß-und-so-witzig war. Es war also etwas anderes. Marie hatte mütterliche Gefühle für ihn. Als er das begriff, brachte ihn das in arge Verlegenheit. Die Vorstellung, Marie sei in ihn verliebt, hatte ihn nicht gestört. Es bedarf ja auch keiner besonderen Qualitäten, um geliebt zu werden. Aber er fand es entwürdigend, Gegenstand dieser reinen Zuneigung ohne jeden sexuellen oder ehelichen Hintergedanken zu sein.

Er fragte sie über ihre Familie aus, die tückische Bronchitis ihres Neffen, die Wohnung, die sie sich in der Nähe der Place Voltaire kaufen wollte. Erst eine halbe Stunde nach allen anderen Angestellten verabschiedete sich Marie von ihm.

Die Flure und Büros waren nun leer und er war den Gedanken ausgeliefert, die er die ganze Zeit verdrängt hatte. Alkohol und Kaffee schafften es nicht, das Gespenst von Margot Lazarus in die Flucht zu jagen. Er räumte auf, heftete Papiere ab und vergrub sich in die Pressemappen der Filme, die er produziert hatte. In diesen Seiten war noch die lebendige Wärme anderer Zeiten zu spüren. Er räumte seinen Schreibtisch auf und fand dabei eine Notiz von Marie. Clara Hovi hatte schon wieder angerufen.

Die Journalistin wollte ihn unbedingt sehen. Weshalb noch mal? Ach ja, ein Interview. Sein Rezept zum Erfolg. Seine Ansicht über das Metier. Die Zukunft des Films. Die heutige Jugend.

Er fand ihr Foto über einem Artikel. Eine brünette Schönheit. Es gab vermutlich nur wenige Männer, die ihr ein Interview oder was auch immer versagt hätten. Ihr Foto strahlte laszive Sinnlichkeit aus. Victor wäre da ganz sicher als Freiwilliger eingesprungen. Es mußte sie überrascht haben, wie sehr er sich sperrte. Sicherlich reizte sie seine Unerreichbarkeit noch zusätzlich.

An diesem Mittwochabend im November beschloß Elias, die Hände auf seinem Schreibtisch verschränkt, sie würde sein Fehltritt werden. Ein wohltuender, kleiner Fehler in seinem perfekten Dasein, der ihn die letzten Tage vergessen lassen würde. Ja, er wollte sich in den Abgrund stürzen. Seine Seele sollte seinem Gesicht ähneln, sollte verletzt werden und bluten. Er riß das Pflaster von seiner Hand und warf es in den Papierkorb.

In der Dunkelheit traten die besonderen Düfte der unbelebten Welt hervor. Elias konnte das Holz der Tür riechen, das Aluminium und den Stahl des Türrahmens, die Heizungsrohre, das Glas der Fensterscheiben und die Rigipsplatten der Wandverkleidungen. Nur die Notlampen im Treppenhaus waren noch an und wiesen den Weg zum Ausgang.

Die Wasserleitung gluckste, die Heizung fiepte leise vor sich hin. Elias sprang auf das kleinste Knacken und das leiseste Schabgeräusch an. Am Vortag war ein Beamter des Ordnungsamtes dagewesen und hatte hinter einem Mäuseloch ganze Tunnelsysteme entdeckt. Hinter die Hausfassade aus Tischlerplatte und Pappe hatte man Gipswände gesetzt. Die Nager hatten es also leicht gehabt, sich durchzugraben. Das Haus war zerlöchert wie ein Schweizer Käse.

Marie hatte seinen Terminkalender ordentlich weggeräumt. Die Schubladen waren abgeschlossen. Elias schob die Klinge seines Papiermessers ins Schloß. Ein Knirschen ertönte im Dunkeln. Den Mann vom Wachdienst schien das nicht zu stören. Das war ja Elias' Büro. Trotzdem zitterte er, als ob er dabei wäre, ein Verbrechen zu begehen. Er fand die Telefonnummer der Journalistin in der zweiten Schublade.

Bequem in seinen Sessel gelehnt saß er da und betrachtete die Telefonnummer, als ob die aufeinanderfolgenden Zahlen einen geheimen Code ergäben. Er wählte, legte aber beim ersten Klingeln gleich wieder auf. Die Uhr mit der roten Flüssigkristallanzeige über der Tür zeigte zwei Minuten vor Mitternacht. Er nahm eine Karaffe mit Gin aus dem Fach in seinem Schreibtisch. Der Alkohol steigerte seine Entschlossenheit. Sie wird mein Fehltritt sein. Er wählte erneut. Erstes Klingeln, zweites Klingeln, drittes Klingeln, viertes, dann meldete sich eine verschlafene Stimme.

Während er auf sie wartete und durchs Wohnzimmerfenster nach ihr Ausschau hielt, schluckte er ein Beruhigungsmittel. Er hatte im Lebensmittelladen in der Rue du Louvre, der bis zwei Uhr nachts geöffnet hat, eine Flasche Whisky gekauft. Ein wichtiger nächtlicher Treffpunkt für durstige Kehlen. Lange Zeit hatte Clarisse sich dort mit Nachschub versorgt. Bis Elias dem Ladeninhaber Geld zugesteckt hatte, damit er ihr keinen Schnaps mehr verkaufte. Um sich ihr Gesicht zu merken, hatte der Ladeninhaber ihr Paßfoto auf die Kasse geklebt.

Er zog die Flasche aus der Plastiktüte und stellte sie auf den Couchtisch. Das Licht der Halogenstrahler drang bernsteinfarben durch die Flasche und beleuchtete sein Gesicht.

In der Wohnung roch es muffig. Er öffnete das Fenster und leerte eine Deodorantsprühdose im Wohnzimmer und im Schlafzimmer. Der Geruch nach Aloe Vera war unglaublich penetrant. Er bedauerte, den Muff damit vertrieben zu haben. Es durfte nicht zu sauber aussehen. Sich nicht waschen, nicht aufräumen. Schmutz sollte ihn beschützen, Dreck würde einen allzu direkten Kontakt verhindern. Erfreut bemerkte er die dünne Staubschicht auf den Möbeln.

Sie hätten auch in ein Hotel gehen und sich der Herde heimlicher Paare anschließen können, die falsche Namen an der Rezeption angeben, um ihrem banalen Vorhaben den Geschmack von Abenteuer und Gefahr zu verleihen. Aber Elias ging es nicht darum. Körper sind dazu da, die Spuren anderer Körper auszulöschen, wie man Blut nur mit neuem Blut abwaschen kann. Er wollte die sechs vergangenen Jahre mit Clarisse vergessen und über sie den Fluch verhängen, er habe in dieser Zeit nicht wirklich gelebt. Es würde endlich etwas passieren in dieser Wohnung, vielleicht nichts besonders Schönes, aber etwas Reales. Mutwillig mit einer unbekannten Frau zu schlafen war eine Dummheit, das war ihm klar, aber manchmal muß man eben einen Fehler begehen, um weiterzuleben.

Sie weiß ganz sicher, was sie erwartet. Niemand ruft um ein Uhr nachts wegen eines Interviews an. Er goß sich ein Glas Whisky ein und trank es in einem Zug aus. Sie weiß, auf was sie sich eingelassen hat.

Die Klingel riß ihn aus seinem Selbstgespräch. Der aufdringliche Ton ließ seine Trommelfelle scheppern. Er stand auf und ging vorsichtig zur Tür. Er hatte unglaublichen Schiß vor dem, was ihn hinter der Tür erwartete. Die Mischung aus Alkohol und Beruhigungsmitteln flößte ihm ganz irrationale Ängste ein. Sein Herz wummerte gegen die Rippen und er dachte an Dreißigjährige, die am Herzinfarkt sterben.

»Hallo«, sagte Clara.

Die zerzausten Haare steigerten noch ihr Sex-Appeal. Sie trug einen kurzen Kaschmirmantel, der die Knie frei ließ, einen engen Rollkragenpullover und einen schwarzen Rock.

»Hallo. Tut mir leid, daß ich Sie so spät angerufen habe.«

Er sprach zu ihr, als wäre sie der Elektriker, den er mitten in der Nacht angerufen hätte, um im Vorratsschrank eine Glühbirne auszuwechseln.

»Mir nicht.«

Ihre Lippen preßten sich auf seine. Sie nahm sein Gesicht in die Hände und zog es an sich. Ihre Zunge spielte an seinen Lippen und drängte sich in seinen Mund. Mit einer heftigen Geste stieß er sie von sich. Sie flog gegen die Tür und rutschte zu Boden. Der Inhalt ihrer Handtasche rollte über den Teppich.

»Tut mir leid.«

Sie hielt ihm die Hand hin. Er half ihr auf. Sie schien keineswegs verärgert zu sein. Im Gegenteil. Ihr Blick war jetzt erst recht erotisch aufgeladen. Der Rock war über ihre Schenkel gerutscht. Ihre Beine waren lang und schlank und durch die Strumpfhose mattiert. Clara war sicher fünf Jahre jünger als er, aber trotzdem schüchterte sie ihn ein, denn auf dem Gebiet, das sie in den nächsten Stunden beschäftigen würde, war sie ihm um Jahre voraus.

»Tut mir leid«, wiederholte Elias und stellte sie wieder auf die Beine.

»Ich mag Ihren Stil.«

Sie zog ihre Schuhe aus und warf Mantel und Pulli aufs Sofa. Darunter kam ein vielversprechendes Dekolleté zum Vorschein. Sie ging auf ihn zu, steckte ihren Zeigefinger zwischen seine Hemdknöpfe und riß einen nach dem anderen ab.

»Vielleicht trinken wir erst mal was.« Elias wich vor ihr zurück.

»Vielleicht trinken wir erst mal was...«

Elias hatte große Lust, mit ihr zu schlafen, obwohl sie weit, weit weg war, obwohl Straßenzüge und Avenuen, Mauern und Wände sowie Hunderte von geschlossenen Türen sie voneinander trennten.

Er suchte verzweifelt nach einem Ausweg aus dem Spinnennetz, das er sich selbst gesponnen hatte. Aber Clara sah ihn zu lasziv an, um sich von irgend etwas abbringen zu lassen. Er fühlte sich wie ein Jugendlicher, der ein Callgirl mietet und dann überrascht feststellen muß, wie die Wirklichkeit seine Phantasien im Stich läßt. Er war nicht mehr Herr der Lage.

Sie verschwand im Badezimmer. Ihre Vertrautheit mit den örtlichen Gegebenheiten verblüffte Elias. Während er den Eindruck hatte, nie in dieser Wohnung gelebt zu haben, schien sie sich wie eine Einheimische auszukennen und lief mit natürlicher Sicherheit durch die Räume. Fünf Minuten später öffnete sie ohne Zögern den Schrank über dem Fernseher und entnahm ihm zwei Whiskygläser.

Wie früher der weiche Flausch seines Lieblingsteddybären beruhigte Elias jetzt die Flasche in seiner Hand. Clara schaltete die Stereoanlage an und legte eine CD von Liberace auf. Er goß ihr ein, dann ließ er Whisky in sein Glas gluckern. Clara sah ihm dabei zu. Die Menge schien sie zu beeindrucken. Elias hörte nicht auf einzugießen, auch nicht, als der Whisky den Rand des Glases erreicht hatte. Der Whisky lief über und verteilte sich auf dem Couchtisch. Elias goß weiter, bis die Flasche leer war. Eine Lache breitete sich auf dem Teppich aus. Clara hielt das für ein lustiges Spiel und lachte.

Als Elias das randvolle Glas an die Lippen setzte, dachte er: Das ist der würdige Auftakt, das sind die Streicheleinheiten, die ich brauche, um die Berührungen dieser Frau zu ertragen, das sind die nötigen Küsse, um mich ganz und gar gehen zu lassen.

Sie rollten durch das Bett und liebten sich. Sie rollten durch das Bett und machten das, was der Liebe zumindest ähnelt. Zwei Wesen umschlingen sich, aber sie sind nicht allein. Alle ihre Gespenster begleiten sie.

Während sie ihre Körper erkundeten, dachte Elias in einer kruden Mischung aus Verlangen und Schuldgefühlen an Nathalie. Das war der ideale Cocktail, um ihn abzulenken. Als die Gedanken an ihren Körper aufgebraucht waren, schlief er mit Marie und mit all den Frauen, die er getroffen hatte und die er hätte haben können. Eine nach der anderen lagen sie nackt in seinen Armen. Er nahm sie, um nicht an Margot Lazarus zu denken.

Mit ihren Schreien, Seufzern und Stöhngeräuschen dirigierte Clara ihn. Elias entdeckte eine sexuelle Begierde, die er an sich nicht kannte. Er konnte sich kaum beherrschen. Fast verhungert nach Genüssen, die ihm zu lange verwehrt worden waren, wachte sein Körper schlagartig auf und stopfte sich mit Wollust voll. Am liebsten wäre er mit ihr verschmolzen, endgültig in ihr verschwunden.

Der Orgasmus brachte ihm die nötige Dosis Genuß, aber das wahre Glück bestand darin festzustellen, daß er nicht gelitten hatte.

Ihre nun friedlichen Gesichter berührten sich. Schweißbedeckt blieben sie ineinander verschlungen liegen. Clara hatte einen schönen Körper. Er verglich ihre Brüste mit denen von Clarisse, ihren Hintern, ihre Hüfte. Ihre Kurven lagen im Halbschatten. Elias strich mit der Hand über ihre seidige Haut.

»Das war gut«, sagte sie mit einer Überzeugung, an die weder er noch sie wirklich glauben konnten.

Mit Clarisse war es nie um Show gegangen, sondern immer um Intensität. Wenn sie sich berührten oder umarmten, dann waren sie beide für den anderen nicht zu Staubkörnern geworden. Immerhin das.

Weil sie schon mit vielen Männern geschlafen hatte, hielt sich Clara für eine Expertin. Aber die Traurigkeit der wiederholten Enttäuschung umschattete ihr Lächeln. Wenn man mit Unbekannten schläft, will man auf keinen Fall etwas Neues über sich selbst erfahren.

Elias wollte etwas sagen, aber mit ihr zu reden erschien ihm verdorbener, als mit ihr zu schlafen.

Clara verschwand erneut im Badezimmer. Elias betrachtete ihren Hintern und stellte bedauernd fest, wie schön er war. Die Perfektion ihres Körpers paßte nicht zu der tierischen Roheit ihres sexuellen Verlangens. Sie stieg aus der Dusche und trocknete sich vor seinen Augen ab. Nur mit einem knappen Slip bekleidet fing sie an, das Schlafzimmer und das Wohnzimmer aufzuräumen, brachte die Gläser weg und wischte den Tisch ab. Hinter ihren sexy Dessous und ihrer lasziven Art kam die gut organisierte, perfekte Hausfrau zum Vorschein. Sie würde noch viel zu kämpfen haben, dachte Elias traurig. Sie würde noch mit vielen Männern schlafen und im ständigen Wechsel das Glück suchen, bis sie eines Tages heiraten und Kinder bekommen, und plötzlich an die Treue glauben und die jungen Frauen verdammen würde, die sich so verhielten wie sie selbst in ihrem früheren Leben.

Es ist schwierig, einem Talent abzuschwören, auch wenn es darin besteht, das eigene Leben wegzuwerfen.

Margot war einen Großteil des Vormittags herumgelaufen. Sie hatte sich in zahlreiche Pullover und Unterhemden gehüllt, feine Zwiebelschichten aus Wolle und Baumwolle. Sie wollte diesen Aufruhr der Gefühle, der sie erfaßt hatte, wie eine Krankheit ausschwitzen. Dann überlegte sie es sich anders und zog alle Pullover aus, damit der Wind eiskalt über die bloße Haut fegen konnte. Nichts war besser als eine kräftige Infektion, um ihre Gefühlswallungen zu beruhigen. Ein Schnupfen, eine Grippe, eine Angina, eine Krankheit, egal welche, würde ihre Verliebtheit schon niederringen.

Sie saß auf den Stufen von Sacré-Coeur und sah den Passanten zu. Man braucht kein Kino. Es genügt, die Augen aufzumachen.

Das Zittern einer Hand verriet ihr die Müdigkeit des Nachtarbeiters in einer Firma für Tiefkühlfischverpackungen. Aus einer Falte im Gesicht schloß sie auf drei Kinder, eine große Leidenschaft fürs Segeln und für korsische Wurstwaren. An zusammengebissenen Lippen erkannte sie die Kündigung bei einer Werbeagentur. Ein ausweichender Blick verwies auf eine beginnende heimliche Liebe und Hausstauballergie. Sie begriff die ständig pulsierende mathematische Magma der menschlichen Regungen, die Multiplikationen und Additionen in den Venen, die Subtraktionen und Divisionen der Gedanken und Gefühle. Um eine literarische Figur entstehen zu lassen, lieh sie sich ein Bein hier, einen Ausdruck da, Augen und Stimmlage nach Bedarf. Uns trennen zwar einige Gene vom Schimpansen, doch wir Menschen unterscheiden uns nur durch kleine Details voneinander, die scheinbar unwichtig sind, aber alles verändern.

Der Artikel war fertig, die Mail abgeschickt. Danach hatte sie zwei Stunden damit zugebracht, die Gebrauchsanweisung eines Elektrogerätes zu übersetzen, dessen Bauprinzip und Verwendungszweck sie nicht einmal annähernd verstanden hatte. Ein Lieferant hatte das riesige Paket am Morgen vor ihre Tür gestellt. Sie war darüber gestolpert, als sie nach dem Aufwachen duschen gehen wollte. Die Kiste war auf beeindruckende Weise mit Aufklebern, Postvermerken und japanischen Ideogrammen übersät. Das hatte sie neugierig gemacht. Sie hatte versucht, sich den Inhalt vorzustellen. Jeden Mittwoch, wenn sie ein neues Gerät geschickt bekam, war das für sie ein bißchen wie Weihnachten. Aber wenn sie dann das Paket auspackte und einen Mixer fand oder den x-ten Videorekorder, dämpfte das ihre Freude. Der Mann, für den sie arbeitete, hatte gesagt, sie könne alles behalten. Aber ihr Zimmer war zu klein für so viele sinnlose Geräte. Wenn der Händler des Gebrauchtwarenladens in der Rue Doudeauville begriff, wofür die Geräte gut waren, kaufte er ihr die zu einem guten Preis ab.

Sie hatte sich fest vorgenommen, nicht mehr als fünf Stunden in der Woche mit dem Übersetzen von Gebrauchsanweisungen zu verbringen. Es gibt eine Grenze für den Grad an Verblödung, den man ertragen kann.

Margot stand auf und stieg die Treppen hinauf zum Kirchenportal. Sie war fasziniert von dem Stein, den man zum Bau der Kirche verwendet hatte. Er wurde vom Regen weiß gewaschen.

Der Beweis ließ nicht auf sich warten. Es regnete heftiger. Margot blieb unter einem Vorsprung vor dem Eingang stehen und duckte sich ins Dunkel.

Sie zog ihre Pullover wieder an und wandte sich dem *Le Mazurka* in der Rue André del Sarte zu. Es war zehn Uhr. Ihr Körper verlangte nach seiner Dosis Koffein und jener kleinen Portion Bitterkeit, die unsere menschliche Existenz erst interessant macht.

Das Café war leer. Sie setzte sich direkt neben die Heizung, entschlossen, Ordnung in ihre Gedanken und Gefühle zu bringen. Sie bestellte einen Espresso und versuchte, ihre Situation einzuschätzen.

Wie die Konquistadoren, die sich auf der Suche nach dem sagenumwobenen El Dorado im Urwald zwischen Amazonas und Orinoko verirrt hatten und gestorben waren, hatte sie schon bei zahlreichen Männern die Liebe gesucht, aber nur Haut und Gerüche gefunden.

Der Satz, dem Mann fürs Leben begegnet man mühelos jeden Tag, stimmte natürlich nur bedingt. Margot verliebte sich immer wieder in ein Abbild ihrer Phantasie. Die Illusion dauerte selten länger als eine Woche. Wie ein Polizist, der seine Dienstwaffe nimmt, um sich zu erschießen, stürzte ihre allzu große Vorstellungskraft Margot in die Verzweiflung.

Es gab allerdings nicht nur schlechte Seiten. Die geliebten Männer hatten ihr viel beigebracht, hatten sie ins Museum und auf Konzerte mitgenommen, sie hatten ihr Bücher geschenkt und ihre Lust befriedigt. Sie hatte Geige gelernt, Russisch, Portugiesisch, konnte Poker spielen und Orchideen züchten, einen Fesselballon fliegen, das Florett schwingen und kannte sich mit astrophysikalischen Berechnungen aus. Sie fragte sich manchmal, ob sie diese Männer nur geliebt hatte, um sich zu bilden, ob sie Zugang zu ihren Bibliotheken oder zu ihren Herzen gesucht hatte. Die Liebe war die Schule, in der sie alles gelernt hatte, nur nicht, wie man liebt.

Die Sirene des Krankenwagens hallte ihr immer wieder durch den Kopf. Sie spürte noch den Plastikschlauch in der Kehle, den der Arzt ihr bei der letzten Magenspülung verabreicht hatte. Sie erinnerte sich an diese Schwerelosigkeit und das Schwindelgefühl, das die Medikamente bei ihr ausgelöst hatten, und an das Erwachen in weiß gestrichenen Zimmern. Ärzte sprachen mit ihr, die Psychologin der Klinik kam vorbei. Sie hörte noch, wie die versuchte, ihren Selbstmordversuch zu erklären, ihr Leben und dessen

Probleme zu analysieren, und schließlich behauptete: »Ihnen geht es doch gar nicht so schlecht, mein Fräulein. Da gibt es ganz andere Leute, die wirklich unglücklich sind. Und Sie sind noch jung.«

Weil es immer schlecht endet, ist es besser, sich vom ersten Tag an auf die Trennung vorzubereiten, beim ersten Kuß schon an den letzten zu denken. Auf der Brücke Alexandre III., vor dem Pantheon, auf der Terrasse des *Café des Amis*, in der ersten Etage der Bücherei Clignancourt, in der ägyptischen Abteilung der Antikensammlung des Louvre, in der Metrostation Arts et Métiers, im Jardin du Luxembourg, auf der Ile Saint-Louis, hatte sie ihnen gesagt: »Ich bin noch nicht so weit, mich auf eine feste Beziehung einzulassen / Ich habe den Eindruck, du bist noch nicht reif für eine feste Beziehung / Du bist mir nicht kompliziert genug. Das Leben ist für dich zu einfach / Du könntest für mindestens zwei Tage der Mann meines Lebens sein. Aber danach würde ich aufwachen und feststellen, daß du bloß ein schönes Spielzeug bist, das ich mir auf die Brust lege / Wir können uns schöne Geschichten über unsere Vergangenheit ausdenken. Lügen ohne jede Boshaftigkeit, nur damit wir uns nicht verletzen oder uns Angst einjagen / Ich will gar nicht wissen, mit wie vielen Frauen du schon geschlafen hast. Das hört sich an wie die Nacherzählung eines Pornofilms / Du achtest gar nicht auf mich. Du umarmst mich, wie du jede andere Frau auch umarmen würdest.«

Ihre Männerbeziehungen hatten mehr mit Selbstbefriedigung zu tun als mit gegenseitiger Liebe. Die Männer hatten Arme und Überzeugungen, aber sie waren vor allem perfekte Vibratoren mit wenigen Zusatzfunktionen, unterhaltsam wie gesprochene Worte. Wenn sie das Ohr an ihre Brustkörbe hielt, hörte sie ein mechanisches Rattern.

Eine Überdosis Antidepressiva läßt diese Dinge vergessen.

Margot scheute keine Mühen, um sich ins Jenseits zu befördern. Es ist einfach, einen Fremden zu umarmen, mit ihm zu schlafen und sich in ihn zu verlieben. Am Ende bleibt man doch mit sich allein und mit dem Bild, das man sich von ihm gemacht hat. Eines Tages lernt man vielleicht einen Mann kennen, der einem so nah und so wirklich vorkommt, daß es unmöglich ist, ihn sich auszudenken.

Die fortgeschrittenste Form der Lebensphilosophie lehrt uns, Fehler wenigstens zu variieren. Wir irren uns zwangsläufig. Und solange wir noch keine Datenmengen auf der Festplatte eines Rechners oder Fallstudien eines philosophischen Ratgebers sind, werden wir niemals gute und perfekte Wesen sein, die auf die Ratschläge der Vernunft und Wahrheit hören. Weil wir uns so oft täuschen, sollten wir uns wenigstens vornehmen, bei unseren Fehlern etwas phantasievoller zu sein und die Art der Fehler immer ein wenig abzuwandeln.

Allerdings, so beschloß sie, als sie den dritten Espresso getrunken hatte, wäre es nicht sehr schlau, sich in Elias zu verlieben. Am Ende würde sie doch wieder nur einen Prospekt über Selbstmordprävention in der Hand halten und den Jeremiaden eines bekloppten Seelenklempners zuhören müssen.

Die wichtigste Regel für eine Schauspielerin lautet: Stirb niemals im Sommer. Die Journalisten sind in Urlaub, dein Tod bleibt unbeachtet.

Die zweitwichtigste Regel lautet: Solange du jung und einigermaßen hübsch bist, solange deine Titten noch nicht hängen, laß dich am Strand blicken. Wenn du ein paar Kilo zu viel drauf hast, geh in die Berge, behaupte, du liebtest die klare, frische Luft und du seist militante Gegnerin von Pelzmänteln aus Murmeltierfell.

Zoë las sich das Handbuch für Schauspielerinnen, das sie für eine monatliche Filmzeitschrift geschrieben hatte, in ihrer Wohnung am Ende der Rue du Faubourg du Temple noch einmal durch.

Aus dem Fenster blickte man in den Innenhof. Heute nacht schien das Pärchen aus der ersten Etage nicht zu Sexspielen aufgelegt zu sein. Als sie zum ersten Mal die Schreie der Frau gehört hatte, dachte sie noch an Mord und war kurz davor, die Polizei zu rufen. Seitdem erfreute sie sich dank der Lampen im Hof an ihren Liebesritualen, die wie chinesische Schattenspiele durch die dünnen Vorhänge zu sehen waren. Sie hatten eine Vorliebe für Kostümpartys. Der Mann verkleidete sich als Arzt, Soldat oder Motorradfahrer. Sie trat als Krankenschwester, Sekretärin oder Prostituierte auf. Zoë liebte es, ihnen vom Fensterbrett aus zuzusehen und dabei eine Zigarette zu rauchen. Sie hatten glückliche Stunden, durchgeknallt, aber glücklich.

Sie hielt ihr leeres Glas in der Hand. Man kann nicht endlos weitertrinken. Man kann auch nicht jede Sekunde seines Lebens rauchen. Leider. Die Zigarette ersetzt die Liebe, die Familie, die Kinder und das Häuschen im Grünen. ›Rauchen kann tödlich sein‹? Na wenn schon. Auch der Tod ist ein Ersatz für Liebe, Familie, Kinder und ein Häuschen im Grünen.

Wenn es ihr gelungen wäre, ihren Namen oben auf Plakaten gedruckt zu lesen, dann hätte sie nur eine Zeitschrift aufschlagen müssen, um ihr eigenes Leben kennenzulernen. Wer berühmt wird, tritt seine Persönlichkeit an die Leserschaft und die Pressebeauftragten ab. Es ist zu anstrengend, immer man selbst zu sein. Alles steht in der Zeitung. Was habe ich noch mal während der Ferien gemacht? Mit wem habe ich geschlafen? Bin ich schwanger? Wirklich? Das ist ja phantastisch!

Es war paradox. Die Idee, bekannt zu sein, gefiel ihr nicht. Dabei ist das die einzige Chance für eine Schauspielerin, völlige Freiheit zu genießen.

Wie hatte das alles angefangen? Ach ja…

Sie hatte Theatervorführungen im Haus ihrer Eltern in Brest gegeben. Wegen ihrer Hausstauballergie ließ sie bei den Auftritten immer die Fenster offen, um nicht niesen zu müssen. Die Zuschauer hörten im Hintergrund das Tosen des Ozeans. Sie spannte ein Tuch zwischen zwei Besen, die von Stühlen gehalten wurden, und unterhielt ihre Brüder, Schwestern und Eltern mit Imitationen und Improvisationen. Applaus und Gelächter sog sie gierig auf. Alle sagten ihr, wie talentiert sie sei, sie müsse einfach Schauspielerin werden. Es ist gefährlich, einem Kind zu sagen, es habe Talent, besonders wenn das stimmt. Es wird daran glauben, und dreißig Jahre später steht es plötzlich allein und nachdenklich am Fenster seiner Zweizimmerwohnung, denkt über verschwendete Liebe nach, hat einen altersschwachen Kater und einen beunruhigend stechenden Schmerz in der Lunge.

Sie hatte Theaterkurse an der Uni und in der Schule belegt, bevor sie nach Paris kam. Sie war Schauspielerin geworden, weil sie nicht immer sie selbst sein wollte, weil sie andere Schicksale und Leidenschaften kennenlernen und alle Facetten der menschlichen Seele verstehen wollte. Mit dem Ergebnis, daß sie heute nur sich selbst spielte, ein alt gewordenes bitteres Mädchen, begabt mit einem außergewöhnlichen Sinn für Humor, der sie bislang daran gehindert hatte, fünf Tropfen Zyankali auf ihre Zahnbürste zu träufeln. Man übt sein Leben lang, man bildet seine Stimme aus, seine Körperbeherrschung, seine Beweglichkeit, damit man jede Figur spielen kann, aber dann bekommt man immer nur gesagt: »Seien Sie doch einfach ganz natürlich. Sie sind perfekt, so wie Sie sind.«

Die Tragödie des Lebens ist eigentlich ein Abstimmungsproblem. Als Kind sagt man sich, wenn ich groß bin, mache ich nur, was ich will, ich esse nur noch ganze Tafeln Schokolade, stehe erst mittags auf und lese Comics. Aber was macht man wirklich, wenn man erwachsen ist? Man verliert seine Zeit mit diesen verrückten Sachen, auf die bloß Erwachsene kommen können und die einem das Leben auf äußerst subtile Art versauen. Es ist deprimierend festzustellen, daß uns, wenn wir dazu in der Lage sind, die Umsetzung unserer Träume überhaupt nicht mehr interessiert.

Sie sollte weniger rauchen. Sie wußte das, stand ja sogar auf den Zigarettenpackungen. Radio, Fernsehen, die ganzen Gesundheitsapostel und Bedenkenträger wiederholten es ununterbrochen. Sie hätte gern aufgehört, aber verdammt noch mal, was hätte sie anstelle dessen tun sollen? Wo sollte sie den Willen hernehmen, die einzige schlechte Angewohnheit abzulegen, bei der sie noch den Eindruck hatte, das Leben zu genießen? Wenn man sie eine Frau spielen ließe, die zu rauchen aufhört, dann würde sie aufhören. Für die Rolle einer glücklichen Frau könnte sie sogar aus rein professioneller Gewissenhaftigkeit glücklich sein.

Der Kater mußte niesen und putzte sich mit der rechten Vorderpfote die Nase. Schnuppernd lief er in den zwei Zimmern der Wohnung umher und sprang vom Sofa auf ein Gewürzregal. Ein Gläschen Zimt fiel herunter, zerschellte auf dem Boden und verbreitete eine rote Staubwolke im Zimmer.

Mit vierzig stellt man sich noch ein letztes Mal die Frage, ob man die richtige Wahl getroffen hat. Danach verkneift man sich die Frage besser, weil die Antwort einfach zu bitter ausfällt.

Also fassen wir mal zusammen: Sie lebte allein in einer kleinen Wohnung, die ihr selbst gehörte. Immerhin hatte sie auf den Ratschlag ihres Vaters gehört, sich eine Immobilie zu kaufen, sobald sie etwas Geld hatte. Danke, Papa. Die Wohnungseinrichtung war perfekt. Sie konnte nicht mehr zählen, wie oft sie Sätze gehört hatte wie »Liebling, es ist total gemütlich bei dir, diese kleine Vase und dieser unglaubliche Tisch, wo hast du das nur alles her?« Vom Flohmarkt und aus Antiquitätenläden, manchmal auch aus Mülleimern. Die Pariser werfen ohne Sinn und Verstand jede Menge Sachen weg. Aber um sich ein Interieur mit derart vielen hübschen Details wie etwa diesem Wasserkessel in Elefantenform zusammenzustellen, braucht man viel Zeit. Das eigentliche Geheimnis einer solchen Wohnung, sagte Zoë und beugte sich dabei mit gesenkter Stimme zu ihren Freundinnen vor, das eigentliche Geheimnis ist die nicht vorhandene große Liebe und ein beklagenswert armseliges Sexualleben. Probiert es aus, ihr werdet schon sehen. Man muß die Sonntage irgendwie über die Runden bringen. Kauft euch eine große Tasche und füllt sie mit zig Sachen, die zusammengenommen zum Beispiel ein Kind ersetzen.

Sie hatte Jobs, sicher, aber meist war das einzig Interessante an denen die Aussicht, ihre Rechnungen bezahlen zu können. Es ist traurig, schlechte Texte irgendeines geistesgestörten Angebers zu rezitieren und sich zu sagen, super, jetzt kann ich das Fenster in der Küche erneuern und mir ein viel zu teures Kleid kaufen, das ich nur einmal anziehen werde.

Noch ganz voller Zimtstaub stellte sich der Kater auf die Hinterbeine und legte seine Pfoten auf ihre Knie. Sie dachte an die Nachbarin, die all ihre Zuneigung auf ihre Hunde übertragen hatte. Sie hatte gute Lust zu heulen. Zoë glaubte nicht, daß Tiere besser sind als Menschen. Genau genommen denken sie nur ans Fressen und Ficken. Haustiere sind eine gute Schule für die Enttäuschungen, die Menschen uns bereiten werden.

Sie hatte für ihren Kater keinen Namen gefunden. Sie hatte nicht einmal danach gesucht. Er streunte seit fünfzehn Jahren in ihrer Wohnung herum, stieg aufs Nachbardach und sprang in den Hof herunter. Er verschwand manchmal, tauchte Tage später abgemagert, in der Erwartung eines vollen Blechnapfs und einiger Streicheleinheiten wieder auf. Sie hatte ihn angeschafft, als sie noch dachte, das werde ihr gemeinsames Haustier sein, der Kater von Zoë und Richard, wenn sie kraft Gesetzes miteinander verheiratet und kraft Gesetzes auch glücklich wären. Er war jetzt fünfzehn, also, wenn man das mit sieben multipliziert und diesen idiotischen Volksweisheiten glaubt, hundertfünf Menschenjahre alt. Der Kater war für sein Alter noch ganz gut drauf. Eine gute Metapher für meine Liebe, dachte Zoë: Ein alter Kater mit halb abgerissenem linken Ohr, der eine Pfote nachzieht. Sie sah in ihm derart die Personifikation ihrer Liebe zu Richard, daß sie manchmal hoffte, ein Auto werde ihn überfahren und sie auf diese Weise von allem Übel befreien. Sie war überzeugt, an dem Tag, an dem der Kater starb, würde sie frei sein, jemand anderen zu lieben.

Ein Haustier ist eine gute Möglichkeit, für ein Kind zu üben. Das hatte sie zumindest gedacht, als sie den Kater aus dem Tierheim nahm. Wenn der Kater überlebt, bist du auch in der Lage, Mutter zu werden.

Ein paar Mal war sie schon kurz davor gewesen, ziemlich verrückte Klimmzüge in diese Richtung zu unternehmen. Sie war mit irgendeinem Typen ins Bett gegangen und hatte sein Sperma als Andenken aufbewahren wollen. Sie hatte sogar daran gedacht, ein Kondom einzufrieren, das sie unter ihrem Bett gefunden hatte. Aber sie konnte das nicht. Sie haßte sich für ihr Gewissen und diese Scheißprinzipien. Ohne die wäre sie jetzt glückliche alleinerziehende Mutter eines glücklichen Einzelkindes. Jawohl, das Kind wäre glücklich, verstanden? Auch ohne Vater. Sie hätte ihm einen Ersatzvater besorgt. Es gab doch genug. Elias war perfekt für diese Rolle. Selbst die Müslipackung hätte einen guten Vater abgegeben. Immerhin stehen eine Menge kluger Sachen drauf, mehr jedenfalls, als die meisten Männer jemals von sich geben. Und Vitamine sind auch noch drin. Enthalten Männer Vitamine? Nein. Sie entziehen einem jedes Vitamin, jede Immunabwehr und lassen einen dann ausgelutscht liegen.

Wenn die Sonne schien und ein Vogel auf dem Fensterbrett sang und den müden Krallen der Katze leichtfüßig entkam, gelang es ihr mit einiger Anstrengung, auch die guten Seiten ihres Lebens zu sehen. Ihre Liebe hielt nun schon fast zwölf Jahre. Das war ein Rekord. Nur unerfüllte Liebesgeschichten sind so dauerhaft. Sich in einen verheirateten Mann zu verlieben ist ein Segen. Das muß man dringend allen empfehlen, die sich vor dem alltäglichen Hickhack fürchten. Routine kommt da nicht auf, das kannst du mir glauben. Denn die verzweifelte Hoffnung ist jeden Tag neu und frisch.

Alle ihre Freundinnen waren geschieden, betrogen worden, traurig, allein oder mit Männern zusammen, die sie nicht wirklich liebten, die aber die Wohnung bezahlten, kräftige Arme hatten, solide und warmherzig waren. Sie sammelten Liebesaffären und kaputte Beziehungen oder wechselten ihre Typen wie die Kleidermoden, von der unerfüllbaren Hoffnung nach jenem einen Mann getrieben, der gleichzeitig Mann, Vater, Liebhaber, Bruder und Kind war.

Sie war die einzige, die ihren Märchenprinzen hatte. Aber man weiß ja, wie das heute so ist. Man kann so jemanden nicht mehr ganztags haben, die Nachfrage ist zu groß, man muß teilen.

Nachdem Richard geheiratet hatte – genauer gesagt, nachdem er vernünftigerweise zwei Jahre gewartet hatte, bevor er seine Frau betrog –, hatten sie ihre Jugendliebe wieder aufleben lassen. Seit diesem vermaledeiten, wunderschönen Tag hatten Zoës Wochen nur noch einen Tag (Donnerstag). Dieser Tag hatte nur drei Stunden (von fünfzehn bis achtzehn Uhr), diese drei Stunden fanden nur in einem bestimmten Paralleluniversum statt (dem Hotel Bristol), das nur einen Planeten besaß (das Zimmer 303).

Das Casting. Sie versuchte, sich zu konzentrieren. Morgen mußte sie ganz das brave Mädchen abgeben. Kein verächtliches

Lächeln über die Wichtigtuerei dieser selbsternannten Bosse. Sie konnte ihren Text auswendig. Sie kannte ihn so gut, daß es weh tat.

Der Kater sprang auf ihre Knie, und während sie ihm den buckligen Rücken kraulte, dachte Zoë mit Tränen in den Augen, »hoffentlich stirbt er bald, bitte, bitte, laß ihn sterben«.

Nächte lösen keine Probleme. Nächte spitzen bestenfalls Entscheidungen zu oder liefern Gründe. Während er das Bettsofa zusammenklappte, war Elias entschlossen, Margot Lazarus zu vergessen. Darius arbeitete in der Bibliothek. Kurz nachdem er gegangen war, hatte das Telefon geklingelt. Als Elias abhob, hatte er jemand atmen gehört, aber niemand hatte geantwortet.

Er hatte sich seit dem Zusammenstoß mit Caldeira nicht mehr rasiert. Die Bartstoppeln waren mitten in den Wunden und unter dem Schorf weitergewachsen. Er verbrachte eine Stunde unter der kochend heißen Dusche, um seine Haut weich zu machen, und rasierte sich dann.

Der Geruch von Clara ging nicht weg. Schlimmer noch, der Geruch seines eigenen Verlangens nach ihr hing immer noch in allen Poren. Die flüssige Lavendelseife war gegen die Erinnerung an die Journalistin machtlos.

Die Hitze in Darius' Wohnung verursachte ihm Kopfschmerzen. Er hatte einen Ventilator gekauft, verbrachte seine Zeit damit, Eiskaffee, eiskaltes Wasser oder Fruchtsaft mit Eiswürfeln zu trinken, kalt zu duschen und die Kleider mehrmals täglich zu wechseln. Wegen der wahnsinnigen Temperaturen und der Feuchtigkeit heilte sein Gesicht schlecht. Und draußen, in der kalten Pariser Luft, gingen die Wunden wieder auf. Nur Darius' Doumpalme genoß das tropische Klima in der Wohnung. Die Pflanze wuchs mit erstaunlicher Geschwindigkeit. Ihre Blätter fächerten sich auf und nahmen immer mehr Platz im Wohnzimmer ein. Inzwischen mußte er die Pflanze beim Auseinanderklappen der Bettcouch zur Seite schieben.

Sie trafen sich im Obergeschoß der *Camélia*-Bar. Seit Victors Abreise war Elias nicht mehr dort gewesen, weil er der spürbaren Abwesenheit seines Freundes aus dem Weg gehen wollte. Der Anruf von Tristan erlaubte ihm, mit den Ledersesseln und dem Panoramafenster wieder Kontakt aufzunehmen. Wie Elias mit einem Blick auf die Armbanduhr feststellte, war es noch nicht zehn Uhr, als der Kellner einen Ananassaft vor Tristan und einen doppelten Whisky vor ihm abstellte. Er bat den Kellner, den Whisky wieder mitzunehmen und ihm irgendeinen Saft mit Eis zu bringen. Mit sehr viel Eis.

»Wissen Sie, wer ich bin?«

»Ja. Ein Schauspieler, übrigens ein guter. Eine Schande, daß es bei Ihnen nicht besser läuft.«

»Danke…«, sagte Tristan.

»Erstaunlich, daß Sie nicht mehr Engagements bekommen. Ich hätte da einen Vorschlag. Einer meiner Kollegen fängt gerade mit der Vorproduktion seines Films an. Ich glaube, es gibt da eine Rolle, die für Sie perfekt wäre. Was mich betrifft: Sobald sich die Gelegenheit ergibt, werde ich Sie besetzen.«

Tristan sah ihn mit großen Augen an. Mit diesem Verlauf des Gesprächs hatte er nicht gerechnet. In dem Moment, in dem sie sich die Hände geschüttelt hatten, war Elias klargeworden, daß Tristan sich auf ihre Unterredung vorbereitet hatte. Die kleinen Falten auf seiner Stirn, die jetzt hervortraten, verrieten intensive geistige Umbaumaßnahmen. Tristan war auf der Bühne ein glänzender Schauspieler, im Leben leider nicht. Das gab Abzüge bei Castings. Man urteilt danach, wie jemand auftritt, und nicht nach dem Talent, das jemand vielleicht trotz seiner Oberflächlichkeit entfalten kann. Aus exakt entgegengesetzten Gründen (man sah einfach zu sehr, wie sie vor Intelligenz sprühte) hatte Zoë ein Problem, Rollen zu bekommen. Tristan hatte den Faden verloren.

»Das ist doch wohl ein Scherz.«

»Sehen Sie mein Gesicht an. Glauben Sie, ich bin in der Verfassung zu scherzen?«

»Wissen Sie wirklich, wer ich bin?« fragte Tristan fast schon verzweifelt.

»Macht das einen Unterschied?« Elias hatte keine Lust, ihm entgegenzukommen.

»Ich bin der Liebhaber Ihrer Frau.«

»Quatsch. Ich bin nicht verheiratet.«

»Ich schlafe mit Clarisse.« Tristans Blick flehte Elias um Hilfe an.

»Soll ich Sie dazu jetzt beglückwünschen?«

Der arme Tristan war schnell mit den Nerven am Ende. Dabei hätte er sich entspannt zurücklehnen können. Elias erinnerte sich nur zu gut an seine Nächte mit Clarisse und an die desaströse Episode mit Clara Hovi. Er bewunderte Tristans breite Schultern, seine männlichen Züge. Er wußte, dieser Mann war einfach gut im Bett. Er strahlte derart starke Sinnlichkeit aus, daß Elias für einen Moment an seiner eigenen Heterosexualität zweifelte. Vieles hatte sich seit den Schlägen von Caldeira verändert. Eine neue Epoche hatte begonnen und stellte alles in Frage, was er sich während der letzten Jahre so zurechtgelegt hatte.

»Wollen Sie denn gar nichts unternehmen?«

»Offenbar nicht.«

»Sie könnten mir eine reinhauen.«

»Hören Sie. Ich habe im Augenblick wirklich andere Probleme. Clarisse und ich waren sechs Jahre zusammen. Sie hat mich verlassen. Sie beide sind ineinander verliebt. Ist doch fabelhaft. Das ist keine kurze Bettgeschichte, sonst wären Sie nicht hier.«

»Ist das so leicht für Sie?« fragte er verblüfft. »Das kann ich einfach nicht glauben. Sie hat mir erzählt, was Sie alles getan haben.«

»Ich war mal eine Zeit lang ihr guter Samariter. Aber was geht Sie das eigentlich an?«

Wirklich schön. Tristan war ein wirklich schöner Mann. Elias nahm sich Zeit, ihn zu betrachten. Er besaß unverkennbar Ausstrahlung. Nicht sehr intelligent, aber das beeinträchtigte seinen Charme nicht. Dummheit kann ein wunderbarer Ersatz für starke Vorstellungskraft sein. Obwohl muskulös und energisch im Auftreten, war er erkennbar nicht gewalttätig. Das sah man. Er war der Typ, der sich in der Bar mit Leuten schlug, die seine Freundin zu lange angesehen hatten, und Schwächlingen mit seinen Muskeln imponierte. Kein Vergleich mit der rohen Gewalt von Darius.

Auf der Leinwand würde er vermutlich alle Herzen brechen. Jedes Mädchen würde sich sein Poster an die Wand hängen. Es war nur nicht sehr wahrscheinlich, daß es jemals dazu kam. So ziemlich jeder glaubt, Anspruch auf Erfolg, Reichtum und Bewunderung zu haben. Man arbeitet schließlich hart daran, und man ist gut. Aber alle Welt ist gut und arbeitet daran. Elias hätte Tristan am liebsten mit der Bemerkung getröstet, keiner verdiene den Erfolg mehr als jedes beliebige Krebsgeschwür.

Er nahm es ihm nicht übel, der Liebhaber von Clarisse zu sein. Er war sogar froh, daß sie auf ihn verfallen war. Als er damals ihren Kuß auf der Caféterrasse gegenüber beobachtete, hatte er Tristan gleich in die Rubrik der stumpfsinnigen und unsensiblen Verführer einsortiert. Offenbar ein Irrtum. Seine Züge verrieten echte Aufmerksamkeit, Ernsthaftigkeit und eine verliebte Unruhe, die einen Stich ins Eifersüchtige bekam, sobald er von Clarisse redete. Das berührte Elias. Tristan wollte es richtig machen. Er knetete seine Hände und biß sich auf die Lippe.

»Clarisse hat wieder angefangen zu trinken.«

Nein! Tausend Stimmen in Elias' Kopf schrien im Chor, nein! Das Gesicht von Tristan büßte in Sekundenschnelle seine Schönheit ein. Plötzlich entdeckte er tiefe Falten, bemerkte einen Pickel auf der Stirn und fettiges Schimmern in seinen Haaren. Die Hände von Tristan bewegten sich rastlos und stießen dabei sein Glas um.

»Ich weiß nicht, was ich tun soll«, sagte Tristan, während er den Tisch mit einer Serviette trocken wischte. »Ich habe mir gedacht, Sie kennen das Problem und können mir vielleicht helfen. Ich weiß, es ist ganz schön dreist, Sie das zu fragen. Ich kann verstehen, wenn Sie wütend auf mich sind. Ist normal. Um die Wahrheit zu sagen: Ich hätte mich wohler gefühlt, wenn Sie sauer auf mich gewesen wären. Es hätte mir nichts ausgemacht, wenn Sie mich geschlagen hätten. In gewisser Hinsicht verdiene ich es und wäre auch bereit gewesen zu bezahlen.«

Schläge kamen offenbar gerade sehr in Mode. Die Bilder von Caldeira und Victor kamen ihm wieder in den Sinn. Tristan war bereit, sich für seine Liebe zu Clarisse schlagen zu lassen. Diese romantische Einstellung beeindruckte Elias. Er war erleichtert, daß Clarisse mit so jemandem zusammen war. Aber er empfand keinerlei Zorn, kein Gefühl ballte seine Faust. Er würde Tristan nicht den Gefallen tun, ihn zu schlagen. Der einzige, den er gern geschlagen hätte, war er selbst. Er hatte so viel falsch gemacht, so viel Zeit sinnlos verplempert. Zum ersten Mal verstand er Caldeiras Schläge. Sein Platz war nicht in Afrika. Es gab für ihn in Paris noch genug zu erledigen, und neue Aufgaben warteten auch auf ihn.

»Ich brauche Ihre Hilfe«, stammelte Tristan. »Wirklich. Ich brauche Sie…«

Er würde ihm helfen. Aber er sah schon, wohin das führen würde. Er konnte Tristan beibringen, Schnapsflaschen zu verstekken oder mit entsprechenden Tees zu strecken. Er konnte ihm sagen: Sie müssen ihr Widerstand leisten und den Kampf mit ihr aufnehmen. Manchmal werden Sie dem Druck nachgeben und selbst Schnaps kaufen, aber dann müssen Sie sich die Etiketten genau ansehen und die Bier- und Weinsorten mit der geringsten Prozentzahl Alkohol nehmen. Sie müssen sie beschummeln und belügen, um die Frau zu retten, die Sie lieben. Vielleicht müssen Sie sie sogar aufgeben. Sind Sie bereit, so weit zu gehen?

»Sie lieben sich. Nicht wahr?« fragte Elias.

»Ja, wir lieben uns. Anfangs war ich fasziniert von Clarisse. Sie ist so… Na ja, es war mehr so sexuell und total wild…«

»Wir müssen nicht ins Detail gehen, Tristan.«

Es machte ihn zwar nicht eifersüchtig, aber er mußte Tristan zeigen, wie viel Clarisse ihm bedeutet hatte und wie schmerzhaft es war, Einzelheiten zu erfahren. Er würde alles verderben, wenn er Tristan die Wahrheit sagte, wenn er zugab, wie fremd ihm diese Frau war und immer gewesen ist.

»Aber jetzt lieben wir uns wirklich.«

Diese naive Art, sich auszudrücken, rührte Elias. Tristans Lippen zitterten vor echtem Gefühl und sein Blick beeindruckte Elias durch seine Reinheit. Tristan war verliebt, daran war kein Zweifel. Und Elias wußte, daß er dieses Gefühl für Clarisse nie empfunden hatte.

»Sie hat meine Wohnung verwüstet. Das heißt doch, es geht ihr schlecht. Oder?«

»Ja«, murmelte Elias. Die Erinnerung an vergleichbare Szenen drängte sich auf. Das hieß allerdings, es ging ihr schlecht.

»Man muß doch etwas unternehmen. Sie muß aufhören zu trinken.«

Elias beantwortete Tristans letzte Sätze erst einmal mit Schweigen. Tristan war übervoll an gutem Willen und Zärtlichkeit. Der Arme würde leiden. Er würde gute Gelegenheiten haben, zu beweisen, wie sehr er Clarisse liebte. Langsam verstand er seine Hilflosigkeit besser. Es war Tristan keineswegs peinlich, mit einer Frau zu schlafen, die bereits in einer Beziehung steckte. Sein gehetzter Blick, den er so oft niederschlug, die Nuscheleien, sie deuteten auf etwas anderes: Er sprach vermutlich zum allerersten Mal überhaupt über diese neue Liebesbeziehung.

»Wir kriegen das schon hin, Tristan«, sagte Elias und legte die Hand auf seine Schulter. »Aber Sie müssen zuallererst verstehen, wie unglaublich schwierig es ist, mit dem Trinken aufzuhören.«

Wenn er Clarisse zu den Treffen der Anonymen Alkoholiker begleitet hatte, hatten sie Leute getroffen, die den größten Teil ihres Lebens damit zugebracht hatten, das Trinken aufzugeben. Ein Mann, der alle Zähne verloren hatte und die Augen kaum noch auseinander bekam, hatte ihm einmal zugeraunt: »Wissen Sie, in einer Flasche Schnaps sind eine Menge Sachen, die nicht auf dem Etikett stehen. Da ist zum Beispiel ein breites Lächeln drin. Ich weiß nicht, wie die das da reinkriegen, aber da ist dieses Lächeln drin.«

»Und zwar deshalb, weil Alkohol die Lösung für alles ist, Tristan«, sagte Elias und leerte seinen Fruchtsaft. Die Eiswürfel klimperten gegen seine Zähne. »Alkohol ist die Lösung für alles.«

Elias ließ Tristan angemessen gegen die Einladung protestieren, damit er nicht in seinem Stolz gekränkt war, und bestand dann doch darauf, die Rechnung zu bezahlen. Sie schüttelten sich die Hände wie alte Kameraden, die den gleichen Krieg und die gleiche Frau erlebt haben.

Tristan war voller Euphorie. Er hatte seine Aufgabe erfüllt und eine schwierige Situation gemeistert. Jetzt würde alles wieder ins Lot kommen, davon war er überzeugt. Zuversichtlich lief er durch den Regen. Das Gespräch mit Elias hatte seine Verzweiflung vom Vorabend weggewischt. Als ob er Absolution und Segen nach der Beichte erhalten hätte. Nichts schien mehr unmöglich. Er hatte die zerschlagenen Teller und die Tränen vergessen, die Flasche in Clarisses Hand und ihren auf die Knie gesunkenen Kopf.

Er stieg in den Bus Richtung Oberkampf. Er hatte Angst vor Elias' Zorn gehabt. Dann, als nichts kam, hatte ihn dessen Gleichgültigkeit beunruhigt. Aber jetzt waren seine Zweifel beseitigt. Tristan hatte es sich mit diesem einflußreichen Produzenten wider Erwarten nicht verscherzt. Besser noch: Der hatte ihm einen Job versprochen. Er hielt den Zettel mit der Nummer eines Kollegen von Elias in der Hand, der eventuell eine Rolle für ihn hatte. Wenn sich doch alle betrogenen Ehemänner so aufführen würden …

Je näher er der Rue Jean-Pierre Timbaud kam, desto mehr verebbte sein Hochgefühl. Er wußte nicht, wie er mit Clarisse umgehen sollte. Sie hatte versprochen, das Abendessen zur Feier des halben Jahres, das sie nun zusammen waren, vorzubereiten. Er konnte sie wohl kaum davon abhalten, etwas zu trinken. Das war ein Ausnahmetag. Ab Morgen würde die Kur dann beginnen. Elias und er würden sich weiter austauschen. Clarisse brauchte das.

Er war Elias gegenüber im Vorteil: Er war gegen den Feind resistent. Er trank nicht und hatte auch nie getrunken. Er würde sich nicht beeindrucken lassen.

In seinem ganzen Leben hatte er nur einmal richtig Angst gehabt. Als er begriffen hatte, wie sehr er Clarisse liebte. Er fühlte sich überfordert.

Er hatte sie bei Dreharbeiten kennengelernt, während Elias sich mit dem Regisseur unterhielt. Er fand sie so unbeschreiblich schön mit ihrem Strahlenkranz aus blonden Haaren. Ihr in die Augen zu sehen war wie Achterbahn fahren. Er hatte geglaubt, sie sei Schauspielerin. Das hätte genausogut eine kurze Begegnung ohne die geringste Konsequenz bleiben können. Es ist schon verrückt. Man schläft mit einer Frau, weil sie so wahnsinnig sexy ist, und dann stellt man fest, sie fehlt einem nicht nur im Bett, sondern auch in der Seele. Und schon erwischt man sich bei Gedanken über Familie und Kinder. Scheiße. Damit hatte er nicht gerechnet.

Er fand Elias sympathisch. Elias sah gut aus und war ganz schön arrogant, aber trotzdem konnte er einem leid tun. Noch nie hatte er jemanden getroffen, der ihm so verloren und allein vorkam.

Tristan hatte Clarisse nichts von seinem Anruf bei Elias erzählt.

Von Anfang an hatte sie ihm nur Schmeichelhaftes über Elias erzählt.

Tristan verstand, warum sie geglaubt hatte, Elias zu lieben. Sie war krank und verloren. Plötzlich taucht ein Mann auf und will dich retten. Du glaubst, ihn zu lieben. Das ist doch logisch. Schon aus Dankbarkeit und Zuneigung. Aber Elias blieb ihm ein Rätsel. Tristan konnte sich zwar vorstellen, wie man sechs Jahre mit jemandem zusammenbleibt, ohne ihn zu lieben. Einfach weil es praktisch ist, oder aus Respekt und Gewohnheit. Aber sechs Jahre mit jemandem wie Clarisse? Mit all den Krisen? Das konnte er nicht glauben. Da mußte man schon einen verdammt guten Grund haben. Das paßte irgendwie nicht zusammen.

Auch wenn Clarisse behauptete, Elias nie geliebt zu haben, war er eifersüchtig. Denn Elias hatte ihr Leben gerettet. Er hatte ihr seinen Leib und seine Seele verschrieben. Als Clarisse wieder zur Flasche griff, dachte Tristan sofort, das ist die Gelegenheit, es besser zu machen als dieser Mann, der sie nicht geliebt hat. Ihr Rückfall war seine Chance. Er würde sie retten, aber diesmal vollständig und endgültig.

Arden Gaste lag das Projekt *Margot Lazarus* persönlich am Herzen. Der alte Spürhund hatte Witterung aufgenommen, und nun ließ er nicht locker. Die Memos häuften sich auf Maries Schreibtisch. Die Nachrichten der Assistentin überschwemmten Elias' Anrufbeantworter, aber seit dem Treffen mit Margot hatte er die schwarze Mappe nicht angerührt.

Jeder Tag hat vierzehn Stunden, die man irgendwie rumkriegen muß. Es gab genug zu tun. Alle Welt will sich mit einem Produzenten treffen. Elias' Zeit schien zwischen Mittagessen und Außenterminen zu verpuffen. Er hörte seinen Gesprächspartnern zu und nickte. Ihre Geschichen und Ideen füllten ihn aus. Richtig eingesetzt sind menschliche Wesen eine Droge. Man kann sich an banalen Gesprächen besaufen.

Zwischen den verschiedenen Terminen stürzte sich Elias in sinnlose Beschäftigungen, damit seine Finger ja nicht in die Verlegenheit kamen, die Aktenmappe links auf seinem Schreibtisch aufzuschlagen.

Wie ein Kind, das sich versteckt, weil es sich um die Hausaufgaben drücken will, fuhr er ins Untergeschoß, um einen kleinen Spaziergang an den Ufern des unterirdischen Sees zu unternehmen. Früher oder später würde er schon darüber nachdenken, welchen fünf oder sechs Drehbuchautoren und Regisseuren er die Sache vorstellen sollte. Er würde ihnen eine Kopie des Dossiers über Margot Lazarus schicken und abwarten, ob sich einer von ihnen inspiriert fühlte, diese Materialsammlung zu einer zusammenhängenden Geschichte zu machen. Er würde das Gerücht streuen, ein neuer Film sei in Vorbereitung, um noch mehr Interessierte anzulocken. Das Telefon würde klingeln, Männer und

Frauen würden sich in familiärem Ton vorstellen. Er würde sie treffen, und wenn er die verschiedenen Sichtweisen erwogen hätte, würde er entscheiden, welchem Regisseur er das Baby anvertraute. Er würde zusammen mit dem Auserwählten eine Hauptdarstellerin suchen. Arden Gaste würde seine blauen Augen etwa dreißig Sekunden auf dem Projekt ruhen lassen und dann die Höhe des Budgets in Millionen Euro verkünden. Die riesige Maschinerie würde sich in Gang setzen.

Als Elias Darius die Firma gezeigt hatte, war der sprachlos angesichts der Summen, die hier über den Tisch gingen. Unter dem Eindruck, gerade den Tresorraum einer Bank betreten zu haben, warf er Elias einen halb bewundernden, halb enttäuschten Blick zu, was soviel besagen sollte wie bravo, du bist in einer Bank, aber nicht, um sie auszurauben, sondern um als Banker zu arbeiten. Einen Augenblick lang hatte sich Elias für seinen Maßanzug geschämt. War es das, was er immer gewollt hatte?

In einer früheren Phase seines Lebens, die nun schon weit zurücklag, also vor genau sechs Tagen, hätte er die Herkulesarbeit der Vorbereitung eines Films mit einem Lächeln auf sich genommen. Aber die Schläge waren einfach zu zahlreich gewesen. Unmöglich, mit Margot Lazarus zu arbeiten. Er konnte doch keinen Film über ihr Leben machen und ihre Verzweiflung in dieser Form ausnutzen. Er konnte keinen Schauspieler engagieren, der die Rolle ihres Liebhabers spielen sollte, und dann zusehen, wie der den Klon von Margot küßte. Er konnte unmöglich nach Tabletten und Rasierklingen suchen, die sich besonders gut auf der großen Leinwand machten.

Aber als er sich dabei erwischte, wie er Büroklammern nach Formen und Farben sortierte, nahm er schließlich doch den Hörer ab und wählte ihre Nummer, weil er ihr sagen wollte, vergessen Sie, was ich Ihnen vorgeschlagen habe, vergessen Sie den Film. Was kümmerte ihn Arden Gaste? Was kümmerte ihn seine Karriere? Er wollte sie nicht wiedersehen. Weil er die Vorstellung nicht ertrug, mit ihr Einzelheiten des Vertrags zu besprechen, sie auf ein Glas irgendwohin einzuladen oder später zu den Dreharbeiten mitzunehmen. Er hielt es nicht nah bei ihr aus, weil sein Herz zu heftig in seiner Brust wummerte. Wenn er derzeit etwas nicht gebrauchen konnte, dann war es das wilde Pulsieren des Lebens in seinen Adern.

Marie hatte ihm die Romane von Margot auf den Schreibtisch gelegt. Er hatte sie gleich in seinen Safe weggeschlossen. Er wollte gar nicht erst damit anfangen, autobiographische Elemente aus den fiktionalen Texten herauszulesen. In jeder männlichen Romanfigur hätte er einen ihrer Liebhaber gesehen. Das hätte er nicht ertragen.

Es war besetzt. Sie telefonierte. Sicher mit einem Mann. Ihrem Liebhaber wahrscheinlich. Sie verabredeten sich gerade für ein erotisches Stelldichein. Elias legte auf und wählte erneut. Immer noch besetzt. Ohne sich die Jacke anzuziehen, stürzte er aus dem Büro, erfüllt von rasender Eifersucht.

Als seine Erregung sich etwas gelegt hatte, bat er den Taxifahrer, an der Metrostation Barbès anzuhalten. Er mußte sich erst einmal beruhigen und ein wenig darüber nachdenken, was er Margot sagen sollte. Die oberirdische Metrolinie verdunkelte den Himmel über ihm. Männer und Frauen, Eckensteher und Arbeiter, Studenten und Arbeitslose suchten unter den Gleisen Schutz vor dem Regen. Vor dem Zeitungskiosk, am Crêpestand und vor dem Drehkreuz des Metroeingangs war das Gedränge besonders groß.

Er ließ das Kaufhaus *Tati* hinter sich und ging den Boulevard hoch. Die Wohnung von Darius und seine alte Wohnung in der Rue de Léon befanden sich um die Ecke. Zum ersten Mal fiel Elias nicht nur die Armut des Viertels auf, sondern auch wie belebt und bunt es war, wie viele Sprachen und Nationalitäten hier vertreten waren.

Der Regen hatte die Passanten nicht vertreiben können. Ein Händler hatte seine Waren, Koffer, Taschen und Schrankkoffer auf dem Bürgersteig ausgebreitet. Die Auslage erinnerte an die Ankunft der Einwanderer oder ihre Ferien in den Heimatländern. Viele Bewohner der Straßen in der Goutte d'Or kamen aus Afrika oder Asien.

Neben der Metrostation Château Rouge versteckten sich Dejean-Markt-Stände unter Markisen und Abdeckplanen. Barrakudas, Makrelen, Bonitos und Maifische wurden hier eingewickelt in Plastiktüten verkauft. Die Schuppen der Rotbarben glitzerten in den schwarzen Händen der Verkäufer. Thunfischflossen flappten träge im Wind. In der Rue Poulet, die wie immer verstopft war, verkauften Frauen an improvisierten Ständen auf den Motorhauben der geparkten Autos Kleider. In den Halal-Metzgereien, die gerammelt voll mit Kunden waren, wurden unglaubliche Mengen Fleisch zu unschlagbaren Preisen unters Volk gebracht. Die Auslagen der Stoffgeschäfte waren voller Rollen in den lebhaftesten Farben und Mustern. Säcke mit Gewürzen, getrockneten Hülsenfrüchten oder Couscous, Kisten mit Kochbananen und Jamswurzeln quollen aus den Lebensmittelgeschäften auf die Bürgersteige. Auf den Treppen zur Metro verteilten Männer Werbekarten für wundertätige Marabus und Restaurantprospekte. Kleine Männergrüppchen standen plaudernd am Straßenrand. Die Polizisten daneben lehnten an ihrem Streifenwagen und langweilten sich.

Passanten, die einfach die Straße überquerten, obwohl die Autos grün hatten, zogen ein wütendes Hupkonzert auf sich. Elias war umgeben von fremden Sprachen und dem Geruch nach geröstetem Mais. Die ganze Vielfalt des Lebens schien sich hier vor seinen Augen abzuspielen. Gerne hätte er daran teilgenommen, aber er wußte nicht wie. Ein Geruch wie in den Straßen von Colombo stieg aus einem Antillenrestaurant. Er überquerte den Boulevard, nahm die Rue Custine und bog in die Rue Clignancourt ein.

Er konnte sich noch erinnern, wie oft er diese Straße entlanggegangen war, um für die Prüfungen in der Bibliothek Clignancourt zu lernen. Er hatte während seines Jurastudiums hier in der Nähe im dreizehnten Arrondissement gelebt. Aber er hatte nie Zeit gehabt, durch die Straßen zu schlendern. Zu Studienzeiten waren alle Straßen für ihn Gerichtssäle, Geschäfte Sicherheitsverwahrungen, Bäume waren die nächsthöheren Instanzen, und Passanten entsprachen den verschiedenen Paragraphen im Zivilrecht, Strafrecht und Wirtschaftsrecht. Er wollte keine andere Umgebung. Er hatte sich für Jura entschieden, weil man sich so am besten lebend begraben und dabei noch Eloquenz, Konzentration und Gewissenhaftigkeit üben konnte.

Sein Finger drückte auf den Knopf der Gegensprechanlage. Das Haus, in dem Margot wohnte, war grau von Abgasen, aber es wirkte vor allem wegen der vielen mit Hohlblocksteinen zugemauerten oder mit verschimmeltem Molton verhängten Fenster abweisend. Ein Fahrrad rostete am Türpfosten vor sich hin. Hier schien niemand mehr wohnen zu können. Fenster waren mit langen Streifen braunem Klebeband isoliert, dreckige Gardinen hingen vor nackten Glühbirnen.

»Ich wollte Sie sprechen«, sagte plötzlich eine Frauenstimme hinter ihm.

Er drehte sich um. Margot stieg mit ihren Einkaufstüten die wenigen Stufen hoch, die zum schmalen Vorplatz des Hauses führten. Sie trug einen grünen Rock. Ihre mit Haarklammern zusammengehaltenen Haare klebten regennaß im Gesicht.

»Nein. Ich wollte Sie sprechen.«

»Sie wollten mich sprechen?«

»Wir wollten uns sprechen.«

Das unmittelbare, heimliche Einverständnis zwischen ihnen war schon beängstigend. Er wollte unbedingt in dem vertraulichen Ton weitermachen, der durch ihre so ähnliche Gabe zur Konversation entstand. Ich muß aufpassen, dachte Elias. Nachher lasse ich mir noch die heimlichen Vorwürfe anmerken, die ich dir mache. Er blickte zu Boden.

Margot lud ihn nicht ein, die acht Etagen zu ihr hochzusteigen und dort etwas zu trinken. Sie stellte ihre Einkaufstasche auch nicht ab. Sie blieben im Regen voreinander stehen. Die Sintflut betraf sie nicht.

Elias warf einen schnellen Blick auf die Lebensmittel in der Plastiktüte und war erleichtert, Hinweise zu finden, daß sie vermutlich allein lebte. Kein Rasierschaum, kein Bier, also auch kein Mann.

Weil er nicht wußte, wo er anfangen sollte, um ihr das mitzuteilen, was er selbst noch nicht in Worte gefaßt hatte, entschied er sich, direkt zur Sache zu kommen. Es hatte keinen Sinn, sie auf einen Kaffee in der Bar gegenüber einzuladen. Es war dringend. Jederzeit konnte das Telefon klingeln oder ein Mann auftauchen.

»Ich schlage Ihnen einfach eine wahnsinnige Summe vor, die Sie natürlich ablehnen.«

»Ich brauche aber, glaube ich, eine wahnsinnige Summe«, sagte Margot irritiert. Sie hatte eigentlich eine andere Erklärung erwartet.

»Niemand braucht eine wahnsinnige Summe.«

»Guten Tag, übrigens.«

Sie schüttelten ihre nassen, kalten Hände. Als seine Finger sich auf die Hand von Margot legten, fühlte sich Elias wie eine Spezies, die gerade neu in der Natur entstand. Wenn er diese Hand länger streicheln würde, wäre er kein Mensch mehr, sondern ein ganz anderes Wesen, das keine Angst mehr vor seinen Gespenstern und dem Tod hat.

»Guten Tag«, sagte er. Er wischte sich den Regen von der Stirn. »Ich habe Sie angerufen, aber da war ständig besetzt.«

»Ach so. Wenn ich einkaufen gehe, lege ich immer den Hörer neben das Telefon. Die Vorstellung, es klingelt in einer leeren Wohnung vor sich hin, macht mir Angst. Haben Sie sich wegen mir Sorgen gemacht?«

»Nein. Das nicht. Ich habe mir keine Sorgen gemacht. Ich wollte Sie nur sprechen.«

Sie waren gar nicht auseinandergegangen beim letzten Mal. Die drei Tage, die Stadt, seine Betriebsamkeit waren reine Einbildung gewesen.

Als er zu ihr ging, hatte er sich noch vorgenommen, sie nicht schön zu finden und ihr zu widerstehen. Wie ein Mantra hatte er sich ihre Makel immer wieder vorgebetet. Der gute Vorsatz hatte nicht lange gehalten.

Ihr Atem und das Stocken in ihrer Stimme waren sein Rhythmus. Sogar ihre ungeschickten Bewegungen bekamen einen Sinn und wurden schön. Und plötzlich war nicht mehr Margot linkisch, sondern die Luft, ja die Welt hatte einen Baufehler: Sie gab einfach nicht genug nach, um sich Margots Bewegungen anzupassen.

Er hätte sie lieber still und leise geliebt. Aber seine Gefühle waren heftig. Er wunderte sich über die Eifersucht, die ihn erfaßt hatte. Es war gar nicht seine Art, so besitzergreifend zu sein. Direkt auf die Eifersucht folgte das schlechte Gewissen. Er hatte mit Clara Hovi geschlafen und nun den Eindruck, Margot mit ihr betrogen zu haben. Er verdiente es nicht, sich in sie zu verlieben. Er hatte sie betrogen. Er würde sich das nie verzeihen. Alles hatte er verdorben.

Sein Hemd klebte an der Haut. Elias erinnerte sich daran, daß er sein Jackett hatte liegen lassen. Margot hatte zu seiner Bekleidung kein Wort verloren. Vielleicht war ihr das egal. Vielleicht erriet sie den Grund. Sie fuhren fort, sich über Nebensächlichkeiten zu unterhalten, was ihnen erlaubte, heiklere Fragen auszuklammern.

»Warum soll ich das Geld zurückweisen?«

»Ihre Geschichte wird von denen verraten und verkauft.«

»Wer sind ›die‹? Sie wollen wohl sagen ›von mir‹?«

»Also gut. Ihre Geschichte wird von uns verraten und verkauft werden. Deshalb müssen Sie ablehnen.«

Wie arrogant, dachte Elias. War das eine Warnung oder ein Befehl? Er sah sich noch einmal die vernagelten Fenster dieses altersschwachen Gebäudes an und fragte sich, mit welchem Recht er forderte, sie solle auf eine Möglichkeit verzichten, ihre Lebensbedingungen entscheidend zu verbessern.

»Sie wecken meinen Widerspruchsgeist«, sagte Margot. »Sagen Sie mir nicht, was ich tun und lassen soll.«

Zu Recht gefiel ihr sein Tonfall nicht. Sein Blick wurde milder. Elias erinnerte sich an das erste Treffen, ihre teils heftigen Wortwechsel. Sie hatten ein ziemliches Talent, sich zu zanken. Wirklich ein komisches Spiel: Sobald einer auf den anderen zuging, zog sich der andere zurück oder legte Steine in den Weg.

»Macht aber nichts«, beruhigte sie ihn.

»Doch, allerdings. Entschuldigung.«

»Ich vertraue Ihnen. Sie werden schon was Vernünftiges draus machen.«

»An Ihrer Stelle wäre ich vorsichtiger«, sagte Elias. »Sie sollten mir nicht vertrauen. Ich werde das machen, was man bei uns einen guten Job nennt. Eine alte Angewohnheit von mir. Und wenn ich einen guten Job mache, dann heißt das, vermutlich wird Ihre Geschichte verraten und verkauft.«

Er wußte schon, wie das laufen würde. Nur der Film zählte. Man würde auf die Wahrheit keinerlei Rücksicht nehmen, egal ob Margot moralisch im Recht war oder nicht. Ihre Geschichte würde aufgeschrieben, korrigiert und neu geschrieben, man würde komische Szenen und eine romantische Liebesgeschichte einbauen. Man würde sie drehen und dann den Zuschauern vorsetzen, und die Bühnenbilder würden danach im Untergeschoß des Gebäudes landen und verstauben. Sie würde plötzlich zum Gegenstand öffentlicher Diskussionen und beliebter Gast in Talkshows werden. Er wollte ihr Leben nicht dem modernen Feuilleton ausliefern. Er wollte sie für sich alleine, für seine Arme, seine Lippen, seine Augen, seine Zunge, seine Hand, für seine Nächte und für seine Frühstücke am Morgen.

»Das wäre doch wenigstens eine Erfahrung. Schriftsteller funktionieren so. Sie machen einen schweren Fehler, kriegen darüber Depressionen, sammeln die Eindrücke und machen daraus ein Buch.«

»Sie wollen wirklich, daß der Film gemacht wird?«

»Ich will diesen Scheck.«

»Arbeiten Sie denn nicht? Ich dachte, Sie hätten eine Beschäftigung, von der Sie leben?«

Bei dieser Frage rümpfte Margot die Nase. Sie mochte es nicht, wenn ihre Leidenschaft als Hobby eingeschätzt wurde, das klang verächtlich. Wenn Elias einen denkbar schlechten Eindruck hinterlassen wollte, war ihm das gelungen. Er wußte schon, was sie sagen würde.

»Ich lebe von meiner Schriftstellerei.«

»Und wie zahlen Sie ihre Miete und Rechnungen?«

»Ich übersetze Gebrauchsanweisungen für Elektrogeräte aus dem Japanischen ins Französische.«

»Sie sprechen Japanisch?«

»Nein.«

»Das ist aber blöd. Wie machen Sie das dann?«

»Ich denke mir was aus. Normalerweise liest doch eh keiner Gebrauchsanweisungen.«

Die Antworten von Margot waren wie Wunderkerzen. Eine Lawine konnte sie verschütten. Solange sie weiterredete, würde er nicht erfrieren.

»Ich nehme an, Ihnen ist nicht klar, was Sie damit anrichten können.«

»Sie sind ganz schön ängstlich.«

Natürlich war er voller Angst. Sie war das Projekt *Margot Lazarus.* Es bestand zwar nicht die Gefahr, sie mit der zwei Zentimeter dicken schwarzen Mappe mit dem weißen Etikett zu verwechseln. Aber wenn sie zusagte, würde sie in den Nebeln der literarischen Fiktion für immer verschwinden. Eine Schauspielerin würde ihre Rolle spielen, ihre Sätze sagen und ihr Gesicht sein. Eine schönere und ganz sicher dünnere, größere Schauspielerin mit aufgeworfenen Lippen. Er wußte, er würde sie verlieren.

»Ich werde keinen Pakt mit dem Teufel schließen«, fügte Margot hinzu. Sie schniefte, Wasser tropfte ihr von der Nase.

»Das ist viel schlimmer. Der Teufel glaubt wenigstens an Ihre Seele. Vertrauen Sie mir.«

»Warum soll ich Ihnen vertrauen? Ich kenne Sie doch gar nicht.«

»Da haben wir ja was gemeinsam.«

Das Gespräch war anstrengend. Bei der frischen Luft und dem Regen hätte ihm eigentlich nicht so warm sein dürfen. Es gab alles:

Magie, Spezialeffekte, gute Dialoge und Überblendungen, dabei war das doch kein Film, sondern das Leben. Elias war auf einmal nicht mehr sicher, ob er den Mut und die Kraft für diese Liebe und Leidenschaft hatte. Er konnte hier nicht per Walkie-talkie Tausende von Rosenblättern anfordern, um sie über Margot auszuschütten, oder eine Flasche Champagner mit zwei Gläsern bestellen. Es wäre das einfachste gewesen, der Firma ihren Willen zu lassen. Sollten sie sich am Leben von Margot bedienen. Das würde schon ein guter Film werden, und Margot könnte endlich in einem Haus wohnen, in dem die Fenster nicht vernagelt waren. Das war die vernünftigste Lösung, doch er sträubte sich dagegen, das Geheimnis dieser Frau, das er in seinem Herzen trug, mit der ganzen Welt zu teilen.

Vielleicht sollte er wirklich von sich erzählen. Sie kannte ihn nicht. Leute stellen sich einander vor, wenn sie sich begegnen. Sie breiten ihr Leben voreinander aus. Aber was macht man, wenn man nichts Schönes zu erzählen und Angst hat, die Gesprächspartnerin mit der Last des eigenen Unglücks zu erdrücken?

»Mir geht's gerade nicht so gut.«

Scheiße, schlechter Anfang. Sie sollte nicht glauben, er sei so ein Typ, der dringend Hilfe braucht. Du trittst wirklich in jeden Fettnapf, Elias! Wenn man jemanden trifft, muß man seine Vergangenheit herausputzen, wie ein Bestatter, der Leichen einbalsamiert und noch die schlimmste Schramme wegbekommt. Man schönt ein bißchen hier und da.

»Warum?«

»Um es kurz zusammenzufassen«, sagte Elias leichthin, »meine Freundin hat mich vor ein paar Tagen verlassen, nachdem sie mich ein halbes Jahr lang betrogen hat. Ein Freund hat mir das Gesicht demoliert, ein anderer hat mich daraufhin in die Pfanne gehauen, während seine Frau versucht hat, mit mir zu schlafen. Ich habe aufgehört zu rauchen, und ich müßte aufhören zu trinken. Ich will nicht behaupten, daß ich Alkoholiker bin, aber ich trinke zuviel. Mit einem Wort: Das ist wirklich keine gute Woche für mich.«

Kein gutes Jahr, eigentlich kein gutes Leben. Elias lächelte, um den furchtbaren Eindruck gleich wieder auszulöschen, den er mit seiner Beschreibung vermutlich hinterlassen hatte. Er lächelte auch, weil er die Beschreibung seines Unglücks inzwischen witzig fand. Zum ersten Mal wurde ihm die komische Seite seiner Geschichte bewußt. Margot lächelte zurück. Hinter den Lippen kamen ihre Zähne zum Vorschein.

Sie waren beide völlig durchnäßt. Das Wasser stand inzwischen in den Einkaufstüten. Margot hielt zwei Aquarien in den Händen. Ein Glas Gurken und eine Sardinendose schwammen darin herum.

»Da kann ich mithalten. Meine Mutter ist verrückt geworden, und mein Vater wird bald sterben.«

Sie hatte das wie einen Witz erzählt, in den sich Schmerz und Ironie mischten. Als wollte sie sein Unglück übertrumpfen. Elias erinnerte sich daran, daß sie beim ersten Treffen behauptet hatte, ihre Eltern seien gestorben.

»Nicht schlecht«, sagte Elias. Er versuchte die Gefühle zu überspielen, die seinen Bauch zusammenkrampften.

»Ja, ich kann mithalten. Mein Leben ist wirklich furchtbar.«

Sie lächelte, Grübchen erschienen in den Mundwinkeln. Der nasse Rock und die Einkaufstaschen begannen offenbar, schwer zu werden. Sie verlor kurz das Gleichgewicht und trat mitten in eine Pfütze. Ihr Gesicht glänzte vor Nässe. Sie schob die verklebten Haare aus den Augen.

»Ich glaube, mir geht es total schlecht«, fügte sie hinzu. »Meine Liebesgeschichten gehen alle den Bach runter. Durchschnittliche Dauer ist gerade mal eine Woche. Das ist doch wirklich ergreifend, oder?«

»Sie haben das Problem mit dem Selbstmord vergessen«, fügte Elias aufmunternd hinzu.

»Danke, daß Sie mich daran erinnern. Aber ich laß das, glaube ich. Der Tod ist eine zu einsame Beschäftigung.«

Der familiäre Ton war zurückgekehrt. Sie konnten über alles reden, immer herrschte sofort dieses Einverständnis, weil sich alles zwischen den Zeilen abspielte. Sie hätten sich ein Lexikon vorlesen können, man hätte ihre Zuneigung am Tonfall und an den Pausen zwischen den Sätzen spüren können. Eiskaltes Wasser lief Elias den Rücken hinunter.

»Ich glaube, es wäre keine gute Idee, uns noch mal zu treffen«, sagte Margot.

»Das stimmt. Bei den vielen Problemen, die wir beide haben, tut uns das beiden nicht gut.«

»Es gibt schon genug Kriege und Katastrophen auf der Welt. Dem ist nichts hinzuzufügen.«

Sie sahen sich an. Sie hatten diese vernünftigen Sätze in der Hoffnung ausgetauscht, die Situation zu klären, aber sie konnten ihre Blicke nicht voneinander lösen. Elias war froh um den Regen, der seine Tränen verbarg.

»Wenn Sie den Vertrag unterschreiben«, sagte er, »dann werden Sie mich hassen, weil Sie solche Sachen ganz sicher nie machen wollten. Sie haben selbst gesagt, Sie würden mich verachten. Es wäre mir aber nicht recht, wenn Sie mich nicht leiden könnten.«

Er ließ Margot keine Zeit zu reagieren, sondern ging schnell an ihr vorbei die Treppe herunter und verschwand hinter der nächsten Straßenecke. Auf seine Art hatte er ihr ein erstes Liebesgeständnis gemacht.

Die Terrasse des Café *Le Bastille* war ein idealer Beobachtungsposten, weil sie rundum mit schützender Plane verhängt war und von einem Ofen einigermaßen beheizt wurde. Elias setzte seine Tasse ab und befühlte seine Wunden. Gegen Mittag hatte er die Schmerzen nicht mehr ausgehalten und war in die Apotheke Ecke Rue Doudeauville und Boulevard Barbès gegangen. Ein Wachmann hatte neben dem Tresen gestanden. Der Apotheker hatte ihm Wundcreme, Kortison, Verbandszeug und Schmerzmittel gegeben. Der Kauf der Medikamente allein hatte seine Schmerzen schon gelindert. Der Spaziergang, die Kälte und das traurige Schauspiel der Prostituierten hatten ihm gut getan. Er hatte die Medikamente unbenutzt in den Badezimmerschrank geräumt.

Nach vier Nächten auf dem Klappsofa in Darius' Wohnzimmer dachte er ernsthaft darüber nach, in der Rue Montorgeuil seine Sachen endgültig zusammenzuraffen und umzuziehen. Nach der Nacht mit Clara war er nicht mehr dort gewesen.

Wenn er nun auf einer zugigen Terrasse saß und fror, dann hing das mit einer Nachricht von Zoë auf dem Anrufbeantworter zusammen, die er vor einer Stunde abgehört hatte. Sie hatte das Vorsprechen in den Sand gesetzt und teilte ihm diese schlechte Neuigkeit in gezwungen guter Laune und hörbar betrunken mit. Er sah sie vor sich, wie sie in ihrer kleinen Wohnung an die Heizung gelehnt am Fenster stand, ein Glas Wein in der Hand, und verzweifelt auf eine Rolle und die Liebe eines verheirateten Mannes hoffte und sich gleichzeitig für diese Schwäche haßte, die ihr Laune und Teint verdarb.

Nach acht oder neun Jahren des Unglücklichseins setzt man sich auf das Fensterbrett seiner Wohnung und sagt sich, das reicht jetzt, man hat für sein Leben genug gehabt. Das hört jetzt auf. Aber es gibt kein Genug. Das Leben interessiert sich nicht für die Schmerzgrenzen der Leidensfähigkeit. Man ist verblüfft, wenn sich weiteres Unglück ungefragt zu dem bisherigen dazugesellt. Man sagt sich, das kann doch nicht wahr sein! Warum? Aber auch das hält man wieder aus, und eines Tages wacht man auf und weiß plötzlich, man hat nie gelebt, man hat nur die Faust geballt und weitergemacht. Manchmal ist es regelrecht beängstigend, wie zäh wir sein können. Es ist ungeheuerlich, was wir alles überleben.

Arme Zoë, murmelte er immer wieder vor sich hin. Arme Zoë.

Die Kleider von Darius entsprachen nicht seiner Vorstellung von Eleganz, aber sie wärmten. Er schloß den gefütterten Mantel aus Schafswolle und rückte seine Mütze aus Kaninchenfell zurecht.

Nacht und Regen stritten auf der Place de la Bastille um die Vorherrschaft. Die Scheinwerfer der Autos verschwanden schnell. Die Säule in der Mitte sah aus wie ein Leuchtturm, von dessen Spitze die Löwenköpfe und der bronzene »Genius der Freiheit« von Augustin Dumont Paris bewachen.

Elias munterte der Gedanke an die Sänger und Musiker auf, die gerade im neuen Opernhaus arbeiteten. Ein Plakat kündigte das Saisonprogramm an. Poetische Namen von Opern, Balletts und Konzerten verzauberten ihn. Er hatte vieles von dem, was Paris zu bieten hatte, bislang einfach ignoriert, weil er an Theatern, Konzertsälen, Museen und Ausstellungen vorbeigegangen war, als wäre Paris nur eine Filmkulisse.

Er hatte oft genug Zoës Klagen gehört und mit der Zeit eine Menge Informationen über den Mann gesammelt, der ihr Herz höher schlagen ließ. Dem ersten Anschein nach war er ein guter Mensch. Verheiratet, Vater von drei Kindern, Rechtsanwalt in einer Kanzlei, die sich für die Rechte von Immigranten einsetzte. Er wohnte am Boulevard Beaumarchais in einer Wohnung, die er geerbt hatte. Seine Frau war Pressesprecherin des Institut du Monde Arabe. Er hieß Richard. Was für ein hassenswerter Vorname, dachte Elias. Der klang nach doppeltem Windsorknoten, oder etwa nicht? Am besten gleich nach festgeknöpftem italienischem Kragen und Hosenträgern. Gute Entscheidung, den Mann zu hassen. Elias sammelte belastendes Material, selbst trivialste Kleinigkeiten.

Wie jeden Mittwochabend beim Treffen der Menschenrechtsorganisation, die er leitete, trug Richard seinen grauen Anzug mit der roten Krawatte. Er kam aus der Metro, den kleinen kalbsledernen Aktenkoffer in der Hand. Freundlich lächelte er den Passanten zu. Elias fand gleich noch ein zusätzliches belastendes Indiz. Dieser Mann, der Zoë unglücklich machte und eine rote Krawatte trug, fuhr mit der Metro, obwohl er offensichtlich genug Geld hatte, ein Taxi zu bezahlen. Er schien es zu genießen, den Armen mit herablassendem Mitleid dabei zuzusehen, wie sie vor Müdigkeit zusammenbrachen. Er war sicher einer von jenen hassenswerten Fahrgästen, die eine Obdachlosenzeitung kaufen und mit einem großzügigen »hier, guter Mann, behalten Sie das Geld« bezahlen. Einfach ekelhaft!

Elias beobachtete ihn nun schon seit einer Stunde von der Terrasse des *Le Bastille* aus. Die sechs Kaffeetassen bildeten inzwischen einen kleinen Kreis auf dem Tisch. Er hatte seit heute früh nicht einen Tropfen Alkohol getrunken und kam überraschend gut ohne den gewohnten Äthylpegel zurecht. Seit er hier auf dem Ansitz saß, waren ihm nur glückliche Leute untergekommen: Ein küssendes Paar, eine Familie, die sich ein Eis teilte, auf dem sich Sahne mit bunten Schokostreuseln türmte. Das Glück anderer Leute war einfach unerträglich. Glücklichen Leuten sollte der Aufenthalt in der Öffentlichkeit untersagt werden. Ihre Wirkung für die menschliche Gesundheit ist wesentlich gefährlicher als die von Zigaretten.

Er sah Richard hinterher, der am Café vorbeiging. Elias' Entschluß stand fest. Seine Wut und seine Schmerzen hatten sich gegenseitig hochgeschaukelt.

Man darf keine Nachsicht haben mit Schönrednern und Feiglingen. Weil unsere Seelen zerbrechlich und zart sind, müssen wir besonders unbarmherzig sein zu denen, die damit spielen.

Nachdem er Margot vor ihrem Haus stehengelassen und die Nachricht von Zoë abgehört hatte, packte ihn plötzlich der Tatendrang. Er konnte nicht einfach so weitermachen und zusehen, wie sein Leben und das seiner Freunde in Stücke gerissen wurde. Er hatte das Bedürfnis, ein starkes Gefühl zu erleben, aber nicht das der Liebe.

Richard mußte für das bezahlen, was er Zoë antat. Aber er würde auch für Caldeira, Victor, Gaste und Clara bezahlen. Er würde für Margot bezahlen.

Elias schob einen Geldschein unter eine der Tassen und überquerte den Boulevard. Als Richard den Eingangscode eingab, baute sich Elias hinter ihm auf und tippte ihm auf die Schulter.

Seit einer Woche hatte der Regen höchstens mal für eine Stunde ausgesetzt. Die Stadtverwaltung hatte wegen der Überschwemmungsgefahr Deiche aus Sandsäcken am Seineufer und am Kanal Saint-Martin gebaut.

Die dicken, glitzernden Tropfen zerstoben beim Aufprall zu tausend Tröpfchen. Ein rotes Auto hatte fast das Taxi gerammt, das ihn zur Firma bringen sollte. Er bat den Fahrer, am Boulevard Magenta anzuhalten. Der rote Wagen hielt ein paar Meter hinter ihnen. Der Warnblinker sollte offenbar eine Panne simulieren. Elias beobachtete den gedrungenen Schatten hinter dem Lenkrad. Die Scheibenwischer wischten das Wasser quietschend von der Windschutzscheibe.

Nach einer Weile stieg Elias aus. Der reißende Bach im Rinnstein überflutete seine Schuhe. Strümpfe und Füße waren im Nu naß. Er ging zu dem roten Fahrzeug. Er fühlte, wie der Regen seinen Rücken herunterlief und aus seinen Haaren tropfte. Als Elias' Gesicht hinter der Scheibe auftauchte, duckte der Detektiv seinen Kopf zwischen die Schultern und sah nach unten. Ein Fotoapparat lag auf dem Beifahrersitz. Elias klopfte mit dem Zeigefinger gegen die Scheibe. Nachdem er eine Plastiktüte über den Fotoapparat gelegt hatte, kurbelte der Detektiv das Fenster herunter.

»Ich glaube, Sie können jetzt aufhören«, sagte Elias und wischte sich mit der Hand die Tropfen aus dem Gesicht. »Das hat doch keinen Zweck.«

Der Detektiv erinnerte sich nur zu gut an die unangenehmen Folgen seiner letzten unfreiwilligen Begegnung mit Darius. Er klammerte sich krampfhaft ans Lenkrad und versuchte gleichzeitig, eine selbstbewußte Pose einzunehmen. Aufgrund seiner mangelnden Erfahrung mit würdigem Auftreten wirkte das nur, als habe er Verstopfung.

»Was halten Sie davon, mit mir einen trinken zu gehen?« fragte Elias. Er mußte mit jemandem reden.

Der Detektiv zögerte, aber der intensive, fordernde Blick von Elias brachte ihn dazu auszusteigen. Wie ein ängstliches Tier registrierte er mit unruhigem Blick das geringste Anzeichen einer herannahenden Gefahr. Er nahm einen Regenschirm aus dem Kofferraum. Auf dem Boulevard Magenta leuchteten die Scheinwerfer wie Kometen in der Nacht. Die Autoreifen wirbelten schlammiges Wasser hoch.

Sie betraten die Bar an der Ecke des Boulevard Strasbourg. Die Nähe zur Gare de l'Est konnte man an der Vielzahl der Koffer ablesen, die auf dem Fußboden standen. Die Reisenden überbrückten die Wartezeit bis zur Abfahrt ihres Zuges mit Kaffeetrinken und Zeitunglesen.

Die Schokocroissants in einem Körbchen auf dem Tresen erinnerten Elias daran, daß er seit gestern abend nichts gegessen hatte. Er nahm sich eins und bestellte dazu einen Croque-monsieur. Sie setzten sich an einen Tisch am Fenster. Elias war seit einer Ewigkeit nicht mehr in so einer Bar gewesen. Das war kein Ort, an den man Schauspieler oder Regisseure einlud. Ein Fernseher unter der Decke übertrug gerade ein Pferderennen. Die Männer an der Theke verfolgten die galoppierenden Pferde, als wären sie selbst die Besitzer. Elias bewegte seine Schuhe auf dem dreckigen, nassen Boden hin und her, um seine vor Kälte tauben Zehen zu wärmen.

Der Kellner brachte ihre Bestellungen. Nachdem der Detektiv an dem heißen Kakao genippt hatte, schob er schüchtern den Aschenbecher zur Seite und legte seine Mappe auf den Tisch. Der Dieselgeruch aus dem Heizöfchen mischte sich mit dem der Getränke. Elias legte seine Hand auf die Aktenmappe.

»Was denken Sie darüber?«

»Wie bitte?«

»Was denken Sie über den Mann, den Sie beschattet haben?«

»Sie meinen, über…«

»… den Mann, den Sie beschattet haben.«

Der Detektiv sah Elias unsicher an und maß die Distanz bis zum Ausgang. Immerhin befand er sich diesmal nicht in einer unbekannten Wohnung in den Fängen eines Psychopathen.

»Ist das ein guter Mensch?« wollte Elias wissen. Die Stimme klang so angegriffen, wie sein Gesicht aussah.

Elias' besorgte Frage flößte dem Detektiv Selbstvertrauen ein. Offenbar war das diesmal keine Falle.

»Das ist nicht ganz einfach zu sagen. Er ist ständig unterwegs, macht alles mögliche, wenn ich das so sagen darf.«

»Was soll er tun?« fuhr Elias mit glänzenden Augen fort. »Was denken Sie?«

In dem Moment, in dem er seine Frage stellte, begriff er, wie absurd es war, von diesem Mann Rat zu erwarten. Was konnte der schon von seinem Leben verstehen?

»Ich weiß nicht so recht«, sagte der Detektiv verlegen.

Elias überließ den Detektiv seinen Betrachtungen der Kakaotasse und öffnete die Mappe. Die Fotos waren auf die linke Seite geheftet. Er sah sich aus Caldeiras Grundstück treten, das Gesicht blutüberströmt. Ein anderes zeigte, wie er Clara Hovi zu ihrem Auto begleitet, ein weiteres ihn und Tristan in der ersten Etage der *Camélia*-Bar. Der Detektiv hatte ihn fotografiert, als er Richard auf die Schulter tippte. Das Foto war unscharf, vermutlich mit einem Teleobjektiv geschossen. Wegen der Gitterstäbe vor dem Eingang erkannte man sein Gesicht nur schlecht. Eine ganze Fotoserie zeigte ihn, wie er Richard in die Mangel nahm. Das waren echte Bürgerkriegsbilder. Elias rieb sich die bandagierten Fingerknöchel seiner rechten Hand. Er legte den Croque-monsieur auf den Teller zurück, stand auf und ging zur Toilette, um sich zu übergeben.

Der Detektiv war unentschlossen. Er konnte jetzt einfach gehen. Es war nicht der letzte Rest Berufsethos, der ihn zurückhielt, sondern die Faszination, die Elias auf ihn ausübte. Dieser Mann verwandelte sich vor seinen Augen in einen anderen Menschen. Er hatte angefangen, einem brillanten und vielbeschäftigten Filmproduzenten nachzuspüren, der mit einer Frau zusammenlebte, die ihn betrog. Mit jedem Schritt, in dem seine Existenz in die Brüche ging, hatte sich dieser Mensch verändert, vielleicht trat er jetzt überhaupt erst in Erscheinung. Er hätte Elias gern an seiner Begeisterung teilhaben lassen. Dieser Auftrag unterschied sich von allen Aufträgen, die er bisher zu erledigen hatte. Normalerweise wollte ein Ehemann oder eine Ehefrau das Doppelleben seines oder ihres Partners kennenlernen, aber nicht das eigene Leben. Sie wollten die noch größeren und beängstigenderen Geheimnisse gar nicht wissen, mit denen eine solche Untersuchung sie konfrontiert hätte. Er wußte nicht mehr, wie oft betrogene Frauen bei ihm Ermittlungen über ihren Mann in Auftrag gegeben hatten, um bloß ja nichts über sich selbst zu erfahren. Er wollte das diesem Mann erklären, den er immer sympathischer fand.

Der Detektiv war vor zwanzig Jahren hübsch gewesen. Er hatte Leidenschaft und Ehrgeiz gekannt, aber der Alltag und die Ermüdung hatten alles zermürbt. Sein Beruf hatte das Versprechen auf die erhofften Abenteuer nie eingelöst. Er war bloß Zaungast des ewigen Spiels von Liebe und Betrug. In der täglichen Routine des privaten Unglücks der Klienten und des Glücks der beschatteten Opfer war seine anfängliche Begeisterung schnell verschwunden. Wie ein Arzt in der Notaufnahme muß sich ein Detektiv mit einem seelischen Panzer umgeben, um nicht zugrunde zu gehen. Er versteckt sich hinter den technischen Seiten seines Berufs und begnügt sich damit, im bekannten Feld zu operieren. Seine Klienten konnten hinterher frei entscheiden, was sie mit den Ergebnissen machen wollten.

Am Abend parkte er das Auto in der Tiefgarage der Detektei in der Avenue de l'Alma und fuhr mit dem Zug in einen beschaulichen grünen Vorort. Er begrüßte seine Frau und seine Kinder, die er liebte, und versuchte, wie jeden Tag, zu begreifen, warum sein Herz so leer war, obwohl er alles hatte. Seine Träume waren wilde Phantasien, in denen er sich dem hingab, was er täglich fotografierte. Er hatte weder den nötigen Biß noch die nötige Feigheit besessen, seine Frau je zu betrügen.

»Was mache ich eigentlich für einen Mist«, sagte Elias, als er wieder an den Tisch kam. Er wischte sich die Lippen mit einer Serviette, schob den Croque-monsieur zur Seite und trank einen Schluck Wasser.

»Sie waren verzweifelt«, versuchte der Detektiv.

»Wie geht's ihm eigentlich?« fragte Elias und zeigte auf Richards Gesicht. Es war nicht nötig, durchblicken zu lassen, daß er den Namen kannte.

»Er hat Anzeige erstattet. Es gab da einen Haufen Kameras. Wußten Sie das?«

»Und wie geht's ihm?«

»Der Krankenwagen war ziemlich schnell da. Ein paar Brüche. Er wird aber keine bleibenden Schäden davontragen. Sie waren nicht gerade zimperlich.«

Elias versank in die Betrachtung seiner Fäuste. Er schämte sich. Er verstand nicht, wieso er das gemacht hatte. Fassungslos sah er sich aufs neue die Fotos an.

»Was soll ich tun?«

»Keine Ahnung.«

»Helfen Sie mir doch«, bat Elias in flehendem Ton, der ihn selbst überraschte. »Bitte.«

Das mußte ja kommen, dachte der Detektiv. Der schlimmste aller Sätze. Er machte bloß seine Arbeit. Wieso kamen die Leute immer wieder auf die Idee, er sei Philosoph oder Psychologe.

»Meine Großmutter hat immer gesagt…«

Der Detektiv brach den angefangenen Satz ab und wich Elias' Blick aus. Trotz seiner Traurigkeit mußte Elias lächeln. Je mehr er diesen Mann betrachtete, desto weniger blieb von einem Privatdetektiv übrig. Den hätte er nie für diese Rolle gecastet. Die Wirklichkeit ist einfach nicht glaubwürdig genug, um mit der Fiktion mithalten zu können.

»Hat das wirklich so lächerlich geklungen, daß Sie mir mit Tips ihrer Großmutter kommen?«

Elias ließ sich auf seinem Stuhl hängen. Mit seinen Schokoladenfingern zog der Detektiv ein Foto der letzten Begegnung mit Margot vor dem Haus in der Rue Clignancourt hervor.

»Wer ist die junge Frau?«

»Sie heißt Margot Lazarus«, sagte Elias, als würde das alles erklären. »Wir haben beschlossen, uns nicht mehr wiederzusehen.«

»Warum?«

»Sie ist mir zu kompliziert.«

»Sie sind doch auch nicht gerade ein einfacher Mensch.«

»Genau. Das kann nichts geben. Sie ist ganz meiner Meinung. Oder denken Sie, ich sollte sie noch mal treffen?«

»Man bleibt nicht zufällig eine halbe Stunde im Regen stehen, um sich miteinander zu unterhalten.«

»Das verstehen Sie nicht. Das Mädchen ist verrückt, und ich weiß zwar nicht, was mit mir los ist, aber es muß noch viel schlimmer sein.«

Der Detektiv zog den Teller zu sich heran. Seine Augen bewegten sich lebhaft. Jetzt war er auf bekanntem Gelände. Dieser junge Mann schüchterte ihn nun gar nicht mehr ein.

»Ich dachte, Sie seien einigermaßen helle. Sie haben mich ganz schön beeindruckt mit dieser Untersuchung über sich selbst. Ich fand das bewundernswert. Darf ich offen zu Ihnen sein?«

»An dem Punkt sind wir offenbar angelangt…«

»Und Sie schlagen mich auch nicht?«

»Das war ein dummer Fehler«, sagte Elias und zeigte auf die Fotos.

»Also gut. Wenn Sie's hören wollen: Sie sind feige. Nehmen Sie das nicht persönlich. Ich will mich da in Liebe und den Kram nicht einmischen, aber ich bin selber feige, und man erkennt doch seinesgleichen. Es gibt immer einen guten Grund und eine gute Ausrede, das grausame Schicksal und so. Aber die Wahrheit ist: Sie sind feige. Das ist es.«

Seine Zähne schlugen in den Croque-monsieur. Elias sah ihm beim Essen zu. Die Leute an der Theke schrien, als die Pferde über die Ziellinie rasten.

DRITTER TEIL

Clarisses Mutter bewohnte eine ganze Etage in einem Gebäude im Haussmannstil auf der Südseite der Avenue Foch. Das Viertel ist ruhig und gediegen, sogar die Bäume langweilen sich, weil ihr einziger Zeitvertreib das herbstliche Blätterabwerfen ist. Das sechzehnte Arrondissement lebt in einer eigenen Zeitzone. Seine Bewohner haben eine andere Hautfarbe, ihre seltsamen Sitten und folkloristischen Trachten sind eine beliebte Touristenattraktion.

Alte Damen in zu engen Kostümen führen hier ihre Hündchen und Spazierstöckchen auf den Bürgersteigen aus. Rentner sitzen auf Bänken und betrachten das Schauspiel der vergehenden Sekunden. Sie haben sich entschlossen, die Stunden mit Meditationsübungen über die Zeit zuzubringen, die an ihnen vorbeizieht. Es sind ihre letzten Jahre, die wollen nicht leichtfertig verbracht sein. Bloß keine Leidenschaften mehr, bloß keine sinnvolle Beschäftigung. Nur bei gepflegter Langeweile drehen sich die Zeiger der Uhr ein wenig langsamer. Sie sitzen an den Wohnungsfenstern und strahlen aus glücklichen Gesichtern, denn eine ihrer Minuten ist gerade wie eine Stunde vergangen, eine Stunde wie ein Tag. Sie wissen, die Zeit ist eine tödliche Droge.

Der Eingang des Hauses wurde von einem Gitter und japanischen Kiefern bewacht. Der Portier ließ Elias erst in die Eingangshalle, als er den Namen von Clarisses Mutter im Mieterregister nachgeprüft hatte.

Die erste Begegnung hatte in einem Luxusrestaurant in der Rue de la Faisanderie stattgefunden. Madame Brisbane hatte dieses Abendessen in einem absolut unpersönlichen Rahmen organisiert, um Elias zu bedeuten, wie weit er noch davon entfernt war, die

Weihen dieser Familie zu empfangen und Zugang zu den Privatgemächern zu bekommen. Während des ganzen Essens hatte sie seine Manieren begutachtet und seine Geschicklichkeit in der Handhabung des Fischmessers. Sie war herzlich zu Elias gewesen, aber zweifellos war der Grund eher ihr Sinn für Schicklichkeit als wirkliche Zuneigung, denn Elias hatte immerhin die Frechheit besessen, ihr die Tochter wegzunehmen.

Madame Brisbane liebte ihre Tochter so sehr, daß sie sich wünschte, Clarisse würde immer ganz und gar ihre Tochter bleiben. Wenn Clarisse heute noch rosa Kleidchen und Zöpfe trüge, so war sie überzeugt, wäre sie nicht derart unter die Räder gekommen.

Während der sechs Jahre hatte Clarisse immer wieder längere Zeit in der Avenue Foch gewohnt. Es gab dort noch ihr Mädchenzimmer, das Kinderbett und die spitzenbesetzte Bettwäsche. Sie schlief unter den beruhigenden Klängen einer Spieluhr ein, aß mit ihrer Mutter zusammen und lief mit ihr durch die teuren Boutiquen. Es ging ihr gut dort. Dank der mütterlichen Fürsorge erholte sich Clarisse und kam wieder zu Kräften, um sich anschließend um so effektvoller zugrunde richten zu können.

Eine Stunde zuvor hatte Tristan Elias im Büro angerufen. Mit gebrochener Stimme hatte er mitgeteilt, er habe Clarisse zu ihrer Mutter gebracht, weil er die Lage nicht in den Griff bekam. Feuerwehr und Notarzt hatten sich keine große Mühe gegeben. Die Halbjahresfeier ihrer Beziehung hatte schon schlecht angefangen, war dann völlig aus dem Ruder gelaufen und endete in einem hemmungslosen Gewaltausbruch. Tristan brauchte einen ganzen Tag, um die Wohnung wieder in Ordnung zu bringen und sich von dem Abend zu erholen.

Als Elias Madame Brisbane angerufen hatte, klang ihre Stimme vorwurfsvoll, obwohl sie erleichtert war, ihn zu hören. Clarisse ging es schlecht, da hatte er gefälligst zu kommen. Das hatte ihm einen guten Vorwand geliefert, sein Treffen mit Margot Lazarus abzusagen. Eigentlich sollte heute der Vertrag unterschrieben werden. Um der Sehnsucht nach dieser Begegnung entgegenzuwirken, war seine Absage kurz und knapp gewesen. Er ärgerte sich über sie, weil sie offenbar nur an sich dachte.

Der Aufzug wartete im Erdgeschoß. Elias ging trotzdem zu Fuß. Die Treppenstufen eine nach der anderen hochzusteigen gab ihm Zeit, sich auf die Begegnung vorzubereiten. Es kam ihm wieder in den Sinn, was Frau Doktor Ansermet über Alkohol gesagt hatte.

Erste Tatsache: Im Blutplasma ist Alkohol enthalten, das der Körper selbst produziert. Wenig, aber immerhin. Jeder Mensch bekommt also schon als Fötus Alkohol eingeflößt. Wir sind schon vor der Geburt abhängig. Wenn wir es geschickt anstellen, dann probieren wir in unserem Leben alle Abhängigkeiten aus und verlegen uns auf diejenige, die uns das größte Vergnügen und den wenigsten Schmerz bereitet.

Zweite Tatsache: Wenn man trinkt, verteilt sich der Alkohol im ganzen Körper. Kein Organ ist davon ausgenommen, kein Teil unseres Körpers bleibt unberührt. Das erklärt die Schwierigkeit der Entgiftung.

Die Behandlung mit Apomorphin, das Ekel vor Alkohol erzeugen soll, war die erste, die sie ausprobiert hatten. Wer das Medikament nimmt, muß sich übergeben, wenn er Alkohol konsumiert. Clarisse hatte das schnell begriffen und gleich die Pillen abgesetzt, um nicht mit dem Trinken aufhören zu müssen. Selbst wenn es einfacher schien, jeden Morgen eine Disulfiramtablette zu schlukken als den ganzen Tag dem Durst zu widerstehen, so setzte auch diese zweite Therapie ihre Kooperationsbereitschaft voraus. Und Clarisse war überhaupt nicht kooperativ. Eine begleitende Psychotherapie war unumgänglich gewesen. Und ihre merkwürdige Diät mußte umgestellt werden. Man hört nicht einfach auf zu trinken. Man krempelt sein Leben komplett um. Man muß völlig neu lernen zu gehen, zu sprechen, zu essen und sich in Gesellschaft zu bewegen. Elias hatte ihr mit großer Beharrlichkeit die kleinen Rituale eingetrichtert, die vor dem Absturz bewahren, einfache Dinge wie zum Beispiel einen festen Eß- und Schlafrhythmus.

Der Arzt im Necker-Krankenhaus mit seiner dicken Brille hatte wie eine Broschüre des Gesundheitsministeriums gesprochen: »In der Praxis gibt es nur eine Sorte Patienten, die wirklich geheilt werden können. Das sind die, die in der Entgiftung einen Anreiz und eine Aufwertung ihres Lebens sehen, die ihnen der Alkohol nicht geben kann.« Einen Anreiz und eine Aufwertung ihres Lebens. Klar, da ließ sich ganz sicher was machen.

Ohne ein Wort der Begrüßung, so als wäre er in Ausübung eines anstößigen und doch unverzichtbaren Berufs gekommen, wie zum Beispiel ein Kammerjäger, der ein Rattennest ausheben soll, öffnete Clarisses Mutter die Tür und führte ihn in den Salon. Kerzengerade und mit sicherem Schritt steuerte sie durch ihr Königreich. Sie hatte vom ersten Tag an gewußt, daß Elias trotz seiner tadellosen Manieren und des teuren Anzugs aus einem Milieu kam, in dem die Leute vermutlich schwitzten.

Clarisse stand mit einem Glas in der Hand mitten im Salon. Elias konnte ihr Gesicht im Gegenlicht zuerst nicht erkennen. Aber sie schien vollständig dem seltsamen Zauber der Wohnungseinrichtung im Stile von Louis XV. erlegen zu sein. Rock und Rüschenbluse aus dem Kleiderschrank ihrer Mutter stammten aus längst vergangenen Zeiten.

»Steht dir gut«, sagte Clarisse.

»Danke, gehört mir nicht«, sagte Elias und zeigte auf seine schwarze Samtjacke. »Habe ich mir geliehen.«

»Ich rede nicht von deiner Jacke, sondern von deinem Gesicht. Steht dir gut.« Sie tippte sich an die Lippe.

Er wollte sich gar nicht erst die Mühe machen zu begreifen, was sie damit meinte. Er drehte den Kopf und betrachtete sich im großen Salonspiegel. Caldeira hatte ihn vor sechs Tagen zusammengeschlagen.

Ihm fiel ein, wie Spiegel gemacht werden. Sand wird in einem Ofen bei hohen Temperaturen geschmolzen. Er sah Spuren des glühenden Atems, der Flammen und der ungeheuren Hitze des Gießvorgangs in seinem Spiegelbild.

Clarisses Hand zitterte. Sie roch nach Mirabellenschnaps, ein Hausrezept von Mama.

In diesem Salon, der wie ein Saal des Versailler Schlosses aussah, war Clarisse wieder so, wie er sie kennengelernt hatte. Ihr bleiches Gesicht mit den Ringen unter den Augen beruhigte ihn regelrecht. Was für eine Freude, sie krank zu sehen. Das sprang ihn so vertraut an wie ein schwanzwedelnder Hund. Er haßte sich für dieses Gefühl, das sich ungefragt einstellte.

Er hatte Clarisse für das Glück geliebt, das er ihr geben konnte. Seine Orgasmen waren nicht vorgetäuscht gewesen, aber seine Liebe von Anfang an. Er hatte an das geglaubt, was man über ihn sagte, und was seine Handlungen auch nahezulegen schienen: Er sei ein mutiger und sehr verliebter Mann. Es gibt jedoch eine bestimmte Form des Altruismus, die zugleich der schlimmste Egoismus ist. Weil ihm das inzwischen klargeworden war, würde er Clarisses Vorwürfen nichts entgegensetzen, ihren Zorn sogar teilen können.

Sie leerte ihr Glas und schenkte sich wie eine Kampfansage ein weiteres ein. Ihre Mutter stand in einer Zimmerecke und ließ sich nichts von der Auseinandersetzung entgehen. Vermutlich deshalb sprach Clarisse, ganz gegen ihre sonstige Gewohnheit, ruhig und beherrscht. Obwohl sie wieder trank, hatte sie offenbar in der Zwischenzeit an Selbstvertrauen gewonnen und wieder Spaß am Leben gefunden. Ihr Zustand wirkte dadurch weniger bedenklich.

»Ich habe dich betrogen, Elias. Ich habe dich betrogen, aber nur, weil du mich betrogen hast. Du hast mich durchschaut, als wir uns kennengelernt haben, du wußtest, wie sehr ich beschützt werden will. Aber ich kenne dich nach wie vor überhaupt nicht. Du siehst gut aus und bist immer schwarz gekleidet, aber du bist überhaupt nicht wirklich, Elias, du bist höchstens wahrscheinlich. Ich weiß genau, was du machst: Du manipulierst die Leute, damit sie glücklich sind und dir keine Fragen stellen. Aber das ist pervers. Ich habe mir das gefallen lassen, weil ich dich brauchte. Ich wollte, daß es weitergeht, und habe mich deshalb nicht groß gefragt, ob das, was du sagst, wahr ist. Du warst der unerreichbare Gott eines Paradiesgartens. Tristan ist durchschaubar. Er macht Fehler und kennt die Klaviatur meiner Gefühle nicht gut. Aber er ist menschlich. Es ist einfach ungerecht, daß er keine so gute Figur macht wie du. Er ist überfordert und hat Angst vor meiner Krankheit. Warum können wir nicht die lieben, die uns guttun, und warum lieben die uns nicht? Das ist doch ungerecht.«

Er konnte darauf nichts erwidern und wollte ihr bei der Anklage den Vortritt lassen. Es gibt nichts Schlimmeres, als einem Opfer die berechtigten Vorwürfe vorwegzunehmen. Clarisse brauchte diese Wut. Er reichte ihr die Mappe.

»Das sind die Ergebnisse der Nachforschungen, die der von dir beauftragte Detektiv angestellt hat. Ich kann verstehen, warum du das gemacht hast. Du hattest ein Recht darauf, mehr über mich zu wissen.«

Elias bedauerte den verständnisvollen Ton. Er hätte eigentlich gekränkt sein müssen. Sie erwartete, daß ihn diese Enthüllungen wenigstens überraschten oder berührten. Sie nahm die Mappe und wog sie in der Hand, drehte sie hin und her, dann lächelte sie, schniefte und ließ sie in einen leeren Champagnerkübel fallen, der auf einem Beistelltisch neben dem Kamin stand. Sie goß ein wenig Schnaps darüber und zündete ein Streichholz an.

»Was da drinsteht, interessiert mich nicht. Ich will nichts von deinen kleinen Dramen wissen, keine Erklärung oder Entschuldigung hören. Ich wollte nur wissen, ob es dich überhaupt gibt. Offenbar gibt es dich, Elias, es gibt dich wirklich.«

Sie ließ das Streichholz fallen. Eine Stichflamme züngelte aus dem Champagnerkübel. Der geschriebene Text und die Fotos gingen in Flammen auf. Der Brandgeruch reizte Nase und Augen. Als gute Hausfrau öffnete die Mutter von Clarisse sofort ein Fenster. Der letzte Satz von Clarisse hallte noch in Elias' Kopf.

»Du hast mich übrigens nie gefragt, warum ich eigentlich trinke, warum ich dieses Problem habe. Weißt du das?«

»Ich dachte, du wolltest nicht darüber reden«, murmelte er.

Clarisse lachte höhnisch über diese elende Ausflucht. Für einen Moment wünschte er, von den Flammen gleich mit zu einem kleinen Aschehäufchen verbrannt zu werden. Als er Clarisse kennengelernt hatte, dachte er, er sei nicht enttäuscht, weil sich keine großen Träume einstellten. Ihre Beziehung war dann wie ein sechsjähriger Katzenjammer gewesen, in dem er nie Energie, Zeit und Lust gehabt hatte, wirklich mit ihr zu reden.

»Das stimmt nicht. Du hast mich nie gefragt, warum ich mich kaputtmache, weil Selbstzerstörung für dich völlig normal ist. In deinem perversen und nihilistischen Weltbild ist weder Alkoholismus noch Selbstmord überraschend, sondern wie es die Leute schaffen, trotzdem am Leben zu bleiben. Ja, Leute leben und sind glücklich, nicht immer, aber wenigstens lieben sie. Sie lieben, Elias.«

Clarisse machte eine Pause. Elias erriet, daß sie sich vorgenommen hatte, es nicht zu einem Eklat kommen zu lassen. Er sollte nicht glauben, der Alkohol hätte aus ihr gesprochen. Die Liebe zu Tristan und die Kraft, die sie Clarisse gab, hatten sie verändert. Das Erscheinungsbild eines Gesichts hängt immer vom Betrachter ab. Clarisse würde von nun an dem ähneln, was Tristan in ihr sah.

Elias war unfähig, darauf einzugehen. Mit hängenden Armen stand er da und sah aus, als ob er auf seine Erschießung warte. Das Urteil war hart, aber gerecht. Er bedauerte, daß ihre Worte keine Gewehrkugeln waren.

»Ich weiß nicht, was ich machen soll«, sagte Elias. »Ich bin da, wenn du mich brauchst.«

»Will ich nicht. Tristan wird mir helfen. Er lernt schnell. Wir kommen ganz sicher zurecht, denn wir lieben uns. Ich will dich nie wiedersehen.«

Elias hatte sich heute nützlich gemacht: Clarisse war ihren Zorn losgeworden. Das hatte ihr gutgetan, auch wenn er dabei jede Selbstachtung verloren hatte.

Mitten auf dem baumbestandenen Mittelstreifen der Avenue breitete er die Arme aus, in der Hoffnung, die Nacht möge ihn verschlingen.

Egal, was man in der Zeitung liest oder im Radio zu später Stunde hören kann: Margot Lazarus hatte keine unglückliche Kindheit. Man ist nie wirklich unglücklich, wenn man das Glück nicht kennt. Gott sei Dank hatten ihre Eltern Wert darauf gelegt, ihr dieses Gefühl zu ersparen.

Den Schal um den Hals geschlungen und die Hände in den Taschen ihrer Strickjacke vergraben, lief sie vor dem Haus, in dem ihr Vater wohnte, auf und ab. Unter keinen Umständen wollte sie ihm den Gefallen tun und pünktlich sein. Sie stellte sich vor, wie er in seinem großen Himmelbett lag, einen tiefen Teller auf den Knien balancierte und Suppe zwischen seine trockenen Lippen löffelte. Er würde sie mit zittriger Stimme willkommen heißen. Er versuchte nie, sie zu rühren, aber er würde von seinen Schmerzen erzählen und die Höflichkeit der Ärzte loben. Er hatte sicher Neuigkeiten von ihrer Mutter zu berichten, die sich in ein buddhistisches Kloster in Nepal zurückgezogen hatte. Wenn Margot großes Pech hatte, las er die neueste philosophische Betrachtung über die Frische des Wassers oder die Schönheit des Moments, wenn sich ein Schmetterling auf eine gerade erblühte Knospe setzt, aus den Briefen ihrer Mutter vor. Wie gräßlich.

Er hatte diesen milden Blick, mit dem er sie als Kind nie angesehen hatte, und wollte ihr jetzt alle Zeit der Welt widmen, die er früher nie für sie übrig gehabt hatte. Es ist wirklich sehr unangenehm, einem Mann gegenüberzusitzen, der erst mit achtundvierzig Jahren beschlossen hat, dein Vater zu werden, und sich auf einmal so verhält, wie er das mal besser vor zwanzig Jahren getan hätte.

Er würde natürlich wieder über das Testament reden. Du bekommst die zwei Wohnungen, das Haus und die ganzen Geldanlagen. Dieses Erbe gab ihr das Gefühl, endgültig enterbt zu werden, wenn sie es annahm. Es machte ihr kein Vergnügen, Elias' Vertrag zu unterschreiben, aber nur so konnte sie es sich leisten, das Erbe auszuschlagen. Ihre Eltern, ihre Freunde und ihre Liebhaber hatten ihr immer vorgeworfen, sie lasse sich nie auf Kompromisse ein. Und das eine Mal, wo sie nun Wasser in ihren Wein mischen wollte, stellte sich dieser Mann mit seinen paranoiden Warnungen quer. Es nervte sie gewaltig, daß Elias sich für den einzigen hielt, der Sorgen hatte.

Sie klingelte. Die Krankenschwester öffnete. Sie trug eine weiße Haube und begrüßte Margot mit einem Nicken, dann richtete sich ihr Blick himmelwärts, als ob sie das baldige Eingreifen eines Engels erwarte. Ein großes Holzkreuz hing vor ihrer Brust. Die Schwester zog sich für die Dauer dieser Besuche immer zurück, weil sie die Gespräche zwischen Margot und ihrem Vater höchst unappetitlich fand. Sie hielt Margot für unsensibel, vermutlich sogar für ein unmenschliches Scheusal. Für gute Seelen ist immer der im Recht, der auf dem Totenbett liegt.

Das Erbe war durchaus eine echte Versuchung, stellte Margot fest. Die Wohnung mit den hohen Decken hatte fünf Zimmer und blickte auf die Rue Caulaincourt hinaus. Das Viertel wurde immer bürgerlicher und war inzwischen so etwas wie der friedliche Hinterhof von Montmartre. Überall wurden neue Bäume gepflanzt. Die Fassaden waren heruntergekommen. An jeder Ecke machten neue Restaurants auf.

Sie ging in die Küche, um Tee zu machen. Ihr Vater rief mehrfach mit seiner brüchigen Stimme nach ihr. Sie antwortete nicht.

In der Gesellschaft dieses plötzlich verständnisvoll und liebenswert gewordenen Mannes fühlte Margot sich unbehaglich. Kurz nach Bekanntwerden der Krankheit hatte sie den Arzt gefragt, ob seine Persönlichkeitsveränderung mit den Medikamenten zusammenhängen könne, gewissermaßen als unangenehme Nebenwirkung.

»Nein, Mademoiselle, die Annalen der Pharmakologie verzeichnen keinen einzigen Fall von ausbrechender Güte bei Kranken, die sich dieser Behandlung unterziehen.«

Sie hatte sich mit den Jahren mühsam an seine völlige Gleichgültigkeit und sein mangelndes Verantwortungsgefühl gewöhnt. Und jetzt zwang er sie auf einmal, seine Tochter zu werden, indem er sich zum Vater aufschwang. Sie wußte einfach nicht, ob sie sich auf diese Verwandlung einlassen und wirklich die Rolle der Tochter spielen wollte.

Macht der Tod einen Marquis de Sade zu einem Dalai Lama? Wenn ihr das Leben zu hart erschienen war, hatte sie im Tod einen Bundesgenossen gefunden. Und jetzt fiel ausgerechnet der ihr in den Rücken und wollte sie dazu bringen, zu lieben und zu verzeihen.

Margot sah dem kochenden Wasser zu. Wie die kleinen Gasblasen traten Erinnerungen an die Wasseroberfläche ihres Bewußtseins. Als sie noch ein Kind war, hatte ihr Vater sie auf den Schoß genommen und ihr erklärt, sie hätten sie absichtlich zur Weihnachtszeit auf die Welt kommen lassen, um Geschenke zu sparen. Er hatte sich über seinen Witz kaputtgelacht und ihr über den Kopf gestreichelt.

»Kinder verstehen alles, man kann ihnen nichts verbergen«, war sein Lieblingssatz gewesen, um seine psychologisch fragwürdigen Erziehungsmanöver zu rechtfertigen. Er hatte ihr auch verraten, daß er ihre Mutter zur Abtreibung hatte überreden wollen, als sie das Geschlecht des Kindes erfahren hatten. Er wollte einen Sohn. Leider war die gesetzliche Frist für Abtreibungen schon abgelaufen.

»Selbst in Holland?« hatte die kleine Margot mit gerunzelter Stirn gefragt.

»Selbst in Holland« hatte ihr Vater geantwortet.

Sofort nachdem sich herausgestellt hatte, daß die Krankheit unheilbar war, hatte er die Nähe zu Margot gesucht. Er, der immer nur Verachtung für ihre literarische Tätigkeit übrig gehabt hatte, las auf einmal ihre Bücher und mochte sie sogar. Er hatte Zeitungsartikel, die sich mit den Werken seiner Tochter befaßten, in ein Schulheft geklebt und sogar bei einigen Zeitungsarchiven einen Ausschnittdienst bestellt.

Die Szenerie war beeindruckend. Mitten im Wohnzimmer stand sein Bett, damit er auf die Straße und die Weinhandlung gegenüber sehen konnte. Seit er in ärztlicher Behandlung war, durfte er keinen Alkohol mehr trinken. Die Joints, die er auf Anraten seiner Ärzte dreimal täglich jeweils vor dem Essen rauchte, waren das einzige Laster, das ihm geblieben war.

Der Eßtisch, das runde Guéridon-Tischchen und der Fernseher standen jetzt an der Wand. Die Krankheit hatte die gewohnte Ordnung der Wohnung auf den Kopf gestellt. Schränke und Kommoden waren leer. Gegenstände und Erinnerungsstücke eines ganzen Lebens lagen offen in den Zimmern herum.

Sein Kopf ruhte auf drei aufeinandergestapelten Kissen. Er lehnte kraftlos und mit krummem Rücken an der Wand. Sein Körper verschwand von der Taille abwärts unter der Bettdecke.

Margot setzte sich neben ihn. Die kochendheiße Tasse verbrühte ihr fast die Hand. Sie hielt die Tasse fester, um den Schmerz stärker zu spüren.

»Hallo Margot.«

Wäre es nach Margot gegangen, hätten sie vertrauliche Gesten jeder Art unterlassen, sich nicht berührt, nicht umarmt.

»Hallo«, antwortete Margot und wandte den Kopf ab, um bei den Begrüßungsküßchen seinen Mundgeruch nicht allzusehr wahrnehmen zu müssen.

Die Medikamentendöschen türmten sich auf dem Nachttisch neben einer Wasserkaraffe und einem Glas. Am Fuße der Nachttischlampe blinkte ein Alarmknopf.

Fotos von Margot in allen Altersstufen hingen an der Wand. Diese Dekoration war erst vor kurzem mit Reißzwecken angebracht worden und machte das Zimmer zu einem Mausoleum. Die tausend Augen von Margot als Kind und Jugendliche sahen ihren Vater Tag und Nacht prüfend an.

Neben dem Kopfende des Bettes lag ein Karton mit Kinderzeichnungen, Nudelketten, Häuschen aus Joghurtbechern und einem Weihnachtsmann aus Tannenzapfen, alles Geschenke, die sie für ihre Eltern gebastelt hatte. Damals hatten sie sich darüber lustig gemacht. Jetzt stellte ihr Vater all diese naiven Kunstwerke auf sein Bett, hätschelte sie, legte sie sich auf die Brust und war ganz begeistert über die schönen Gefühle, die sie bei ihm auslösten.

Seine Finger wurden immer dünner. Die Haare auf seiner Hand wirkten inzwischen riesig. Die Krankheit hatte auch seine Augen einfallen lassen. Er sah auf einmal dreißig Jahre älter aus, war auch körperlich zu einem ganz neuen Wesen geworden. Noch vor sechs Monaten war sein Gesicht jovial, sein Herz leer gewesen.

»Worüber willst du heute reden?« fragte er.

Margot hatte nur unter der Bedingung in die Besuche eingewilligt, daß sie über die Vergangenheit sprachen. Manchmal hatte sie nach diesen Gesprächen schon die Krankenschwester im Verdacht, sie hätte ihren Vater bekehrt, und er wolle nun seine Sünden büßen.

An sein Bett gefesselt, war er ihr ausgeliefert, aber sie wollte sich nicht rächen. Sie hatte nur ihr Verhalten nicht geändert und behandelte ihn mit der gleichen kaltschnäuzigen Respektlosigkeit, die sie lange Jahre vor ihm beschützt hatte.

»Als ich klein war, hatte ich immer den Eindruck, ich müßte für irgendeinen Fehler bezahlen.«

»Ich verstehe«, flüsterte er reuevoll.

Ihr Vater versuchte erst gar nicht, ihr etwas vorzuschwindeln oder den Anklagen auszuweichen. Auf seinem kranken Gesicht zeichnete sich eher schmerzvolles Erstaunen darüber ab, was er ihr angetan hatte.

»Warum hast du mich immer so gequält?«

»Du warst einfach da, und du hast uns geliebt. Du konntest dich nicht wehren. Eltern rächen sich gern an ihren Kindern. Ihr seid leichte Beute.«

»Ich habe manchmal den Eindruck, als hättet ihr mein Leben verpfuscht.«

»Du bist so unglücklich, weil deine Kindheit nicht schön war. Deine Mutter und ich, wir waren furchtbar schlechte Eltern. Ich bedaure das sehr.«

»Kannst du nicht mal aufhören mit diesen … Selbstvorwürfen? Überleg mal, wie ich mich dabei fühle.«

In seiner Gegenwart fühlte sie sich schwach. Seine eingefallenen Wangen, seine gefurchte Stirn flößten ihr schon deshalb keinerlei Mitleid ein, weil es ihr viel schlimmer ging. Sie fühlte sich, als ob sie als Kranke am Bett eines Gesunden säße.

Sie besuchte ihn einmal die Woche, um das loszuwerden, was ihr auf dem Herzen lag, und weil sie immer deutlicher spürte, was er für sie hätte sein können. Sie würden nie enge Verwandte werden oder sich miteinander versöhnen, aber sie teilten das Wissen um ihre gemeinsame Geschichte. Das ist mehr, als man denkt.

»Ich liebe dich nicht«, sagte sie zuckersüß, um die Dinge auf den Punkt zu bringen.

»Ich habe mich geändert.«

Seine gelben, von Äderchen durchzogenen Augen blickten sie mit großer Aufrichtigkeit an.

»Ich aber nicht. Du kannst nicht erwarten, daß alle Welt deine Kehrtwendung mitmacht.«

Margot wußte, eines Tages würde sie ihm zwar nicht verzeihen, aber einsehen, wie unbedeutend das erlebte Leid in Wirklichkeit war. Sie hatte zwar Ängste ausgestanden und unter seiner Dummheit und Gewissenlosigkeit gelitten, aber er hatte kein Verbrechen begangen. Eines Tages würde sie das zugeben müssen, das war ihr klar. Aber nicht jetzt. Man kann nicht zwanzig Jahre Leben in der Hölle durch zwei Monate aufrichtiges Bedauern ungeschehen machen. Wenn er noch Jahre zu leben gehabt hätte, dann hätten sie vielleicht irgendwann ein normales Verhältnis zueinander haben können, aber die Metamorphose ihres Herzens brauchte mehr Zeit als das Wachstum der Metastasen.

»Ich komme demnächst ins Krankenhaus«, teilte er ihr mit.

Die Krankheit ihres Vaters beeindruckte sie nicht. Sie war jahrelang an ihren Eltern erkrankt gewesen. Die Konten glichen sich langsam aus.

»Ich verstehe das nicht«, sagte Nathalie zu Elias, als er die Wohnung betrat.

Seit sie Victor in den Wolken über dem Flughafen Bourget hatte verschwinden sehen, hatte sie nichts mehr von ihm gehört. Er ging nicht an sein Satellitentelefon. Gut, die Wettervorhersage hatte Gewitter für die Südküste des Viktoriasees und für Kagera vorhergesagt. Aber selbst wenn die Verbindung vorübergehend gestört war, diese absolute Stille erklärte das nicht.

Bei geschlossenen Fensterläden und Vorhängen saß Nathalie in ihrer Wohnung. Um auch ja keinen Anruf zu verpassen, hatte sie sich bei der Handelsbank, deren Finanzdienst sie leitete, freigenommen und ließ sich Frühstück, Mittag- und Abendessen ins Haus liefern.

In seinem Beruf und angesichts der internationalen Aktivitäten der Firma war es normal, daß Victor mal längere Zeit nicht zu Hause war. Aber ob er nun auf einem Hochhaus in Shanghai stand oder irgendwo in der Auvergne, immer rief er abends an, um ihr zu sagen, wie sehr er sie liebe. Er hatte bisher nie eine Ausnahme gemacht. Selbst wenn sie weibliche Klänge oder das Klirren von Champagnergläsern im Hintergrund hörte, es beruhigte sie, seine Stimme zu hören.

Der Geruch von abgestandener Luft und Müll verursachte Elias Übelkeit. In der Küche stapelten sich leere Konservenbüchsen. Die Spüle war bis zum Rand voll mit dreckigem Geschirr. Teller mit angetrockneten Essensresten standen noch auf dem Wohnzimmertisch. Sushischachteln, Pizzakartons und Styroporverpackungen exotischer Speisen stapelten sich zu kleinen Türmen. Müllbeutel, randvoll mit verfaulenden Abfällen, standen in einer Reihe neben der Eingangstür. Fliegen summten auf der Suche nach Eiablageplätzen um sie herum. Mitten auf dem Tisch, wie ein Leuchter mit erloschener Kerze, stand das Satellitentelefon nebst dem Koffer mit der Relais-Station.

»Niemand reagiert auf meine Anrufe«, sagte Nathalie. »Arden Gaste erreiche ich nicht. Seine Assistentin sagt mir ständig, er sei in einer Sitzung. Irgendwas ist doch da los. Warum spricht keiner mit mir?«

Elias legte seinen Arm um ihre Schulter. Ihre zarte Haut erregte ihn nicht mehr. Frei von jeder Versuchung, nahm er sie in den Arm.

Anders als erwartet war ihr Umgang nicht befangen. Nicht der fast zustande gekommene Seitensprung, sondern die gegenseitigen Geständnisse ihrer Einsamkeit und ihrer privaten Sorgen hatten das Verhältnis neu bestimmt. Als das Taxi sie nach Victors Abflug zurückgebracht hatte, war ihnen klargeworden, wie grundsätzlich verschieden sie waren. Sie hatten nichts gemeinsam und mochten sich vermutlich nicht einmal besonders. Nathalie hatte ihn kaum angesehen, als sie ihn vorhin hereingelassen hatte. Sie hatte ihm nichts angeboten und ihn nichts Persönliches gefragt. Sie machte sich nicht einmal die Mühe, so zu tun, als ob.

Wenn sich zwei Menschen ehrlich eingestehen, daß sie keine großen Gefühle füreinander hegen, hat das auch etwas Schönes. Die Aufrichtigkeit der daraus entstehenden Beziehung gefiel Elias. Er war voller Anerkennung für Nathalie. Er hatte solch eine echte und offene Freundschaft seit Ewigkeiten nicht erlebt.

Nathalie setzte sich an den Wohnzimmertisch und stützte ihre Ellbogen auf das lackierte Holz. Sie trug die gleichen Kleider wie an dem Abend, als sie Victor das letzte Mal umarmt hatte. Vermutlich hatte sie sich seitdem auch nicht mehr geduscht. Sie roch nach Schweiß, ihre Haare waren fettig und ungekämmt. Der Kragen ihrer Bluse war dreckig und der Lippenstift auf ihrem Mund eingetrocknet. Die Wimperntusche war bis zu den Wangen zerlaufen.

Am Telefon flackerte ein Betriebslicht in der Frequenz von Kolibriflügelschlägen.

»Ich weiß doch auch nicht mehr als du«, sagte Elias.

Er dachte über das nach, was ihm Marie gesagt hatte. Die Geheimgesellschaft der Sekretärinnen, die ihre konspirativen Treffen im Teesalon der Gymnastikhalle im dritten Stock abhielt, ließ mitteilen, daß seit Tagen jeder Kontakt zu den Dreharbeiten abgebrochen war. Langsam wurden einige Leute in der sechsten und siebten Etage nervös. Als Elias versucht hatte, Arden Gaste zu sprechen, um nähere Informationen zu bekommen, hatte seine Assistentin ihm nur eine Notiz zugesteckt, in der er aufgefordert wurde, sich mit dem Projekt *Margot Lazarus* zu befassen.

Das geliebte Wesen drückt nicht nur unserem Herzen, sondern auch unserer Wohnung den Stempel auf. Die Farbe der Vorhänge und der Teppiche paßt sich an. Wenn der oder die Geliebte verschwindet, wirken die Wände auf einmal stumpf, es scheint diese dünne, glänzende Schicht Firniß auf den Möbeln zu fehlen und ein bestimmter Geruch in der Luft.

Seit drei Tagen war Nathalie wie gelähmt durch die Stille. Der Fernseher häkelte mit seinen Klang- und Bildkaskaden eine Patchworkdecke um Victors Abwesenheit. Sie brauchte den Fernsehlärm wie ein Drogensüchtiger Heroin. Ihre Ohren hatten sich so an die laute Stimme ihres Mannes gewöhnt. Sie mußte jetzt dringend lautes Gelächter hören, um ihrem Ekel vor der Stille beizukommen, und sei's auch nur Gelächter vom Band. Ihre Seele suchte nach Stimmen und Worten, um das Geraune zu übertönen, das ihr die Verzweiflung einflüsterte. Der laute Spielmannszug in ihrem Kopf wurde vom Wein tatkräftig unterstützt.

Nach dem vierten Glas wischte sie sich mit dem Ärmel den Mund ab und fing an, sich über mangelnde Hilfe zu beklagen.

»Freunde sagen, sie kommen vorbei, aber sie kommen einfach nicht, Elias. Sie trösten mich mit so einem Quatsch wie: Das wird schon, mach dir keine Sorgen.«

Elias legte seine Hand auf ihre Schultern. »Wenn es dir gut geht, dann weißt du immer, wo du hin mußt, Nathalie, aber nicht, wenn es dir schlecht geht. Deine Freunde sind vor allem Freunde des Erfolgs. Dein Schmerz ist nicht ihre Welt. Das darf man ihnen nicht übelnehmen. Du hast diese Freundschaften durch deine echten Sorgen verraten. Diese Freunde werden wiederkommen, sobald deine Tränen getrocknet sind und du wieder lachen kannst.«

Warum Nathalie ihn sehen wollte, war klar: Sie hoffte auf Neuigkeiten von Victor. Elias war jedoch nur aus Gewohnheit hier: Seine Füße kannten den Weg. Er wußte nicht, ob er dieses Paar noch mochte oder je gemocht hatte. Er war hin- und hergerissen zwischen der Erkenntnis der wirklichen Verhältnisse und seiner gewohnheitsmäßigen Treue zu Menschen, denen er in seiner Blindheit das Etikett Freunde verliehen hatte.

Im Laufe der Jahre hatten Victor und er miteinander diskutiert und gewitzelt, um sich gegenseitig zu beweisen, wie schlau sie waren. Umnebelt vom Dunst der Zigarren und Zigaretten, betäubt vom Whisky und ihren brillanten, aber inhaltslosen Debatten, hatten sie es mit allen Mitteln vermieden, einander wirklich kennenzulernen. Elias wollte Victor schon deshalb wiedersehen, um zu erfahren, was Victor wirklich für ihn bedeutete.

Wir werden Freunde, weil wir uns bestens miteinander verstehen (aber du verstehst dich doch mit jedem bestens, Elias. Das hat doch nichts zu bedeuten). Dann eben weil wir Kollegen sind und gerne miteinander reden. Wir sind Freunde, weil wir uns gegenseitig zum Essen einladen, eine Flasche Bordeaux und Blumen mitbringen und Dinge sagen wie: »Dein Gratin Dauphinois ist aber wieder hervorragend«, obwohl er total verkocht und derart gepfeffert ist, daß man fast daran erstickt. Wir sind Freunde, damit unser Kalender und unsere Abende nicht so leer sind. Elias erinnerte sich an einen Text von Saint-Just, der vorschlug, man solle Freundschaften ähnlich wie Hochzeiten in der Kirche begehen. Man solle sich ewige Treue schwören, gegenseitige Hilfe und Liebe in guten wie in schlechten Zeiten versprechen. Seinem skeptischen Geist gefiel diese Idee.

Nathalie lag zusammengerollt auf dem Sofa, die Augen weit aufgerissen, die Hände in ihre Kleider gekrampft. Wie gebannt starrte sie auf den Fernseher. Elias hätte am liebsten das Fenster aufgemacht, aber er vermutete, sie wollte auf diese Weise die letzten Reste von Victors Zigarrengeruch bewahren.

Er blieb mit ihr vor dem Fernseher sitzen, bis der Schlaf sie übermannte. Als er hinausging, nahm er die Müllsäcke mit.

Jeden Tag kam der Himmel ein bißchen weiter herunter. Die Wolken streiften jetzt schon die Hausdächer.

Die Frau trug einen schwarzen Mantel und grüne Handschuhe. Lange, gewagte Locken fielen über ihren Kragen. Ihr Rock reichte bis auf die Knöchel hinunter, ließ nur ahnen, daß sie eine schwarze Strumpfhose trug. Aus ihren Bewegungen sprach Melancholie. Sie wartete auf der Place Jules Joffrin vor dem Rathaus des achtzehnten Arrondissements. Nur sie beide waren an diesem Abend dort.

Nach wenigen Minuten war Darius sicher, daß sie miteinander verabredet waren. Sie sah in die Ferne, aber sobald Darius den Blick abwandte, sah sie zu ihm herüber. Das war Liebe. Ganz sicher. Sie mußten sich nur ansprechen, dann würden sie auch zusammen leben und Kinder haben. Sie würden in einer großen Wohnung in einem ruhigen Viertel wohnen, mit Südbalkon. Es war einer dieser außerordentlichen und unerklärlichen Momente, in denen man mit dem Schicksal eins ist. Von dieser tröstlichen Vorstellung beseelt, liebte Darius, wie er noch nie zuvor geliebt hatte. Er konnte die Sorgen dieser Frau spüren. Er wollte sie an die Hand nehmen, sie beruhigen und ihr sagen, es werde immer einen Platz an seiner Schulter für sie geben. Sie beschrieb kleine Kreise vor dem Rathaus. Beim Gehen hob sie kaum die Füße. Mit einer nachdenklichen Geste strich sie sich eine Locke aus dem Gesicht. Dann stieg ein Mann aus einem Taxi. Ohne weiter auf Darius zu achten, lächelte die Frau und rannte auf den Mann zu. Sie küßten sich. Darius' Herz zerbrach. Tränen traten ihm in die Augen.

Telefone klingeln nicht zufällig. Immer wenn er abhob, wurde am anderen Ende der Leitung geschwiegen. Die Botschaft war klar. Eine Warnung der Brüder Kottabos. Der Notausgang, an dem er Monate und Jahre gearbeitet hatte, führte, wie er jetzt wußte, zu einer unerreichbar weit entfernten Mauer. Er hatte keine andere Wahl, er mußte zu ihnen hingehen. Sein kleiner Urlaub war beendet.

Am Morgen hatte André Cochat angerufen. Darius hatte sich wahnsinnig darüber aufgeregt. Die Hitze in seiner Wohnung machte ihn ohnehin schon verrückt, und Cochat hatte die Frechheit besessen, zu behaupten, sein Drehbuch sei unzusammenhängend und wirr. Er suche (arrogantes Profigehabe) wirklichkeitsgetreue Geschichten. »Dafür hat dich die Firma doch eingestellt, Darius!« (seit dem ersten Tag hatte Cochat ihn wie ein Kind geduzt), »weil du ein echter Krimineller bist. Überlaß die Phantasie denen, die selbst nichts erlebt haben.« Aber Darius hatte die Schnauze voll von dieser Art Realismus. Für ihn waren das nur schlechte Erinnerungen. Realismus ist das Wunschbild derer, die nie Angst haben mußten, das Geld für die nächste Miete zusammenkratzen zu können. Ich brauche Geschichten, André, damit ich ohne Alpträume schlafen kann. Autobiographie ist Betrug. In dem, was ich mir ausdenke, sind mehr Wahrheiten als in dem, was ich erlebt habe. Willst du wissen, wie man eine Waffe auseinandernimmt, André? Wie man Heroin mit Bikarbonat streckt? Wie man jemanden tötet, indem man ihm die Halsschlagader aufschneidet? Wie Prostituierte innerlich kalt bleiben trotz der ganzen Freier? Willst du wirklich die Geschichte von dem Cracksüchtigen hören, der selbst nach seinem Tod noch weiter an seinem Pfeifchen zog? Der war so daran gewöhnt, André. Als sein Herz stehenblieb, machte seine Lunge weiter, zog sich noch die letzten Züge rein. Sah wirklich komisch aus.

Was bildete sich dieser Typ eigentlich ein, ihm zu sagen, seine Geschichte sei nicht »glaubwürdig«? Der wußte wohl nicht, mit wem er es zu tun hatte. Darius hatte es wütend gemacht, daß dieser Kerl mit seinem Hämorrhoidenhirn, der garantiert noch nie in seinem Leben auch nur einen Apfel geklaut hatte, ihm Nachhilfestunden in Kriminalität geben wollte. Cochat hatte ungeduldig geseufzt und das Gespräch schnell beendet.

Um sich zu beruhigen und der Versuchung zu widerstehen, Cochat eine Kugel in den Kopf zu jagen, hatte Darius die Palme im Wohnzimmer mit der Nagelschere bearbeitet. Die riesigen Blätter störten Elias und hingen ihm nachts ins Gesicht. Während die Palme immer lichter wurde, reifte eine Entscheidung in ihm.

Das ist mein Drehbuch, André. Du hast kein Recht, es so schlecht zu behandeln. Aber die Brüder Kottabos werden damit zufrieden sein. Er hatte sie angerufen und sich auf der Place Jules Joffrin mit ihnen verabredet, um wie in guten alten Zeiten Nierenspießchen im *Licite* in der Rue des Poissonniers zu essen. Er würde ihnen von dem Bankraub erzählen, den er sich ausgedacht hatte.

Jetzt konnten sie aber langsam mal kommen. Er trat von einem Fuß auf den anderen, um warm zu werden. Der Regen hatte zwar vor einer Viertelstunde aufgehört, aber die Wolken über dem Rathaus kündigten das Ende der Ruhe vor dem Sturm an.

Seine Waffe drückte ihm in die Rippen, ein bekanntes und beruhigendes Gefühl. Eine Vertrautheit, die sich bei der Arbeit mit dem Stift in der kurzen Zeit noch nicht eingestellt hatte. War er dazu verdammt, weiter in diesem Milieu zu leben? Seinen Kindern diese Welt des Elends und der Prostitution, der Trübseligkeit und der Malerei in Bleifarben bieten zu müssen? Er hatte eine tote Ratte auf den Stufen zur Metrostation Marcadet Poissonniers liegen sehen. Nein, so würde er nicht enden. Die Brüder Kottabos würden ihm helfen, das Geld für seinen Film zusammenzubekommen.

Was sah Elias wohl in ihm? Das, was aus ihm selbst hätte werden können, wenn er nicht Erfolg gehabt hätte? Ein lebendes Beispiel für das Scheitern der Resozialisierung? Er hatte sich so gewünscht, daß sein Freund auf seine Arbeit stolz sein konnte. Er hatte doch so viele gute Ideen. Es tat ihm weh, nicht alles ausdrücken zu können. Aber irgendwann demnächst wäre er soweit.

Man hielt ihn immer für jemanden, der mehr in den Armen als im Kopf hat. Aber dieses Arschloch von Cochat hätte sich hundertprozentig anders aufgeführt, wenn er Titten gehabt hätte und fünfzehn Jahre jünger gewesen wäre. Unter den Umständen hätte er garantiert einen anderen Ton angeschlagen. Es heißt immer, man könne sich am eigenen Schopf aus dem Sumpf ziehen. Aber das ist nicht wahr. Elias weiß, warum er über seine Vergangenheit schweigt. Lügen, das ist die Lösung. Also bitte, bringt euren Kindern das Lügen bei. Lügen und ein reines Herz dabei bewahren.

Ein schwarzer Lieferwagen hielt vor Darius. Die Seitentür wurde aufgerissen.

»Du solltest endlich mit dem Rauchen aufhören.«

»Ich mache mir eher Sorgen um die armen Zigaretten als um mich.«

In der Tat wurde Zoës Zigarette bei einem einzigen Zug um einen guten Zentimeter kürzer. Rauch stieg aus ihrem halbgeöffneten Mund. Sie saßen am bunten Keramiktisch in der Küche. Das Zimmer wurde von einer einzigen Glühbirne mit rotem Seidenpapierlampenschirm erleuchtet. Mitten auf dem Tisch füllte sich allmählich der Aschenbecher. Die langen Finger von Zoë spielten mit dem Rauch. Sie hatte sich schön gemacht. Lippenstift und Wimperntusche unterstrichen ihre feinen Gesichtszüge. Sie trug ein schwarzes Abendkleid, eine unaufdringliche silberne Halskette, den Ring ihrer Großmutter und Amethyst-Ohrringe. Sie hatte Elias zu sich gebeten und ihm gesagt, sie werde sich schön machen, um zu weinen. Aber es war noch nicht soweit. Sie mußte ihm erst noch etwas erklären.

»Es war nicht in Ordnung. Du hattest kein Recht, ihm das anzutun.«

Vor einigen Stunden hatte Zoë auf der Heizung am Fenster sitzend die Nachricht von Richard abgehört. Sie war fast von der Heizung gefallen, und der Himmel schien gleich mit herabzustürzen. Sechs Minuten hatte sie im Krankenhaus Zeit. Sechs Minuten zwischen Frau, Kindern, Kollegen und Freunden. Sechs Minuten, um die Hand ihres Liebsten zu halten und sich die Beschreibung des unbekannten Angreifers anzuhören, sechs Minuten, um zu verstehen, warum er Richard zusammengeschlagen hatte. Erst hatte sie Elias gehaßt, dann hatte sie sich selbst gehaßt, dann hatte sie ihn auf einmal geliebt, weil er versucht hatte, sie zu beschützen und zu rächen. Dank der Narben war Elias' Gesicht nicht so blaß wie sonst. Er sah anders aus. Das machte ihn aber nicht fremder. Sie verstand nun noch besser, warum sie ihn liebte.

»Es ist alles meine Schuld, Elias. Ich hätte mit ihm zusammenleben können, aber ich habe ihn abgewiesen.«

Zoë rieb an ihrem Platinfeuerzeug. An einem sehr deprimierenden Abend war sie in den Antiquitätenladen in der Rue de l'Ancienne Comédie gegangen, auf der Suche nach etwas, das kostbar genug war, sie zu trösten. Sie hatte das Feuerzeug genommen, weil es so alt und geheimnisvoll wirkte. Als sie es damals in den Fingern hin und her gedreht hatte, war sie überzeugt, es habe eine lange Geschichte. Im Laufe der Jahrhunderte hatte es sicher ganz erstaunlichen Persönlichkeiten gehört. Sie spielte oft mit diesem schönen Gegenstand herum, rieb daran in der Hoffnung, ein guter Geist möge aus der Wunderlampe hervorkommen und ihre drei Herzenswünsche erfüllen: Richard, Richard und Richard. Anstelle des guten Geistes kam eine Flamme heraus, spiegelte sich in ihren Augen und wärmte sie ein wenig.

»Warum hast du mir das nie gesagt?« wollte Elias wissen.

»Weil ich mich über ihn beklagen wollte. Das ist mein kleines Quentchen Trost. Etwas anderes habe ich nicht.«

Elias nahm ihre Hand. Seit Jahren schon lag ihr das auf der Seele. Aber die Zinsen, die man aus dem Unglück zieht, sind reichlich. Und es ist so schwer zuzugeben, daß man für die eigenen Erlebnisse verantwortlich ist. Wie ungerecht, wenn man niemanden hat, dem man die Schuld für die eigenen Fehler geben kann. Wie ungerecht.

»Richard leidet darunter mehr als ich. Ich hab' wirklich alles vermasselt.«

Sie dachte an die Magenmittel in seiner Jackentasche, an die Migräneanfälle und die Schuppenflechte. Zoë hatte ihn nie aufgefordert, seine Frau zu verlassen, sich scheiden zu lassen und, Herrgott noch mal, endlich zu seinen Gefühlen zu stehen. Sie hatte ihn nie gebeten, sich zwischen den zwei Formen der Liebe zu entscheiden, die in seinem Herzen Platz hatten.

Sie hatte ihn zu dieser Doppelbelastung gebracht. Und Richard fand irgendwann heraus, daß er tatsächlich zwei Frauen lieben konnte. Bravo Zoë. Du hast seinen Idealismus zerstört. Du hast dieses reine und sanfte Wesen, das den Kopf voller verrückter Ideen von Ehrlichkeit und Wahrheit hatte, in einen Mann verwandelt, der entdecken muß, wie komplex die Liebe ist, viel komplexer, als er je gedacht hatte. Es gibt Milliarden Männer, die davon träumen, ihre Frauen zu betrügen. Du mußtest dir ausgerechnet den einen aussuchen, der das nie wollte, schlimmer noch, der sich das in seinen kühnsten Träumen nie vorgestellt hatte.

»Du hast einen Unschuldigen zusammengeschlagen, ist dir das klar?«

Er hätte Zoë am liebsten in den Arm genommen, aber die Zigarettenspitze, die im Halbdunkel vor ihm glomm, hielt ihn auf Distanz wie das nächtliche Lagerfeuer die Wölfe. Sie war so schön, auch geschminkt. Und das schwarze Kleid verlieh ihr souveräne Eleganz.

»Es paßt auch nicht zu dir, jemanden krankenhausreif zu schlagen«, sagte Zoë.

»Ich mußte etwas tun, was nicht zu mir paßt.«

»Ich bin nicht in der Stimmung für philosophische Gespräche, Elias.«

»Vielleicht paßt es ja sogar zu mir, Unschuldige zu schlagen.«

»Auch wenn du dich wie das letzte Arschloch aufgeführt hast, du bist keins. Also hör endlich mit diesem Quatsch auf, du wüßtest nicht, wer du bist.«

Obwohl sie ihn anschrie, sagte sie ihm unterschwellig, wie sehr sie ihn schätzte. Elias wurde rot. Er hatte nicht mit so einem Geständnis gerechnet. Er hätte ihr gerne erklärt, für wen er Richard noch geschlagen hatte. Aber das hätte nichts gebracht. Das war Zoës Abend. Sie wollte reden und einen Sinn in ihrer Geschichte finden. Sie drückte ihre Zigarette aus, goß sich Tee in ihr Weinglas und zündete sich gleich die nächste an.

»Kann ich dich um einen Gefallen bitten?«

»Natürlich«, sagte Elias. Wie bei einem Schulhofschwur fügte er hinzu: »Alles, was du willst.«

»Können wir einfach mal den Mund halten? Einfach so dasitzen und mal nicht reden? Ich muß nämlich gleich heulen, Elias. Ich warne dich. Ich werde jetzt heulen.«

Ein paar Sekunden sah sie ihn an, ohne zu blinzeln. Sie zog einen letzten Zug aus ihrer Zigarette, drückte sie im Aschenbecher aus und sofort schossen ihr die Tränen in die Augen, überschwemmten den Lidschatten, rannen ihr bis auf den Hals und über die Silberkette. Auch wenn es zitterte, das Lächeln von Zoë hielt sich auf ihren Lippen wie ein Akrobat beim Drahtseilakt.

Sie hatte sich eine heftige Liebe gewünscht mit Schreien, Trennungen und Wiederversöhnungen. Aber menschliche Wesen sind empfindlich und stecken nicht alles so leicht weg. Sie wünschen sich zum Beispiel, nicht ständig zu leiden. Sie konnte das Richard nicht einmal übelnehmen.

Erfahrung bringt uns um das, was wir glauben zu wissen. Als sie noch alberne Blümchenkleider trug und ihren Ranzen ordentlich gepackt hatte, als sie ein verträumtes und naives Mädchen war und romantische Filme verschlang, da wußte sie, so war die Liebe. Aber seitdem hatte sie Bücher gelesen, Platten gehört und bei Diskussionsrunden mitgemischt. Man mußte allein schon aus Streben nach absoluter Originalität versuchen, eine eigene Art der Liebe zu entdecken. Das Ergebnis war vernichtend. Jahrelang hat man Angst, so zu werden wie die Eltern, doch dann kommt der Tag, an dem man entsetzt feststellt, wie wenig man ihnen ähnelt. Wenn sie ihre Eltern in Brest besuchte, war sie jedesmal gerührt, die beiden auf dem Sofa vor dem Kamin sitzen zu sehen. Zwei lächerliche, verschrumpelte alte Leutchen, die sich an der Hand hielten. Da hätte sie am liebsten losgeflennt. Weil das so schön war, mein Gott, war das schön. Altmodisch und verknöchert waren sie ihr vorgekommen. Sie hatte verächtlich darauf herabgesehen, wie wenig die beiden aus ihrer Liebe gemacht hatten. Diese elende Verwandlung von Gefühlen in zärtliche Kameradschaft, und seit fünfzig Jahren die immergleichen Geschichten, die immergleichen Vorwürfe, diese kleinen albernen Küßchen. Aber in Wirklichkeit war das großartig, weil es bemerkenswertes Einfühlungsvermögen und viel Klugheit erfordert, eine Beziehung über so lange Zeit aufrechtzuerhalten.

Als sie beide zweiundzwanzig waren, hatte sie Richard im Sommer einen Korb gegeben. Seine Blumen und seine Gedichte, das war schön und gleichzeitig grotesk. Aber mein Gott, er war Jurastudent! Verstehst du? Er wollte Anwalt werden! Sie hatte sich seiner Liebe verweigert, weil sie noch etwas mehr erleben wollte.

Sie hatte sich gesagt, ich bin zu jung, um jetzt schon den Mann fürs Leben zu treffen. Man sollte seine wahre Liebe besser nicht so früh kennenlernen. Da versaut man alles nur und haut schon aus Unerfahrenheit und Arroganz daneben. Man sollte sich erst mit vierzig verlieben. Die Jugend versteht nichts von Gefühlen. Sie glaubt zu lieben, spielt aber bloß Szenen aus Fernsehserien nach. Liebe verlangt Reife und Intelligenz. Zwei Eigenschaften, die man einfach nicht besitzen kann, bevor man nicht Einsamkeit und die Melancholie der vergehenden Zeit kennengelernt hat. Sollen die jungen Leute sich amüsieren, solange sie sich nicht einbilden, das, was sie da fühlen, sei Liebe. Die wahre Liebe sollen sie doch bitte schön denen überlassen, die schon ein bißchen länger gelebt haben.

Zermürbt vom Warten, von den vergeblichen Versuchen, sie zu überzeugen, und dem nicht ganz unberechtigten Eindruck, seine Gefühle würden mit Füßen getreten, hatte Richard schließlich eine andere geheiratet. Eine schöne und intelligente Frau, die ausgeglichen war und wußte, was sie wollte. Männer lieben am Ende immer diesen Typ Frau.

Trotz großer innerer Widerstände wegen der durchlebten Verzweiflung und Resignation hatte er sich zwei Jahre nach seiner Hochzeit auf eine Wiederaufnahme ihrer Beziehung eingelassen, weil er nie wirklich aufgehört hatte, sie zu lieben. Aber die Angst saß tief, ein zweites Mal das Herz gebrochen zu bekommen. Sie hatte darunter gelitten, als Gefahr zu gelten. Bei ihrem ersten Stelldichein im Hotel Bristol hatten sie die ganze Zeit geheult. Kannst du dir das vorstellen? Ein Zimmer mieten, um zu heulen? Dann hatten sie gestritten und sich geliebt. Lange Zeit war es im Bett nicht wirklich toll gewesen, aber das war nicht schlimm. Wenigstens berührten sich ihre Körper.

Die Untreue ist das beste Mittel, ein Paar intakt zu halten. Eine Geliebte erlaubt es einem Mann, sich zu entspannen und durchzuatmen. Wäre Zoë nicht dagewesen, hätte Richard seine Frau ganz sicher schon vor Jahren verlassen.

Nicht zu sehr darüber nachdenken. Mein Berufsleben verdient auch noch ein paar Tränen, dachte Zoë. Man sollte noch ein paar aufbewahren. Es gibt so viele andere Gründe zu heulen. Jedes Unglück verlangt sein Recht. Elias drückte ihre Hände.

Das Casting hatte ihre Geduld auf die Probe gestellt. Sie mußte in einem langen Flur warten. Sie kam sich vor wie in einem Film über die Todesstrafe.

Ein Casting kann dich verwandeln. Du siehst dir die Frauen an, die dir in irgendeiner Form ähneln sollen, und du spürst ihre mißgünstigen Blicke. Sie hatte die Rolle nicht bekommen. Es gibt Leute, die sind großartig darin, begehrt zu werden, dann stundenlang auf einen Anruf zu warten und schließlich einen Schlag ins Gesicht zu bekommen. Aber du doch nicht! Stell dir das mal vor. Du solltest mal ernsthafte Zwiesprache mit deinem Spiegelbild halten.

Der Geruch nach Desinfektionsmitteln und der Anblick von Richards Gesicht mit dem tiefblauen Auge und dem abgebrochenen Zahn gingen ihr nicht aus dem Kopf. Sie würde ihm das erklären. Sie würde ihr Leben endlich in die Hand nehmen und ihn bitten, für sie alles stehen und liegen zu lassen. Geschissen auf die bürgerliche Ehe, die Wohnung am Boulevard Beaumarchais, geschissen auf die Kinder. Sie würde die großartige und verliebte Egoistin geben. Schuldgefühle sind ein Vergnügen, auf das man verzichten können muß.

Es waren keine Wolken, die an diesem Samstagmittag die Sonne verdunkelten. Die Dunkelheit kam aus Margots Augen.

Ein Telefonanruf hatte sie aus einem Alptraum in schwarz-weiß mit schwedischen Untertiteln geweckt.

»Es gibt ein Problem«, sagte der Arzt mit Beileid, Leichenwagen und Dornenkrone in der Stimme. Ihr Vater hatte die Schmerzen nicht mehr ausgehalten und war aus dem Bett gestiegen, war auf allen vieren und vor Schmerz gekrümmt über den Flur gekrochen, den Katheter mit der Infusionsflasche wie einen Hund an der Leine hinter sich herziehend. Er hatte versucht, sich das Treppenhaus hinunterzustürzen, war dabei aber nur die Treppe zur nächsten Etage hinuntergefallen und hatte sich an den Stufen die Lippen aufgerissen und die Schneidezähne ausgeschlagen. Wenn Morphium nicht mehr besser wirkt als Leitungswasser, dann, so sagen die Ärzte, ist das ein sehr schlechtes Zeichen. Man hatte ihn mit Lederspanngurten am Bett festgebunden und eine Krankenschwester hatte ihn mit mehreren Spritzen ruhig gestellt. Wegen der schnelleren Wirkung hatte sie die Nadel gleich auf Nackenhöhe ins Rückenmark gesetzt.

Wenn Margot noch letzte Worte mit ihm wechseln wolle, so hatte der Arzt gesagt, dann solle sie einen Taxifahrer finden, der bereit sei, jede Verkehrsregel zu brechen.

Als sie auflegte, wußte sie, was sie eigentlich tun müßte. Sie müßte sofort aus der Wohnung stürmen und sich am Straßenrand ein Taxi rufen. Wenn sie die Gesichter der Männer und Frauen auf den Bürgersteigen sähe, müßte sie sich vorstellen, auch die würden eines Tages weiße Krankenhauszimmer von innen zu sehen bekommen. Der Taxifahrer würde wie alle Taxifahrer auf sie einreden, aber sie würde nicht zuhören. Der Wagen würde mit quietschenden Reifen vor der Sâlpetrière halten. Sie würde das Foyer des Krankenhauses betreten und sich trotz eines Lageplans, den sie an der Information bekäme, in diesem Häuserkomplex von der Größe einer Kleinstadt verlaufen. Sie würde von Haus zu Haus laufen und an die Tür jedes Pavillons klopfen, Kranken mit allen möglichen Krankheiten und Verletzungen und Menschen in weißen Kitteln begegnen. Schließlich würde sie das Zimmer 468 finden. Der Arzt würde ihr die Hand auf die Schulter legen und sagen, Sie müssen jetzt tapfer sein, das ist der Kreislauf des Lebens, können wir sein Herz für eine Transplantation verwenden? Sie hätte Schwierigkeiten, ihren Vater in dem weißen Bett wiederzuerkennen, zu glauben, daß dieser Mann sie mal derart in Angst und Schrecken versetzt hat. Sie würde mit sanfter Stimme auf ihn einreden und er würde ihr schöne Dinge sagen. Die klaren und beruhigenden Worte eines Vaters an seine Tochter. Sie würde seine Hand halten und ihm die Augen schließen, wenn er seinen letzten Atemzug getan hatte.

Sie war im Begriff, die Anweisungen des Arztes und die jahrtausendealte patriarchalische Tradition zu erfüllen, und hatte sogar schon die Hand am Türgriff, als sie plötzlich in dieser Haltung erstarrte. In ihrem Herzen war kein Platz für diese zärtlichen Szenen.

Deshalb würde sie nicht ins Krankenhaus fahren. Überallhin auf der ganzen Welt, aber nicht in dieses Zimmer 468. Sie hatte keine Lust, gerührt zu sein. In einer halben, vielleicht einer ganzen Stunde würde der Arzt noch einmal anrufen und eine Nachricht auf ihrem Anrufbeantworter hinterlassen, sie würde nicht drangehen, nicht hinhören. Und sie würde erst auf die Abspieltaste des Anrufbeantworters drücken, wenn ein anderes Unglück und ein anderes starkes Gefühl sie ergriff. Ein Erdbeben zum Beispiel. Der furchtbare Gedanke an die zahlreichen Opfer würde ihre Traurigkeit als Tochter auf erträgliche Weise verdünnen.

Es gibt Situationen, die zu bestimmten Handlungen zwingen. Ihren Vater leblos daliegen zu sehen würde auch sie unwillkürlich zum Weinen bringen. Das geschieht ganz automatisch. Krankenhauszimmer, in denen tote Väter liegen, verursachen Tränen in allen Körperregionen und ziehen sie förmlich aus den Augen. Das ist wie bei den Leuten, die ein Ödem haben und wissen, es schwillt an, sobald sie Krevetten essen. Die weißen Wände, die Laken und die Berufskleidung des Pflegepersonals rufen zwangsläufig jene Reaktion hervor, die den Haß in Familien beilegt. Wie soll man da widerstehen? Der mieseste Schuft wird in dieser weißen Umgebung von seinen Sünden reingewaschen. Aber warum soll man sich vor dem Tod versöhnen? Der beste Moment für das Verzeihen und zugleich der friedlichste ist, wenn das Herz aufgehört hat zu schlagen.

Sie schloß die Tür ab, versteckte den Schlüssel hinter einem Lexikon, schluckte zwei Ibuprofen, legte eine CD von Mercedes Sosa auf und setzte sich aufs Bett. Überall im Zimmer waren Wäschestücke zum Trocknen ausgelegt oder über ihre Stuhllehne, die Fenstergriffe, den Schreibtisch, den Computerbildschirm, den Wasserhahn in der Küchennische, den Griff des Staubsaugers und den der Kasserolle, ja sogar an einzelne Nägel in der Wand gehängt. Ihre fein verteilte Garderobe sah aus, als wäre hier in diesem Zimmer im Bauch einer unsichtbaren Frau eine Granate detoniert, deren Explosion die Kleider in alle Richtungen davongeschleudert hatte.

Die Regentropfen vor dem Fenster malten durchsichtige, bewegliche Gemälde.

Nach ihrem ersten Selbstmordversuch hatte er nur gesagt, du fliehst vor deiner Verantwortung. Er war nicht ins Krankenhaus gekommen, hatte nur eine ironische Nachricht auf dem Anrufbeantworter hinterlassen.

Ihr Vater lag im Sterben, und seit sie das wußte, erschien ihr der Tod weniger verlockend. Ab sofort war er durch seine Anwesenheit verdorben. Leben wurde nun vielleicht möglich.

Jemand machte sie glücklich. Sie konnte sich nicht erinnern, jemals in ihrem Leben in einer ähnlichen Lage gewesen zu sein.

Was macht man mit diesem Glück? Ich meine, gibt es dazu keine Gebrauchsanweisung? Wie soll man sich verhalten, wenn man jemanden so liebt? Ich weiß es nicht, ich weiß es nicht, wiederholte Margot vor sich hin. Sie hätte gern einen Freund angerufen, um sich Rat zu holen, was man tun soll, wenn man glücklich ist. Aber sie schämte sich über ihre Unerfahrenheit in diesem Bereich.

Wie das geschlagene Kind den folgenden Zärtlichkeiten mißtraut, so hatte sie sich immer nur auf Enttäuschungen eingestellt. Weil sie ihr die eigenen Fehler ersparen wollten, hatten Margots Eltern sie daran gehindert zu leben. Unablässig war sie mit Wahrheiten traktiert worden – so nannten die Eltern ihre eigenen Mißerfolge und Abneigungen. Wie unmöglich es ist, ein glückliches Paar zu sein, wie zwangsläufig die Untreue ist und Liebe zerfällt.

Es gibt viele Sachen, die man am liebsten gar nicht wissen will. Tatsachen, die man nicht wahrhaben will, solange man seine eigenen Enttäuschungen noch erfinden kann. Man würde am liebsten nicht wissen, daß die Träume aus dem Kompost anderer Träume entstehen und daß sie genau deshalb so schmerzvoll sind.

Sie hatte keine Gefühle für einen Leichnam übrig. Sie brauchte alle Gefühle für Elias. Selbst wenn sie sich nie wiedersehen sollten, sie liebte ihn. Es wäre idiotisch gewesen, sich da länger etwas vorzumachen. Man klebt sich nicht aus Jux Heißwachsfolie auf die Beine. Die Diagnose ließ keinen Zweifel zu. Selbst die Angina hatte sie nicht von der Verliebtheit kuriert. Zum ersten Mal liebte sie und war gleichzeitig krank. Sie mußte niesen. Ihr Gesicht verschwand hinter einem Taschentuch.

Ersehnte Liebe wird, zumindest meistens, durch erwiderte Liebe entwertet. Na und? Sie wollte Elias zuflüstern: Wenn ich traurig bin, will ich das wegen dir sein, weil ich dir vertraue. Niemand sonst soll mich verletzen können. Niemand soll das Recht haben, mich zum Weinen zu bringen, nur du.

Sie stellte sich auf ihr Bett und fing an zu singen.

Das Telefonklingeln hörte sie nicht.

Es gibt nur zwei Wege, um in die siebte Etage des Studios Galaxie zu gelangen. Entweder man steckt den Schlüssel ins Schlüsselloch unter dem Klingelknopf, aber es gibt nur einen einzigen Schlüssel und der hängt an der Uhrkette von Arden Gaste, oder man tippt den täglich wechselnden Geheimcode in die Zahlentastatur. Elias hatte den Code, den die Assistentin von Gaste durchgegeben hatte, auf einem Zettel notiert. Er drückte die Tasten.

Während der Aufzug hochfuhr, hörte er die Stimmen und Geräusche aus den Büroetagen, an denen er vorbeikam.

In den unteren Etagen klingelten Telefone, Sekretärinnen nahmen die Hörer ab und klemmten sie zwischen Ohr und Schulter, schrieben Nachrichten mit und brachten dabei ihre Haare in Ordnung. Kuriere kamen und gingen, Türen öffneten und schlossen sich zu verabredeten Terminen, Zigarettenkippen wurden in Silberaschenbechern ausgedrückt, Kaffeetassen geleert und wieder gefüllt. Schecks wurden unterschrieben, und Geldbündel wanderten aus einer Büroschublade in Taschen, die dem Fiskus unbekannt bleiben würden. Hände wurden geschüttelt, Worte gewechselt. Journalisten, Schauspieler, Bankiers, Nagelpflegerinnen, Pizza- und Sushilieferanten gaben sich die Klinke in die Hand. In einem Büro in der dritten Etage bestellte die dünne Stimme eines Produktionsassistenten gerade zwei Tonnen Rosenblätter und fünfzig Brautkleider. Ein Drehbuchautor beklagte sich in der Buchhaltung über säumige Zahlungen. Ein Regisseur wurde gerade zu einem Film auf Bestellung überredet, mit dem er seine Steuerschulden endlich bezahlen könnte. Die höchsten Ansprüche und die zynischsten Anfragen wurden auf französisch, englisch oder spanisch vorgebracht. Die Aufzüge ächzten wie in sexueller Erregung auf und ab und ejakulierten dabei Männer und Frauen in allen Stockwerken. Ohne Verschnaufpause drehte sich die Drehtür in der Eingangshalle wie das Rad einer Mühle.

Die Aufzugstür öffnete sich zu den ruhigeren Fluren der obersten Etage. Keinerlei Hinweis auf menschliches Leben. Nur in den Büros von Gaste und seiner Assistentin gab es hier oben Möbel und Computer. Gaste verbrachte seine Tage in dieser Leere, und es schien so, als ob seine bloße Anwesenheit ausreichte, um Filme entstehen zu lassen. Elias überquerte den Vorraum und drückte vorsichtig die halbgeöffnete Tür auf.

Arden Gaste tauchte gerade seine Gabel in den Teller auf dem Schreibtisch. Mit seiner durch ein Stück Kartoffel verformten Backe sah er aus wie ein Biber. Er machte Elias ein Zeichen, das alles mögliche bedeuten konnte. Guten Tag, wie geht es Ihnen, lassen Sie mir eine Minute Zeit, fertig zu essen, und setzen Sie sich doch. Gaste aß einen Miniatureintopf. Dünne Möhrenstifte hinterließen orangene Spuren auf dem winzigen Teller. Eine Flasche Burgunder stand auf einem Papierstapel. Gaste füllte ein Glas und stellte es vor Elias.

»Ich kann mir denken, warum Sie hier sind.«

Elias setzte sich, rührte das Glas aber bewußt nicht an. Nicht mehr zu trinken verlangte von ihm einige Selbstbeherrschung. Den automatischen Reflex zu unterdrücken war allerdings schwieriger, als die Sucht selbst in den Griff zu bekommen. Seine zitternden Hände hatten ihn an Frau Doktor Ansermets Warnungen erinnert. Er machte sich zum ersten Mal seit einer Ewigkeit Gedanken um seinen Gesundheitszustand – in erster Linie um den seiner Leber –, als ob ihm plötzlich sein Leben wichtig geworden wäre.

In erster Linie hatten ihn Nathalies Sorgen hierhergetrieben, deshalb hatte er nicht genau überlegt, was er seinem Chef sagen sollte. Er hoffte, Arden Gaste werde schon wissen, warum er hier war. Um ihn zum Reden zu ermuntern, sah Elias ihn stumm an.

»Sie haben ihre Degradierung nicht gut verdaut«, erklärte ihm Gaste. »Kann ich ihnen nicht mal übelnehmen. Aber Martial wollte das so. Keine Ahnung, warum. Sie wollen immer noch nach Afrika.«

Wollte er nach Afrika? Er nahm sich Zeit, darüber nachzudenken. Ja, seinerzeit wollte er unbedingt nach Afrika, um diesen Film zu produzieren und um den Fragen über seine kaputte Beziehung zu Clarisse aus dem Weg zu gehen. Heute sah es anders aus. Er wollte nach Afrika, um die Wahrheit über Caldeira und Victor herauszufinden, aber vor allem, um vor Margot ein letztes Mal zu fliehen. Er starb vor Sehnsucht, sie anzurufen, sie zu treffen und sie in seine Arme zu nehmen, und konnte nicht endlos so tun, als sei das nicht so. Er brauchte ein Abenteuer, das gegen diese starken Gefühle ankommen konnte.

»Nathalie ist beunruhigt«, sagte Elias mit großem Ernst, als ob er daran persönlich etwas ändern könne. »Sie hat von Victor seit seinem Abflug nichts mehr gehört.«

»Ich will ganz offen sein: Wir wissen auch nicht mehr. Es gibt nur zwei mögliche Erklärungen. Martial spielt uns einen Streich, oder die Affen haben alle Telefone der Insel geklaut und in die Bäumen gehängt.«

Seine Stimme war eintönig. Aber seine Vitalität war trotzdem beeindruckend. Seine Augen funkelten in blasser, elektrisierter Klarheit, sie nahmen alles wahr, ihnen entging nichts. Man konnte sich diesen Menschen nicht verzweifelt vorstellen.

»Sie haben alle Impfungen, nicht wahr?«

Elias nahm noch jeden Morgen seine Malariaprophylaxe, in ähnlicher Gewohnheit, wie er seinerzeit Rechtskurse, Alkohol oder Zigaretten zu sich genommen hatte.

»Ich soll nach Rubondo fahren«, sagte Elias.

»Ich sehe niemanden, den ich sonst hinschicken könnte. Sie müssen sich keine Sorgen machen.«

»Die sind da unten allein, irgendwo mitten im Nichts. Vielleicht sind sie überfallen worden.«

»Das ist Martials Film. Ich kenne ihn. Er würde sich durch nichts und niemanden von der Verwirklichung eines Traums abbringen lassen. Aber mir wäre es ganz recht, wenn Sie mal nachsehen. Nur zur Sicherheit. Er ist nicht mehr ganz jung, und Sie wissen ja selbst, wie verschroben er manchmal sein kann.«

Elias war nie so ganz dahintergekommen, welches Verhältnis Gaste und Caldeira eigentlich hatten. Sie gingen sich aus dem Weg, aber es gab enge Verbindungen aus alten Zeiten. Sie waren ungefähr gleich alt und hatten zur gleichen Zeit ihre ersten Filme gemacht.

Gaste sah auf die Uhr und leerte sein Weinglas in einen Eimer neben dem Schreibtisch. Elias erinnerte sich an Fotos von Gaste, rauchend und trinkend. Ein Foto im Vorzimmer zeigte ihn vor dem Firmengebäude kurz nach der Fertigstellung, mit Zigarre und einem Glas durchsichtiger Flüssigkeit in der Hand. Er stieß mit Caldeira an, der damals noch jung und schlank war, richtig gutaussehend. Sie schienen beide stolz und glücklich. Diese Zeit war offenbar vorbei.

»Sie fliegen in zwei Stunden und zweiunddreißig Minuten.«

Die Assistentin legte einen Umschlag vor Elias. Ihr Arm streifte kurz seine Wange. Er hatte sie nicht eintreten sehen. Vielleicht hatte sie auch schon die ganze Zeit über im Büro gesessen, ohne sich zu rühren, und war aufmerksam dem Gespräch gefolgt. Gaste hatte mit großer Selbstverständlichkeit gesprochen. Er erwartete keinerlei Überraschtheit wegen des knappen Termins. Es war für Elias nichts Neues, von einer Minute auf die andere einige tausend Kilometer überwinden zu müssen. Entfernungen zählten nicht, Zeitzonen und Grenzen ebensowenig. Gaste lebte in der unwirklichen Welt seiner Entscheidungen.

»Wie weit sind Sie mit dem Projekt *Margot Lazarus*?«

Offensichtlich reizte ihn das Thema. Gaste war beharrlich. Seine subtile Strategie beeindruckte Elias. Gaste tat so, als verstünde er nichts, dabei hatte er die Situation ganz und gar erfaßt. Er fragte sich vermutlich, ob die kleinen Fluchten von Elias und seine offensichtliche Abneigung gegen das Projekt etwas verbargen. Wenn der Gepard die Antilope nicht töten will, dann ist er vielleicht gar kein Gepard.

»Sie hat kein Interesse«, sagte Elias betont gleichgültig. »Sie hat moralische Bedenken.«

»Es geht also ums Geld. Dann verdoppeln Sie die Summe.«

»Das kann ich nicht.«

»Natürlich können Sie das«, sagte Gaste und zog ein längliches Lederetui hervor, in dem sich sein Scheckheft befand. »Verpacken Sie es in nette Sätze, versprechen Sie ihr wer weiß was. Hauptsache, Sie überzeugen sie.«

»Ich will Margot keinen Vertrag vorschlagen. Ich glaube, ich liebe sie.«

Das Bekenntnis war völlig deplaziert, dennoch verzog Arden Gaste keine Miene. Elias dagegen setzte eine Grimasse auf. Es störte ihn nicht so sehr, wen er da ins Vertrauen gezogen hatte. Er hatte nur noch nie über seine Gefühle geredet. Aber nun war es geschehen. Seine Liebe war nun offenbart, ein erster Schritt war getan.

»Ihre Erklärung ist rührend, Elias. Aber sie betrifft unsere Firma nicht. Ihre Weigerung ist inakzeptabel.«

Elias hatte geglaubt, Margot müsse das Angebot der Firma ablehnen. In Wirklichkeit hatte er sich auf diese Weise davor drükken wollen, selbst Widerstand zu leisten. Aber er war derjenige, der sich weigern mußte, ihr diesen Kuhhandel vorzuschlagen, egal, welche Folgen das haben würde.

Er verabschiedete sich. Es war keine Zeit mehr, Koffer zu packen oder spezielle Tropenbekleidung in einem Ausrüstungsladen zu kaufen. Er hätte natürlich Kleider aus seiner Wohnung mitnehmen können, aber seit der Affäre mit Clara Hovi wollte er möglichst keinen Fuß mehr hineinsetzen. Dieser Ort gehörte der Vergangenheit an. Alles, was sich darin befand, war überholt.

Der Aufzug hielt in der fünften Etage. Der von Marie vorbereitete Schuhkarton stand noch immer im Regal. Nachdem er den Inhalt überprüft hatte, legte er die Mappe *Margot Lazarus* dazu.

Dieser Idiot von Cochat hatte angerufen, um ihm den Inhalt des Gesprächs mit Darius wiederzugeben. Elias war nicht sicher, wie er reagiert hätte, wenn Cochat ihm das von Angesicht zu Angesicht erzählt hätte. Wer einmal einen Mann niedergeschlagen und dabei ernsthaft verletzt hat, fühlt sich stark und mächtig und sucht nach Gelegenheiten, diese neue Macht auszuüben. Mit sadistischer Zufriedenheit hatte Cochat ihm versichert, dieser Mann habe keinerlei Talent und man verliere mit ihm nur kostbare Zeit. Elias hatte sofort versucht, Darius zu erreichen, aber der war nicht ans Telefon gegangen. Er wollte ihn bitten, nicht aufzugeben und nicht auf solche Idioten zu hören. Leute wie Cochat waren doch bloß blind für die Kraft seiner Geschichten und konzentrierten sich auf Details, die nicht zusammenpaßten. Vom Taxi aus, das ihn zum Flughafen brachte, hinterließ er eine Nachricht auf dem Anrufbeantworter seines Freundes.

Als das Taxi den Pont de l'Alma überquerte, verschwand das Gebäude des Studios Galaxie im Nebel. Sechs Jahre lang hatte die Firma sein Herz erwärmt und ihm mehr Halt gegeben, als er gedacht hatte. Das merkte er jetzt, als er sich von ihr zu lösen begann.

Der Zusammenhalt einer beruflichen Zufallsgemeinschaft ist wie eine warme Dusche oder Beruhigungspillen – er hüllt in einen weichen Mantel. Es ist nicht wichtig, ob man diejenigen liebt, von denen man umgeben ist, ob man sich wirklich gut mit ihnen versteht und sich gerne mit ihnen unterhält – eher nicht, wie man wohl zugeben muß. Aber man ist ganz eng in diesen Kokon der Geselligkeit eingesponnen. Egal, ob aus Polyester, ob von Maschinen oder Kinderhänden illegal gewebt: Er wärmt. Elias hatte nicht daran geglaubt, mehr als das je haben zu können. Sechs Jahre lang hatte er ganz dem Bild entsprechen wollen, das man sich in dieser Firma von ihm machte. Aber er hatte genug davon, ein Meeresbiologe zu sein, der nicht schwimmen kann, oder ein Önologe, der keinen Wein trinkt. Die perfekte Kenntnis des Lebens aus zweiter Hand genügte ihm nicht mehr, er wollte selbst leben.

»Ist Ihnen schwindelig?«

Ich habe keine Angst, ins Leere zu fallen, dachte Elias. Ich habe Angst vor meiner inneren Leere. Er gab dem Major ein Zeichen der Zustimmung.

Das Taxi fuhr genau die gleiche Strecke wie vor vier Tagen. Der Fahrer erkannte Elias nicht wieder und unterbreitete ihm in fast den gleichen Formulierungen wie beim letzten Mal seine Ansichten zur Weltpolitik. Auch die Landschaft wiederholte sich, die Autobahn, der Sicherheitsposten und die Soldaten, die ihn durchsuchten und einen Detektor unter das Taxi hielten, die blechverkleideten Flughafengebäude dieses riesigen Luftwaffenstützpunktes. Nur wartete diesmal niemand am Flugzeug.

Der Major bedauerte. Elias würde keine Chartermaschine bekommen. Die Anfrage war zu kurzfristig erfolgt, um noch ein freies Flugzeug aufzutreiben. Er würde mit einer Transall-Maschine fliegen, die humanitäre Hilfsgüter in die Region brachte.

Das Flugzeug stand genau da, wo Victors Maschine gestanden hatte. Aber die Transall hätte innen Platz für mehrere De Havillands gehabt. Die Armee brachte Räumfahrzeuge und Kisten voller Medikamente nach Tansania, wie der Major erklärte. Der Oldoinyo Lengai, ein Vulkan im Osten der Serengeti, war ausgebrochen, Tausende von Menschen waren dabei verschüttet worden. Lava und Schlamm hatten Felder, Dörfer und Straßen mit sich gerissen. Die Transall würde auf dem internationalen Flughafen von Eldoret in Kenia zwischenlanden, ein paar hundert Kilometer vom Viktoriasee entfernt. Von da nach Rubondo war er auf sich allein gestellt.

Sein Schwindelgefühl erwies sich als idealer Vorwand, den Militärs im Cockpit aus dem Weg zu gehen. Elias zog sich in den hinteren Teil des Flugzeugs zurück.

Der Laderaum war riesig, wie eine Grotte. Der geringste Klang hallte hier wie wildes Getöse wider. Eine merkwürdige Höhle von Lascaux, in deren Halbdunkel Autos, Baumaterialien und Säcke statt Felsen und Stalagmiten standen. Elias machte es sich auf dem Fahrersitz eines Baggers bequem. Der Major hatte ihm einen Anorak in die Hand gedrückt, damit ihm nicht kalt wurde. Als das Flugzeug abhob, hielt er sich am Lenkrad des Baggers fest. Die Räder ruckelten in der Vertäuung. Bald war die Transall jedoch so hoch, daß nur noch das Röhren der Motoren zu hören war. Es gab keine Bullaugen. Er konnte also nichts von der Landschaft unter sich sehen. Das einzige Licht kam von den Sicherheitsleuchten. Er fand eine Schachtel Streichhölzer in der Anoraktasche.

Er kaute einen Kaugummi für den Druckausgleich und studierte dabei die Karten, um seine Weiterfahrt nach Rubondo zu planen. Mit dem Finger folgte er der Straße, die er nehmen würde.

Dreharbeiten hatten ihn schon in allerlei Länder geführt. Aber nach Afrika flog er zum ersten Mal. Es war aufregend, in die Nähe des Rifttals, der Wiege der Menschheit, zu fahren. Ein Faltblatt informierte über die jährliche Absenkung des Tals um einige Zentimeter. Eines Tages würde es die neue Insel Ostafrika vom Rest des Kontinents abtrennen.

Die Vibrationen und das Pfeifen des Windes hinderten den kleinen Mann im Bauch des Wals, der Elias war, nicht daran, mit den Händen an das Lenkrad des Baggers geklammert einzunicken. Die sieben Stunden Flugzeit versanken in traumlosem Schlaf.

Der strahlend blaue Himmel blendete ihn, als er aus dem Laderaum hervorkroch. Die Transall wurde gerade mit einem riesigen Schlauch betankt. Die Pumpen machten einen Höllenlärm. Kenianische Offiziere diskutierten mit ihren französischen Kollegen. Der Flughafen lag in der prallen Sonne. Das grüngestrichene Metall des

Flugzeugs heizte sich auf. Der pompöse Name »Internationaler Flughafen von Eldoret« bezeichnete den kleinen Flugplatz einer Universitätsstadt. Der Tower erhob sich nur einige Meter über Bodenniveau, und das Flughafengebäude war ein bescheidenes modernes Bauwerk. Handel und Kleinindustrie hatten sich um den Verkehrsknotenpunkt am Rande der Stadt angesiedelt.

Der Anorak hing Elias schwer auf den Schultern und war ihm viel zu heiß. Er gab ihn dem Major zurück. Der war schon damit beschäftigt, den Laderaum wieder zu schließen, und hörte seinen Abschiedsgruß gar nicht.

Die Schuhschachtel unterm Arm ging Elias zum Zoll. Aufgrund der alten Kolonialgrenzen wurde in Kenia Englisch gesprochen. Er hielt dem Zöllner seinen internationalen Impfpaß hin. Ein Polizist forderte ihn auf, die Schachtel zu öffnen. Elias hatte das Dollarbündel wohlweislich unter seinem Hemd versteckt. Für die laufenden Kosten hatte er nur ein paar Scheine in der Jackentasche. Der Zöllner sah sich seinen Paß an, das Visum und das Rückflugticket. Elias bezahlte die Summe in Dollar, die als pauschaler Eintrittspreis für das kenianische Territorium zu entrichten war. Der Polizist hielt die Scheine unter die Lampe und legte sie dann hochzufrieden in eine Metallkassette.

Das Thermometer an einem Werbeplakat für Mineralwasser vom Kilimandscharo zeigte achtundzwanzig Grad Außentemperatur. Die Klimaanlage im Flughafengebäude ermöglichte es Elias, sich von den Strapazen des Flugs zu erholen. Er erstand eine Dose Coca-Cola und sah sich den Stadtplan neben den Toiletten an.

Als er aus dem Flughafen trat, lag Eldoret ausgebreitet vor ihm. Die Häuser aus Stahl und Glas reflektierten die Sonne wie das Spiegelfeld einer Solaranlage. Trotz der vielen Autos stockte der Verkehr in den breiten Straßen kaum. Die Stadt war im Schachbrettmuster angelegt. Es gab nur Quer- und Längsachsen. Elias lief mitten im Passantenstrom, viele Studenten, viele Männer in Anzügen und viele Inder.

In der schwülen Luft schwitzte er sofort. Er zog die Jacke aus und warf sie über seine Schulter. Wenn er hier überleben wollte, mußte er unbedingt Kleider finden, die den Temperaturen besser entsprachen als die Samthose, das dicke Baumwollhemd und der Pullover, den er anhatte.

An einem Kiosk kaufte er sich eine *East African*. Fotos des Vulkanausbruchs zierten die Titelseite. Er setzte sich auf die Terrasse eines kleinen Restaurants in der Kenyatta Street und bestellte einen Teller Ugali. Das schien ihm für seinen europäischen Magen die einzig verträgliche Nahrung zu sein. Nebenan wurde Ziegenfleisch gegrillt. Er öffnete eine Flasche Mineralwasser und trank direkt aus der Flasche. Der Kellner gab ihm die Adresse eines Kleidergeschäfts.

Ein Regenschauer ging über der Stadt nieder. Zwei Minuten später war alles vorbei, und die Sonne schien wieder. Das Gefühl des Gehetztseins, das sein Leben in Paris bestimmt hatte, fiel von ihm ab, je länger er durch die Straßen von Eldoret spazierte. Keine Eile, die Insel Rubondo war ja ganz in der Nähe.

In der Nähe der Barclays-Bank und des Rathauses befand sich ein großes Geschäft, das sich bis auf die Straße hinaus erstreckte. Baumwollballen, Häute und Hörner lagen in Stapeln vor der Eingangstür. Weiße Tücher schützten das Geschäft vor Staub und Regen. Schaufensterpuppen aus Holz trugen Anzüge und Kleider. Ein Kind kam auf ihn zu und erkundigte sich mit dem hochgereckten Kinn des Profis, der nicht an seinen Fähigkeiten zweifelt, ob Elias etwas wünsche. Das Kind trug ein Metermaß um den Hals und einen Gürtel mit Blumenornament um die Taille. Im hinteren Raum des Geschäfts zeichneten Frauen Schnittmuster, schnitten Kleiderteile zurecht, nähten sie zusammen und hörten dabei Musik. Der Junge mußte zum Maßnehmen auf eine Trittleiter steigen.

Eine Stunde später, nachdem er sich in einem nahegelegenen Café die Zeitung durchgelesen und einen viel zu stark gezuckerten und mit fetter Kondensmilch versetzten Kericho-Tee getrunken hatte, war Elias Besitzer eines wunderschönen, maßgeschneiderten, cremefarbenen Leinenanzugs. Er suchte sich zusätzlich drei Hemden aus, Unterwäsche, ein Paar Schuhe und einen Panamahut.

Der große Bruder des kleinen Jungen sah sehnsüchtig auf seine abgetragenen Klamotten. Elias war der Ansicht, Darius würde es ihm nicht übelnehmen, wenn er sie weggab. Der junge Mann beeilte sich, die Kleider anzulegen, und bewunderte sich damit im Spiegel. Elias fragte den kleinen Verkäufer, wie er zur Insel Rubondo gelangen könne.

Vor dem Hotel Wagon warteten drei Taxis. Elias entschied sich für ein englisches schwarzes Cab und nannte den Namen der Stadt Usenge. Der Fahrer brach in lautes Lachen aus und erklärte ihm, beim augenblicklichen Zustand der Straßen würde sein Taxi auseinanderfallen, wenn er so verrückt sei, sich dorthin zu wagen. Hundert Kilometer, das sei einfach zuviel, sagte er. Er müsse den Matatu nehmen. Weil Elias keine Lust hatte, Stunden in einem überfüllten Bus zu verbringen, zu schwitzen und Staub zu schlukken, fragte er, ob es keine andere Möglichkeit gebe, bis zum Viktoriasee zu kommen. Der Taxifahrer sah ihn prüfend an und meinte, das würde ihn aber hundertmal mehr kosten als die Fahrt mit dem Matatu. Als Elias begriff, daß es nur um 200 Dollar ging, willigte er sofort ein. Der Fahrer legte den Gang ein und fuhr quer durch die Stadt zur großen Esso-Tankstelle, wobei er ununterbrochen auf seinem Handy telefonierte. Sie hielten vor der Autowerkstatt. Fünf Minuten später fuhr ein Jeep mit Vierradantrieb vor.

Als sie Eldoret verließen, ging die Sonne unter. Elias konnte nur erraten, durch welche Landschaft sie fuhren. Er versuchte, sich die Bäume in der Savanne vorzustellen. Tiere schrien ihren Schmerz, ihren Triumph oder ihre Lust in das Dunkel hinaus, er konnte das nicht unterscheiden. Die Scheinwerfer streiften ein Rudel Impalas. Die hartgetrocknete Lehmpiste mit ihren Löchern bereitete Elias Rückenschmerzen. Ein Jagdgewehr auf dem Armaturenbrett und ein Revolver im Handschuhfach erinnerten daran, daß Banditen die Straßen unsicher machten. Elias verstand langsam, warum die Scheiben von außen vergittert waren.

Der Hang zum ununterbrochenen Gespräch ist ein Fluch, der weltweit auf allen Taxifahrern lastet. Der Fahrer redete die ganze Zeit über den Vulkanausbruch und zitierte dabei, wie Elias bemerkte, ganze Passagen des Artikels wörtlich, den er vor ein paar Stunden selbst in der Zeitung gelesen hatte. Er erzählte außerdem ungefragt die gesamte Lebensgeschichte des Julius Nyerere, der die Bibel und Shakespeares Werke ins Suaheli übersetzt hatte und dem das seltene Bravourstück gelungen war, gleichzeitig als großer Befreier und als großer Diktator in die Annalen einzugehen. Ein Foto des heiligen Mannes klebte neben dem Kilometerzähler. Bei einer Durchschnittsgeschwindigkeit von vierzig Stundenkilometern erreichten sie Usenge gegen Mitternacht.

Das Auto hielt oberhalb des Hafens. Der Blick über die Bucht zeigte trotz der Zersiedelung noch viel wilde Landschaft. Der Viktoriasee ist groß wie ein Meer. Das gegenüberliegende Ufer kann man nicht sehen, die Wellen, die an die Strände schwappen, unterliegen Ebbe und Flut. Am Hafen wartete schon ein rotes Wasserflugzeug.

Rosa Flamingos steckten die Schnäbel ins Wasser. Auf der Uferböschung stritten sich ein paar Kinder um einen riesigen Fischkopf.

Im Licht ihrer Taschenlampen kehrten Fischer mit Netzen vom Fang zurück.

Die Sonne ging auf und ihre ersten Strahlen glitzerten über den See. Muskatnußstaub erfüllte die Luft über Rubondo und legte sich auch auf Elias' Lippen. Er stieg aus dem Wasserflugzeug und sprang auf den Ponton, der vom Strand aus gut vierzig Meter ins Meer reichte. Männer in Uniform verließen ihren Wachtposten in der Nähe einer von Sand überwehten Barke und gingen auf ihn zu. Einer der Männer blieb stehen, um in sein Walkie-talkie zu sprechen. Mit einem Handzeichen wies man ihm die Richtung. Elias folgte dem Pfad, der hinter den Dünen begann und im Dickicht des Urwalds verschwand.

Der Pflanzensaft war an den Schnittstellen geronnen, die abgemähten Farne waren aber noch grün. Der Weg war erst vor kurzem freigeschlagen worden. Die dichte Vegetation ließ kaum den Himmel erahnen. Jeder Ast der im Netz der Lianen gefangenen Bäume streckte sich mit aller Kraft dem Licht entgegen.

Insekten streiften sein Gesicht und seine Haare. Elias versuchte, nicht auf die Geräusche um ihn herum zu achten. Um die Lebensäußerungen depressiver oder nach Nahrung gierender Tiere zu übertönen, summte er vor sich hin, hörte jedoch sofort damit auf, als ihm klarwurde, daß er Raubtiere damit unfreiwillig auf sich aufmerksam machte. Er ging schneller, die Schuhschachtel an sich gedrückt.

Nach etwa einer halben Stunde wurde der Wald plötzlich lichter, die Bäume wurden kleiner. Elias konnte auf dem Boden Orchideen, Muskatbäume und Euphorbien erkennen. Ein paar Kalaos flogen davon, als er mit dem Fuß auf einen morschen Ast trat. Der noch nächtlich blaue Himmel erstrahlte vor ihm auf einmal in bleichem Gelb.

Als ob er mit der Guillotine abgehackt worden wäre, endete der Wald schlagartig. Eine Lichtung erstreckte sich über einige Hektar. In der Mitte eines ehemaligen Papyrusfeldes erhob sich ein einsames Haus. Am Rande des Geländes standen riesige Akazien wie Sonnenschirme. Weiße Blüten sprenkelten das dornige Laubwerk. Die Vielfalt der Gerüche kitzelte Elias in der Nase. Jasmin vermischte sich mit Muskatnuß. Wer Diesel- und Kohlendioxydgerüche gewöhnt ist, dessen Lungen brauchen eine gewisse Zeit, reine Luft ohne Husten ertragen zu können. Vor einem großen Kampferbaum tauchte plötzlich eine bekannte Gestalt auf und ging auf ihn zu.

»Die hiesigen Weine sind furchtbar, Elias. Und die südafrikanischen und kenianischen sind gerade mal oberes Mittelmaß.«

Martial Caldeira trug eine weite Hose, ein weißes Hemd und einen khakifarbenen Tropenhelm. Sein eigentliches zeremonielles Kostüm war jedoch das Glas Gin, das er in der Hand hielt. Er blinzelte Elias verschmitzt an.

»Ich habe mir eine Kiste Languedoc schicken lassen. Das Porto kostet ein Vermögen. Laß uns gleich ein Glas trinken.«

Er verhielt sich, als hätten sie sich gestern als beste Freunde voneinander verabschiedet. Daß Caldeira sich genau so verhielt wie in seinen alten Erinnerungen, erschütterte Elias. Sein eigenes Leben war in der Zwischenzeit derartig auf den Kopf gestellt worden. Er glaubte nicht mehr an die Unveränderbarkeit der Welt.

Caldeira ging zum Haus. Elias folgte mit gemischten Gefühlen. Er freute sich über das Wiedersehen, aber die Eindrücke ihres letzten Treffens waren zu heftig gewesen, um schon vergessen zu sein.

Als Schutz vor Schlangen, Insekten und wilden Tieren stand das Haus auf meterhohen Pfählen. Auf der Terrasse saß eine Frau und las, die Brille auf die Nasenspitze geschoben. Eine Lampe hing über ihr. Die gesamte Terrasse war von Moskitonetzen umspannt. Die Frau wandte den Kopf, als sie die Treppenstufen knarren hörte.

»Nehmen Sie immer noch die Malariaprophylaxe, Elias?«

Frau Doktor Ansermet trug ausnahmsweise keinen ihrer merkwürdigen Wollpullover, sondern einen bunten Patchworkpullover aus Baumwolle. Ihr Gesicht war entspannt, ihre Augenbrauen einmal nicht streng in die Höhe gezogen.

»Ja, ich…«, murmelte Elias.

Dank der Koffeintabletten und Guarana hatte er die letzten sechsunddreißig Stunden nicht geschlafen. Das Klima, die Fahrt mit dem Jeep und der Flug mit dem Wasserflugzeug hatten seine Kräfte erschöpft. Caldeira hielt ihn fest, Ansermet half ihm, sich auf die Bank zu setzen. Sie legte ihm ein nasses Tuch auf die Stirn und flößte ihm ein heißes, saures Getränk ein, das nach Lotus schmeckte.

Mit geschlossenen Augen hörte er den Grillen zu und dem Rauschen der Blätter. Er nickte für ein paar Sekunden ein.

Caldeira strich ihm sanft über die Wange, genau an der Stelle, wo er ihn vor einer Woche geschlagen hatte. Die Verletzungen hatten kleine geschwollene Wülste hinterlassen, die später Narben werden würden. Caldeiras Hand hatte die Wirkung eines heilenden Balsams.

»Du erwartest hoffentlich keine Entschuldigung.«

»Ich glaube nicht.«

»Zu Recht«, sagte Caldeira und legte seinen Hut auf die Fensterbank. »Ich werde dir was erzählen.«

»Kann ich nicht vorher etwas essen?«

»Nein.«

Durch das Licht und den Geruch von Blut völlig aufgedreht, hingen Myriaden unterschiedlicher Insekten in Trauben vor dem Moskitonetz. Ihre Beine klammerten sich an das straff gespannte Gewebe, und mit ihren Saugstacheln versuchten sie, Löcher in die Fasern zu stechen. Ansermet stand auf. Bevor sie ins Haus ging, warf sie Caldeira noch einen strengen Blick zu, so als mißbillige sie, was er erzählen wollte. Caldeira ließ sich neben ihm auf der Bank nieder. Sie blickten jetzt beide in die Landschaft dieser Insel. Die Akazien verdeckten teilweise das Tal, in dem sie sich befanden, aber man sah in die weite Prärie. Elias stellte sich irgendwo dort die Wassertränken wilder Tiere vor. Die Sonne stieg über die Zimtbäume.

Caldeira fing an zu reden. Die hypnotische Wirkung seiner Stimme versetzte Elias in Trance. Er verstand nicht alles, ganze Wörter gingen unter, statt dessen stiegen Bilder und Töne einer lange zurückliegenden Vergangenheit in ihm auf.

Soweit er mitbekam, hatte Caldeira von einem Freund, der mit seinen Rennställen Pleite gemacht hatte, einmal ein Pferd geschenkt bekommen. Er hatte das Pferd auf seinem großen Grundstück frei herumlaufen lassen, damit es mit Stuten herumtollen und in Ruhe weiden konnte. Aber es rannte ohne Pause, besessen von der Idee des Wettrennens, die ihm die Menschen in den Kopf gesetzt hatten. Es hatte keine Gegner, keine Start- oder Ziellinien, aber es galoppierte bis zur Erschöpfung von morgens bis abends herum. Das Tier war kurz davor, an Erschöpfung zu sterben. Eines Tages nahm Caldeira eine Eisenstange und brach dem Pferd ein Bein.

Diese Geschichte zielte offenbar auf Dinge ab, die Elias selbst widerfahren waren. Doch trotz des angespannten Blicks und des Zitterns um das Kinn des Erzählers schien sie zu grausam, um wahr zu sein. Elias konnte sich Caldeira nicht vorstellen, wie er ein Pferd mit einer Eisenstange schlug. Er nahm an, Caldeira habe die Wirklichkeit ein wenig ausgeschmückt, um der Geschichte mehr Kraft zu geben.

»Du mußt mich für einen grausamen Menschen halten.«

»Gefühllos wäre wohl der richtige Ausdruck«, sagte Elias und sah dabei Caldeira gerade in die Augen.

»Dann weißt du nicht, wie Pferde denken, und kennst die Besessenheit nicht, der sie unterworfen sind.«

Elias hatte gute Lust, Caldeira zu sagen, wie sein Leben sich seit jenem Samstag verändert hatte, aber er konnte das nicht. Demütigung und Schmerz waren immer noch frisch. Es gibt wirklich andere Möglichkeiten, einem Freund etwas zu erklären, als ihn zusammenzuschlagen. Trotz seiner Feinsinnigkeit hatte Caldeira barbarische Angewohnheiten. Elias konnte sich noch genau erinnern, wie brutal er zusammengeschlagen worden war. Aber das schien ihm trotzdem weit weg, als ob es jemand anderem widerfahren wäre, jemandem, den er nicht gut kannte, auf jeden Fall nicht mochte, und für den er auch keinerlei Respekt empfand.

»War das Pferd Ihnen dankbar für die Behandlung?«

»Gute Frage, Elias. Nein. Ab dem Tag hat es mich gefürchtet und ist immer in sicherer Entfernung vor mir geblieben. Selbst als es längst geheilt war, bis zu seinem Tod. Aber es hat danach gelebt. Das war der Preis, den es zahlen mußte. Hast du Angst vor mir?«

»Nein.«

»Das wollte ich nur wissen. Laß uns essen gehen. Die Dreharbeiten beginnen in einigen Stunden.«

Die Wände des Hauses aus Akazienholz waren voller länglicher Astlochspuren, und die Ritzen zwischen den Balken sorgten für angenehme Belüftung. Auf dem Schreibtisch im hinteren Teil des Raumes stand ein Computer, der an einen Generator angeschlossen war. Daneben lagen ein gebundenes Drehbuch, ein paar verstreute Blätter Papier und eine Tasse, in der Kaffee eingetrocknet war. Ein Satellitentelefon stand auf einem Regalbrett. Die Kiste Wein lag auf dem verschrammten Dielenboden, daneben standen Vorratskisten und ein Gasherd mit einem großen Kochtopf. Eine Schiebetür aus Bambus führte zu den anderen Zimmer des Hauses.

Es war für drei Personen gedeckt. Die im Zimmer verteilten Kerzen beleuchteten die Gesichter von Caldeira und Frau Doktor Ansermet. Elias empfand das gleiche stillschweigende Übereinkommen zwischen ihnen wie zwischen Caldeira und Fleur.

Ansermet bückte sich und legte eine Schallplatte mit Schubert-Liedern auf. Caldeira nahm den Topf vom Herd und füllte die Teller mit einem Ragout aus Meeresfrüchten, dessen Geruch Elias in der Nase stach. Seit er in Afrika war, hatte er nur Ugali gegessen, ein Gericht, das vorwiegend aus Mais gekocht wird. Er hatte

Gemüse, Fisch und Fleisch lieber vermieden. Sobald seine Gastgeber saßen, nahm Elias seine Gabel und verschlang ein Stück Languste mit roter Sauce. Caldeira erzählte ihm von den Dreharbeiten ein paar hundert Meter hinter dem Zimtbaumwald. Er hatte dieses Haus hier extra bauen lassen, um den allgemeinen Vergnügungen in dem Hotel entgehen zu können, das von der Firma für die Techniker und Schauspieler hergerichtet worden war. Ein Dutzend komfortabler Zelte beherbergte den Rest des Teams, das jetzt schon zu einer kleinen verschworenen Gemeinschaft zusammengewachsen war. Alles lief bestens.

»Fleur ist auch in drei Tagen hier«, teilte Caldeira mit. »Wir haben angefangen, die ...«

»Und wo ist Victor?« unterbrach ihn Elias. Mit vollem Magen erinnerte er sich plötzlich wieder an den Grund seines Kommens.

Ansermet starrte ihn an, und Caldeira goß ihm ein Glas Faugères ein. Einige Sekunden verstrichen. Caldeira und Ansermet wechselten einen Blick.

»Das wissen wir nicht«, sagte Ansermet.

»Weißt du, was Sungu-Sungus sind?« Caldeira hatte die Ellbogen auf den Tisch gestützt und die Hände gefaltet.

Schlagartig war die gute Laune verflogen. Die Bestecke wurden auf den Rand der Teller gelegt. Elias bemerkte den entfernten Lärm von Allradfahrzeugen und von Männern, die in Megaphone sprachen. Der Drehort begann sich zu beleben. Mit Wehmut dachte er daran, daß die Techniker vermutlich gerade alles für die nächste Einstellung vorbereiteten. Die Schauspieler schliefen wahrscheinlich noch in ihren Zimmern.

»Das sind Milizen«, erklärte Ansermet. »Die Regierung läßt sie die Ordnung aufrechterhalten, wo keine Polizeikräfte sind.«

»Was hat das mit Victor zu tun?«

»Es sieht so aus, als hätte er sich etwas zuschulden kommen lassen«, sagte Ansermet.

»Zuschulden kommen lassen!« sagte Caldeira. »Ihm wird vorgeworfen, ein junges Mädchen vergewaltigt zu haben. Er sagt, sie war einverstanden, aber das nützt ihm wenig. Sie war minderjährig, außerdem hat er behauptet, er habe sie bezahlt. Das ist nicht gerade gut angekommen. Offensichtlich ist sie die Tochter eines wichtigen Mannes.«

»Wird man ihn verurteilen?«

»Das sind Milizen. Mein Gott, Elias! Die folgen ihren Stammesvorschriften, der Menge Alkohol und Drogen in ihrem Blut. Er ist vermutlich längst tot.«

Caldeiras Gefühlswallung kam offenbar weniger von Victors Unglück als von dem Ekel über sein Verhalten. Seine Augen hatten gefunkelt, als er von Victors möglichem Tod gesprochen hatte. Elias zuliebe unterdrückte er ein Lächeln.

»Habt ihr denen Victor etwa ausgeliefert?«

»Die sind gekommen und haben ihn sich geholt. Wir haben uns dem nicht widersetzt.«

»Und warum?«

»Sag mal, in welcher Welt lebst du eigentlich? Weil die bis an die Zähne bewaffnet waren. Weil Victor ein widerlicher Mistkerl ist, und weil ich gerade mitten in den Dreharbeiten stecke. Er hat meinen Film mit dem Straßenstrich verwechselt. Das hat er sich zuschulden kommen lassen.«

»Mangel an Professionalität ist noch kein Grund, jemanden in den Tod zu schicken.«

»Willst du wirklich meine Meinung hören?«

Wütend sprang Elias auf. Weder Caldeira noch Ansermet schienen sich um Victors Schicksal zu kümmern. Sie hätten mit Elias weitergegessen, wenn er nicht aufgestanden wäre. Er lief im Zimmer umher.

»Wir müssen ihm doch helfen. Egal, was er gemacht hat. Er hat das Recht auf einen fairen Prozeß.«

Seine Stimme klang fest und überzeugt, aber er hörte in seinem Kopf ein kleines Lachen, das sich über seine Rolle als Verfechter der Gerechtigkeit lustig machte. Hier einen ordentlichen Prozeß zu fordern war vermutlich unsinnig. Aber es bewies seinen guten Willen, die Sache nicht auf sich beruhen zu lassen.

»Leute von der Botschaft sind schon in Mwanza eingetroffen«, sagte Ansermet.

»Sie schwenken ihre Krawatten und ihre Handys in alle Richtungen«, fügte Caldeira hinzu. »Wenn es dir Spaß macht, ihn im Busch zu suchen und dich mit ihm zusammen hinrichten zu lassen, bitte, dein Privatvergnügen. Aber du irrst dich, wenn du glaubst, der Mann sei dein Freund gewesen.«

»Sie haben doch Beziehungen, selbst in Afrika.«

Caldeira war bekannt, manchmal sogar berüchtigt für seine Freundschaften zu fragwürdigen und mächtigen Persönlichkeiten. Ein paar Anrufe in Paris, London oder Nairobi konnten das Problem bestimmt lösen.

»Wir sind hier nicht in Afrika, Elias. Wir sind bei den Dreharbeiten meines Films, verstehst du das nicht? Ich habe keine Zeit und keine Lust, diesen Mann zu retten. Ich würde keinen einzigen Drehtag für ihn opfern.«

»Sie sind wirklich gefühllos.«

»Na dann befrei du ihn doch.«

Mit einem Lächeln warf Caldeira ihm ein Gewehr zu. Das weiche und warme Metall, der Blick in den offenen Lauf verstimmten Elias. Er sah sich nicht mit einer Waffe durch die Savanne laufen. Was sollte das? Er begriff, wie wenig er ausrichten konnte, aber Caldeiras Mangel an Menschlichkeit war für ihn gerade deshalb unerträglich, weil er feststellte, wie wenig sich ihre Gefühle für Victor unterschieden.

»Hast du dich nie gefragt, warum wir Freunde geworden sind?« fragte Caldeira.

Vergeblich suchte Elias nach einem Gefühl, das ihn mit Victor verband. Er kramte im hintersten Winkel seines Herzens, versuchte, sich an Victors Gesicht und ihre Gespräche zu erinnern, rief Nathalies seelische Not zu Hilfe. Er konzentrierte sich vergeblich, den Funken der Zuneigung zu finden, der seinen Mut anfachen konnte. Nur ein kalter Reflex abstrakter Menschenliebe schürte seine Wut. Er dachte an die Worte des Detektivs im Café am Boulevard Magenta.

»Ich habe Angst vor so was«, sagte Elias und legte das Gewehr weg. »Und eins ist klar. Allein kann ich ohnehin nichts ausrichten.«

Es ist bequemer, feige als gleichgültig zu sein. Die Erklärungen waren doch alle da. Er würde sein Leben nicht riskieren, weil er noch nicht gelebt hatte. Seine Liebe zu Margot war wichtiger als die vage Hoffnung, Victor zu retten. Das ist menschlich.

»Du bist nicht feige«, sagte Caldeira. »Das wäre zu einfach. Komm schon. Elias. Wir sind doch aus dem gleichen Holz geschnitzt, du und ich. Betrachte das als angemessene Rache.«

»Angemessen ...«, sagte Elias lächelnd. »Wofür?«

»Dafür, wie viele Leute nicht verstehen, warum man dieses Gefühl überhaupt haben kann.«

»Ich habe keine Feinde.«

»Das stimmt doch nicht. Victor ist genau der schlicht gestrickte Ehrgeizling, vor dem du dich hättest in acht nehmen müssen. Du bist doch nur sein Freund geworden, um dir nicht allzusehr Gedanken machen zu müssen. Manchmal wird man Vertrauter, um Leute nicht genau betrachten und nicht kennenlernen zu müssen. Die Frage ist nicht, warum ich keinen Finger für Victor Malène krumm machen will, sondern warum du sein Freund geworden bist.«

Elias war hier nicht in Afrika, sondern in der ganz eigenen Welt Caldeiras, einem Fürstentum, in dem die Menschenrechte nicht galten, nur das Gesetz seiner großen Leidenschaft. An diesem Ort der außer Kraft gesetzten Wirklichkeit erwischte er sich bei dem Gedanken, wie gut ihm Victors Verschwinden und sogar sein Tod gelegen kamen. Er war von der Last eines Menschen befreit worden, der sich ihm mit allen Mitteln in den Weg gestellt hatte. Victor war das letzte Beweisstück, das er am Tatort seines Verbrechens gegen die Wirklichkeit zurückließ, das seine ganze ehemalige Existenz gewesen war.

Er war dem Schicksal seines Kollegen gegenüber nicht nur gleichgültig, sondern empfand tatsächlich eine gewisse Genugtuung. Sie waren in einem Holzhaus, weit entfernt von Paris, auf der südlichen Hemisphäre, fernab jeder Demokratie, fernab des erhabenen Gefühls von Zivilisation. Elias war nicht so aalglatt und perfekt, wie er gedacht hatte. Das Blut pochte in seinen Schläfen. Caldeira hatte beschlossen, keinen Drehtag für Victor zu opfern. Genauso würde Elias nicht noch einen Tag länger fern von Margot bleiben. Victors Verschwinden erinnerte ihn daran, daß er lebte. Er war endlich aufgewacht, öffnete langsam seine Augen: Der Traum war ausgeträumt.

Caldeira schlug ihm vor, mit zu den Dreharbeiten zu kommen, aber Elias legte sich auf die Bank der Terrasse und wachte erst einige Stunden später wieder auf.

Am frühen Nachmittag brachten ihn Caldeira und Ansermet zur Anlegestelle. Im Wasserflugzeug zerriß Elias Seite um Seite die Unterlagen zu *Margot Lazarus* und ließ sie auf den See heruntertrudeln. Die Fetzen flogen wie weiße Tauben davon.

Ein Reisender, der in sein Land zurückkehrt, muß nicht nur mit der Zeitumstellung klarkommen. Die gewonnenen oder verlorenen Stunden stören zwar unser normales Zeitempfinden, aber es dauert nicht lange, und wir passen uns dem lokalen Rhythmus wieder an. Das ist aber nicht alles. Wir sind weggefahren und wiedergekommen, zwei gegenläufige Handlungen, die sich nicht per Addition aufheben. Wir sind von Paris gereinigt worden unter dem silbernen Himmel der Savanne. Der Anblick von Gazellen, Flußpferden und Flamingos ist in unseren Blutkreislauf eingegangen. Der Geruch von Vanille, Pfeffer und Gewürznelken reizt immer noch unsere Nase.

Diese Erfahrungen sind wie Augentropfen, die unseren verschleierten Blick befreien. Paris gewinnt, wenn man mit jeder Menge Afrika im Körper in diese Stadt zurückkehrt. Die Luft wirkt klarer, die Sprache erscheint exotisch, die Gebäude sehen plötzlich so heimelig und gemütlich aus. Selbst die Tauben werden für diesen frischen Blick zu majestätischen Tieren. Wir sehen Farbsprengsel in ihrem grauen Gefieder, die uns nie aufgefallen sind. Wir sind in einem Zwischenzustand, weder Touristen noch Einheimische. Wir sind noch nicht wieder verdorben von den Gewohnheiten des Stadtlebens.

Als er seine Kündigung bei der Assistentin von Arden Gaste abgab, dachte Elias, ich habe gar nichts aufgegeben. Ich habe mich nur von Träumen verabschiedet, die ich nie geträumt habe. Er trat aus dem Gebäude der Firma und ging Richtung Pont des Invalides. Er hatte sich noch keine neuen Kleider gekauft, die dem Pariser Klima angemessen waren, und fror in seinem Leinenanzug. Er hatte Gänsehaut vor Kälte. Die Luft hatte über Nacht ihre tropische Wärme eingebüßt. Trotzdem genoß er es, seine Augen umherschweifen zu lassen. Er hatte Lust, sich mit allen Leuten zu unterhalten.

Er genoß die Abgase aus den Auspuffrohren wie den Duft der Zimtbäume. Die Luftverschmutzung, die grauen Stuckfriese an den Fassaden und der Geruch nach Benzin waren völlig neue Eindrücke, die ihn sehr bewegten. Der Lärm des Straßenverkehrs hörte sich an wie Grillenzirpen. Wenn ein Passant ihn anrempelte, erfüllte ihn das mit ungetrübtem Glück: Er war zu Hause.

Paris umschmeichelte ihn und zog ihn in sein wildes Leben. In alle Richtungen führten Straßen. Nichts schien unmöglich.

Darius saß im Wohnzimmer auf dem Sofa. Er hielt sich sehr gerade, aber seine Schultern schienen tiefer zu hängen als sonst. Seit er schrieb, hatte er seine Morgengymnastik vernachlässigt. Er bekam langsam die gebeugte Haltung eines Schriftstellers, der den ganzen Tag über seinem Schreibtisch hängt.

»Sie haben die Heizung repariert.«

»Das ist schön«, sagte Elias und nahm sich eine Tasse lauwarmen Tees. »Es ist fast ein bißchen kalt hier drin.«

Elias sah die violetten Lippen und den blassen Teint von Darius. Er wirkte erschöpft. Nachdem Elias die Schuhschachtel in den Schrank geräumt hatte, setzte er sich neben Darius und legte ihm den Arm um die Schulter. Er hatte ihm so viel zu erzählen. Als Darius ihn mit großen Augen erstaunt anblickte, begriff er plötzlich etwas mit unerschütterlicher Gewißheit: Wir kommen schon irgendwie zurecht in dieser Welt. Wir müssen nur versuchen, die glücklich zu machen, die wir lieben, und es zulassen, wenn auch sie uns glücklich machen wollen. Das ist nicht einfach, und keine Philosophie oder Religion hilft uns dabei, sondern nur unsere zarte, unverbrüchliche Fähigkeit zu lieben. Es gab ihm Selbstvertrauen, sich mit Darius in einem Zimmer, mit Zoë in der gleichen Stadt zu befinden. Er würde sich Mühe geben, sie besser kennenzulernen und sich ihnen zu öffnen.

»Was passiert deiner Ansicht nach, wenn man stirbt, Elias?«

»Andere leben weiter. Das ist meine Vorstellung vom Paradies.«

Andere, die unseren Wegen folgen und unsere Fehler wiederholen, die zufällig unsere Formulierungen übernehmen, unsere Gesten weiter benutzen und uns unfreiwillig eine Würdigung zuteil werden lassen, wenn sie beim Wimpernschlag eine kleine Träne vergießen.

Darius nickte und lächelte Elias an. Er wartete mit seiner Antwort, als wolle er damit andeuten, er habe sehr ernsthaft über diese Frage nachgedacht.

»Ich glaube, wenn man stirbt, dann wachsen unsere Träume. Sie sind ja dann von unserem Körper befreit, der sie bislang festgehalten hat. Man kann dann von den Sternen herab oder aus einer Blume empor träumen.«

Darius hatte mit bewegter Stimme gesprochen. Er wirkte wie ein kleines Kind. Elias hatte auf einmal Lust, sich die Zeit für einen kleinen Spaziergang mit seinem Freund zu nehmen und einfach über alles zu reden, was ihnen in den Sinn kam.

Darius teilte ihm mit, er habe die Finanzierung für seinen Film auf die Beine gestellt. Es sei ihm gelungen, ein paar Bankiers zu überreden. Elias war sehr stolz auf ihn.

»Nimm's mir nicht übel. Ich glaube, ich schlaf jetzt erst mal ein wenig«, sagte Darius und gähnte.

»Ich laß dich in Ruhe.«

Darius antwortete auf sein Lächeln mit einem Augenzwinkern. Elias rieb die Finger seines Freundes, um sie ein bißchen zu wärmen. Die Fingerknöchel wurden schon ganz steif. Als er die Tür zuzog, hörte er nicht mehr, wie Darius' Körper auf dem Parkett aufschlug.

Die neue Krankheit ist, daß auf einmal alles gut läuft. Man sucht versteckte Fehler und Schimmelspuren, aber da sind keine. Es ist an der Zeit, dem Glück zu glauben. Es ist an der Zeit, das Glück endlich auch zu genießen.

Aber zwei Dinge fehlten Elias: Arbeit und die Lust zu arbeiten. Seine Zukunft würde ihm über kurz oder lang Bauchschmerzen bereiten. Völlig unüberlegt hatte er sich in eine ungeschützte und verletzliche Lage manövriert. Gleichzeitig war er jetzt frei und fühlte sich bereit, in dieser Unsicherheit zu leben. Als er aus dem Gebäude trat und auf den Boulevard zusteuerte, überfiel ihn kurz die Angst. Aber er verlangsamte seine Schritte nicht.

Er hatte eine halbe Stunde im Café in der Rue de Clignancourt gewartet, als er sie endlich sah. Sie trug einige Bücher unter dem Arm. Über dem roten Mantel wirkten ihre dunklen Haare schwärzer, als sie waren. Er stellte seine Tasse ab. Die fahrenden Autos, die sie voneinander trennten, zerfielen schlagartig zu buntem Staub.

Du fehlst mir seit Jahren, dachte Elias, als er Margot sah. Du hast mir immer schon gefehlt. Wir haben eine gemeinsame Vergangenheit, Margot. Wir waren schon als Kinder zusammen, verbrachten Stunden gemeinsam unter den Schreibtischen der Bibliothek, um uns vor den Erwachsenen zu verstecken. Er stand auf und lief über die Straße. Mit ausgestrecktem Arm versuchte er, die Autos anzuhalten. Margot drückte die Bücher an sich und kramte mit der freien Hand nach ihrem Schlüssel.

»Ich habe die Idee zu einer Geschichte«, sagte er, ohne sie auch nur zu begrüßen.

Margots Gesicht hellte sich auf, als sie ihn sah. Die Bücher fielen zu Boden. Elias half ihr beim Einsammeln und behielt ein paar in den Händen.

»Was für eine Geschichte?«

»Eine Liebesgeschichte.«

»Noch eine?«, protestierte Margot. »Es gibt doch gar nichts anderes mehr.«

»Aber so eine nicht«, sagte Elias und faßte sie am Arm. Er mußte ein paar Schritte mit ihr gehen, um der Kälte zu widerstehen.

»Du willst also eine wahre Liebesgeschichte erzählen?«

»Ja.«

»Das ist schon etwas origineller«, gab Margot zu. »Aber du brauchst gute Figuren.«

»Du kannst mir ja helfen.«

Margot blieb stehen. Sie wickelte sich aus ihrem Schal und rollte ihn Elias um den Hals.

»Einverstanden«, sagte sie und lächelte ihn an. »Die Frau kann ich mir schon ganz gut vorstellen. Sie hat sich immer gerne selbst Geschichten erzählt und das mit Liebe verwechselt.«

»Der Mann dagegen hat gar nicht gelebt«, setzte Elias fort. »Er war lange mit einer Frau zusammen, aber er hat sie nicht mal geliebt.«

»Dann ist er der Richtige für diese Geschichte«, sagte Margot. »Gar nicht so einfach, sich nicht in ihn zu verlieben.«

»Zwischen den beiden Hauptfiguren läuft es aber anfangs nicht so gut.«

»Verstehe. Die Geschichte muß natürlich schlecht anfangen.«

Margot und Elias setzten sich nebeneinander auf die Stufen vor dem Hauseingang. Sie genossen den Augenblick davor. Den Augenblick, bevor sie sich an der Hand nehmen und küssen würden. Sie schoben diesen Augenblick noch etwas auf, aber sie wußten beide, er würde kommen. In einer Minute, am nächsten Tag oder in einer Woche.

Martin Page *Antoine oder die Idiotie* Roman
Froh zu sein bedarf es wenig, sofern man es schafft, vor den Übeln der Welt die Augen zu verschließen. So denkt zumindest Antoine und nimmt sich vor, aktiv den Verstand zu verlieren.
Aus dem Französischen von Moshe Kahn
WAT 489. 144 Seiten

Martin Page *Die Libelle des achten Jahres* Roman
Die fabelhafte Welt der Fio Régale: Eines unscheinbaren Samstagnachmittags wird Fio, Lebenskünstlerin und Hobbymalerin, in einem Bentley entführt und unverhofft zur »Pretty Woman« des Kunstbetriebs.
Aus dem Französischen von Lis Künzli
Quart*buch*. Gebunden. 220 Seiten

Christophe Honoré *Die Sanftheit* Roman
Steven ist elf Jahre alt, als er sich von Jérémy zu einem Verbrechen zwingen läßt. Jahre später erst versucht er darüber zu sprechen. Doch auch als alles gesagt ist, gibt es keine Erklärung. Dieses radikale Buch handelt von dem Versuch, einen traumatischen Verlust in der Kindheit zu verstehen – oder zu vergessen.
Aus dem Französischen von Nathalie Mälzer-Semlinger
Quart*buch*. Gebunden. 112 Seiten

Cédric Prévost *Liebesschwindel* Roman
Als sie sich im weißen Brautkleid vor dem Bett eines fremden Mannes wiederfindet, wird der jungen Schauspielerin klar, daß der Übergang zwischen Theater und Realität bisweilen unkenntlich ist.
Aus dem Französischen von Lis Künzli
WAT 510. 144 Seiten

BORIS VIAN

»Boris Vian ist ein lebendiger Mythos. Je weiter die Zeit fortschreitet, desto jünger scheint er zu werden.« Klaus Völker

Ich werde auf eure Gräber spucken Ein amerikanischer Roman

Ein Buchhändler mischt erst eine Kleinstadt auf und macht sich dann an die Mädchen der Oberklasse. Ein vollkommen verrückter Roman aus den alten verfickten Zeiten: Boris Vian in der Verkleidung eines Sex-and-Crime-Schriftstellers.

Aus dem Französischen von Eugen Helmlé. WAT 540. 136 Seiten

Der Schaum der Tage Roman

Boris Vians erfolgreichstes Buch: der Kultroman über eine seltsame Liebe, voller sprachlicher Erfindungen und phantastischer Begebenheiten.

Deutsch von Antje Pehnt, neu durchgesehen von Klaus Völker
SVLTO. Rotes Leinen. 180 Seiten

Die Ameisen und andere Erzählungen

Dieser Band sammelt Erzählungen, die zum Provozierendsten gehören, was Boris Vian, der »Prinz von Saint-Germain«, geschrieben hat.

Deutsch von Irmgard Hartig, Frank Heibert und Klaus Völker
SVLTO. Rotes Leinen. 160 Seiten

Der Deserteur Chansons, Satiren und Erzählungen

Dieses Buch zeigt Vian von seiner störendsten Seite: mit Texten, die Militär, Nation und hergebrachte Sitten möglichst niedrig hängen.

Mit einem biographischen Portrait von Klaus Völker
Deutsch von Eugen Helmlé. WAT 400. 128 Seiten

Herbst in Peking

Der exaltierteste Roman von Boris Vian, der weder im Herbst noch in Peking spielt: Er erzählt die Geschichte einer Liebe und das Scheitern einer großen Spekulation.

Deutsch von Eugen Helmlé. WAT 519. 296 Seiten

Faule Zeiten Sämtliche Erzählungen Band 1

Eine unbändige Fabulierlust, spottgeladener Zorn auf uniformierte und zivile Autoritäten und anarchistischer Furor bilden die giftigen Ingredienzien und den heiteren Sprengstoff dieser Prosa.

Deutsch von Frank Heibert, Irmgard Hartig und Klaus Völker
WAT 247. 208 Seiten

Liebe ist blind Sämtliche Erzählungen Band 2

Wie zieht man einer Existentialistin die schwarze Hose aus und was bleibt dann von ihr übrig? Ist die Liebe im Freien ratsam oder eher nicht? Boris Vian beantwortet grundlegende Lebensfragen.

Aus dem Französischen von Frank Heibert und Klaus Völker
WAT 248. 240 Seiten

Der Voyeur 13 unanständige Geschichten

Vian, gnadenlos zärtlich und respektlos.
»Das Obszöne existiert nur in den Köpfen derer, die es entdecken und es anderen andichten.« Boris Vian

Deutsch von Asma Semler, Frank Heibert und Klaus Völker
Herausgegeben von Klaus Völker. WAT 418. 144 Seiten

Drehwurm, Swing und das Plankton Roman

Ein Roman um Taktiken und Geheimwaffen: Nicht nur, wie man eine Frau schwach macht, sondern zugleich wie man sich und ihr die Konkurrenz vom Leib hält.

Deutsch von Eugen Helmlé. WAT 249. 184 Seiten

Klaus Völker *Boris Vian – Der Prinz von Saint-Germain*

Seine vielen Talente: prächtig. Seine Versteckspiele: frech. Seine Täuschungen raffiniert. Ein leidenschaftlicher Provokateur, der unter schwerer Weihwedelphobie litt, Musik, Literatur und die Liebe liebte und sich zuweilen selbst übersetzte.

Überarbeitete Neuausgabe. WAT 529. 192 Seiten mit vielen Fotos

Die französische Originalausgabe erschien 2005 unter dem Titel
On s'habitue aux fins du monde bei Le Dilettante in Paris.

Dieses Buch erscheint im Rahmen des Förderprogrammes des französischen Außenministeriums, vertreten durch die Kulturabteilung der französischen Botschaft Berlin.

1. Auflage im Februar 2006

Verlag Klaus Wagenbach, Emser Straße 40/41, 10719 Berlin
Umschlaggestaltung Julie August unter Verwendung des Fotos
Young man wearing headphones von Chase Jarvis © gettyimages, 2006.
Gesetzt aus der Minion von Barbara Gomon, Leipzig. Einband- und Vorsatzmaterial von Peyer + Co., Leonberg. Gedruckt auf chlor- und säurefreiem Papier (Schleipen) und gebunden bei Pustet, Regensburg.
Printed in Germany.

ISBN-13 978 3 8031 3202 4
ISBN-10 3 8031 3202 9